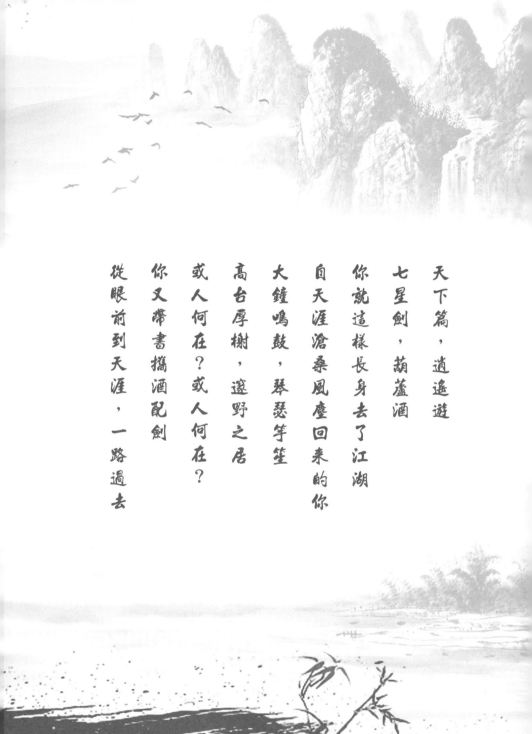

天下篇，逍遙遊
七星劍，葫蘆酒
你就這樣長身去了江湖
自天涯滄桑風塵回來的你
大鐘鳴鼓，琴瑟竽笙
高台厚榭，邃野之居
或人何在？或人何在？
你又帶書攜酒配劍
從眼前到天涯，一路過去

落花也有溫柔的遠志
像人走向水涯
而裹褐為衣，棺桐三寸
張目奸逼切如大火逼你躍牆
身臨絕澗如閉目飛躍
而這一躍往何處去呢
流水也有悲壯的柔情

——摘自溫瑞安《山河錄》之華年

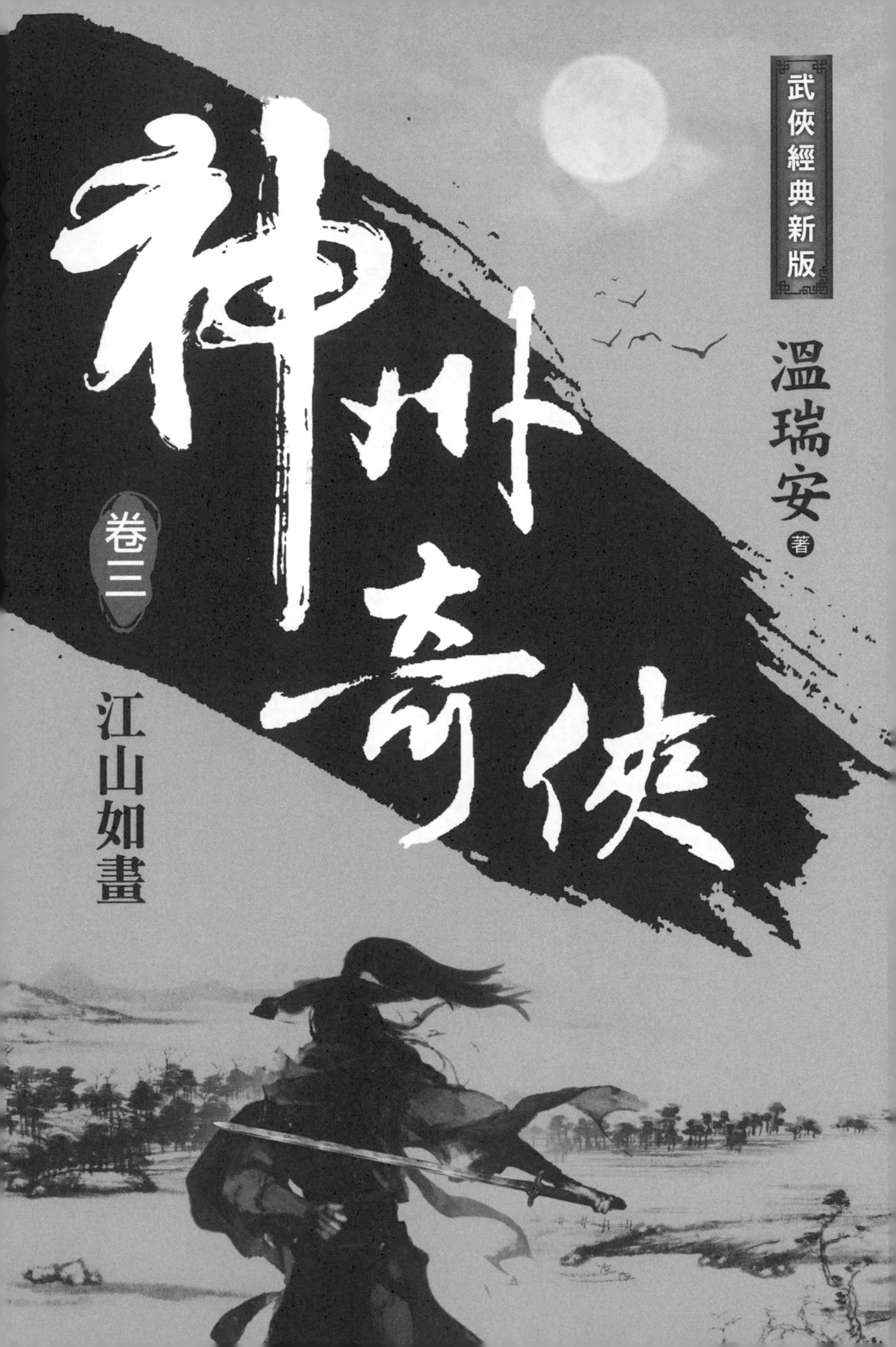
武俠經典新版
神州奇俠
卷三
江山如畫
溫瑞安 著

《江山如畫》自序

如畫往事

溫瑞安

寫《江山如畫》的時候，約莫是一九七九年底。那是我少年時期最意興風發的一段日子，事業破後再成，擁有百數十名愛我護我的社員，數十名有志氣有擔當的兄弟姊妹，以及手上有一份文化雜誌、一份文藝期刊、一份詩刊、三份社內刊物、八個部門、三個分社，還有武術、舞蹈、歌唱、出版等小組，忙得不亦樂乎，日子過得也真的很快活。

《江山如畫》裡的人物情節，雖然起伏無常，悲歡離合，但大都明亮、達觀、積極、自信及快樂。有很多可愛人物，不斷出現，如果爲了人物集中統一起見，大可刪去，但爲了保留原先寫作時的那一份精神氣勢，我卻不忍心這麼做。

很奇怪的是，朋友對《神州奇俠》的感覺，都是極端的：不是極喜歡就是極不喜歡。在我寫武俠小說的過程裡，《四大名捕》是《打響了招牌》之作；《白衣方振眉》較適宜報章發表連載；唯獨是《神州奇俠》故事，才真正吸引了固定的讀者群。

他們關心書中人物，關心蕭秋水與唐方，關心浣花劍派那一班朋友，把故事裡的武林當作是現實裡的世界，付出了極大的同情與關注——同時也給予作者無限的鼓勵和支持。

我是因爲這些鼓勵和支持才寫下去。

好玩的是：在港台許多作家都是因爲發表和連載才續寫下去，我不是。我寫作是先成書後連載，甚至未經發表便已出書的，我寫作全靠自律和自發。

至少當年是如此。

至於學者與評論家，對《神州奇俠》故事的態度，也是如此。有的認爲這是我最具個人風格、最有神來之筆、最見神采、最創新出奇的一套書，但也有人認爲是失卻節制、太個人化、較受他人影響的作品。有的人本來不喜歡，再讀一次，又喜歡到不得了；有的人本來欣賞，重看一次，卻不怎麼推崇了。可是對作者而言，這本書就像我的孩子，我心愛他；也像是我的往事，我回味它。

因爲一年之後，社裡整個辛苦建立的小康局面，都給粉碎了。

剩下的是這些書，還有我永不改變的明亮、達觀、積極、自信，以及快樂。

稿於一九八四年三月四日

端午節，中國時報海外版約稿來函

校於一九九三年二月二日

北京中國友誼沈先生約稿推出《血河車》並屢報喜訊。一皇極經世箴言高手令人嘆為觀止，另一鐵板神數演算者十足江湖術士

修訂於一九九八年四月十六日

值得紀念之一天；一夜起伏、誤解為證件事，可憐大家已力盡筋疲，唯《四大名捕》仍堅強、堅定應對／與靜相依為命，遇考驗情更深，不離不棄／上午十一時遇傳呼令人怒／劉林人好，歷千難將重要文件終傳來，喜極對泣小靜飛／五妹四弟代小飛取證，成功，小靜退還傳呼／取掛號信，取通行證，取身份證，三喜臨門／資料全交ＹＳ／孫鄒依約／今天大佬激壞後又開心極／珠百買衫／遇險後吉

溫瑞安

神州奇俠 江山如畫

正傳卷二

目錄

一 黑布鞋、白布襪、青布衫

蕭秋水沒有死。

風大雨急夜黑，蕭秋水卻沒有死。

他人在斷崖之下，江水之中，江水滔滔，天地無情，他知道唐方看不見他，然而他卻看見唐方。

他可以隱約看見，崖上的唐方，透白的臉，纖細的腰身。他想喊，卻一連喝了幾口水。

蕭秋水不諳水性，他一直沒有練好泳技，現在他全憑憋著一口真氣，才勉強能把頭部口鼻，浮出水面。

他發誓日後一定要學游泳。但學會又怎樣，就算學會又怎樣？能叫嚷又怎樣？天地那麼大，水浪浩蕩，唐方見不到，也聽不見的。

他知道唐方等一定以爲他已死了：想到唐方難過他心裡就疼——他知道沒有人會相信不諳水性而又中了屈寒山的劍和彭九的鑌鐵杖的人，還可以活著。

可是蕭秋水知道自己一定能活——因爲屈寒山的劍根本沒有刺中他。

屈寒山的劍之所以沒有刺中他，乃是因爲彭九的拐杖！

在屈寒山劍破蕭秋水衣襟之際，彭九已先一步擊中他，把他震飛出去，落下懸崖。這當然不是巧合，而是獨腳彭九有意爲之。這中間不得毫厘之差，不是巧合可以勝任的。

屈寒山當然沒有料到彭九會救蕭秋水，所以也並不留意自己有沒有刺中蕭秋水，而且他強敵當前，事後也毋容他反省。

彭九要救蕭秋水，當屈寒山之面前，誰也不敢明目張膽，所以他只好順勢把蕭秋水擊落灘江，以絕痕跡。

彭九出杖自然不會太重，他只要震飛蕭秋水，而不是要擊斃他。

所以蕭秋水安然無恙——他既未受劍刺，亦未受杖傷，只落在水裡，載浮載沉而已。

蕭秋水卻知道彭九爲何要救他——公亭裡，鐵星月等擒住「獨腳鎖千山」彭九，蕭秋水卻饒而不殺。

「我不能殺他。」

——因爲彭九斷腿，而且年老。

蕭秋水動了這一下惻隱之心，卻教彭九不惜冒屈寒山發現之險，也要相報的。

——可惜蕭秋水不知道，此刻獨腳彭九，已爲唐朋所殺，而唐朋還以爲替蕭秋水雪了大仇。

可是蕭秋水現在絕對也不好受，他載沉載浮，耳鼻眼喉都灌進了不少水，唐方在咫尺天涯，那般遠又那般近，蕭秋水身在險境，卻依然想到他初識唐方那夜，那使他幾乎睡不著時，所想到的那首畲族的歌：

郎住一鄉妹一鄉，
山高水深路頭長；
有朝一日山水變，
但願兩鄉變一鄉。

然前這歌聲卻從柔婉變淒傷。蕭秋水爲接近唐方，圖竭力游過去，卻被流水愈沖愈遠，蕭秋水不諳水性，費盡力氣也無效，真似一場夢一樣。

遠處的唐方，愈來愈遠，愈來愈小，崖還是崖，明月還是明月，水浪滿天，何處是岸？

卻不見了唐方！

斷崖明月，蕭秋水心內是何其焦急。

——唐方，妳要等我。

——神州結義的弟兄們，我還沒有死，你們在哪裡!?

然而流水依樣地悠悠流著，悠悠地把他遠遠地送出去。蕭秋水因不會泅泳，隨波而流，很容易便遭致沒頂。

就在此時，黑夜裡，山峽彎處，突然馳出一艘輕舟，乘風破浪，不消片刻便到了蕭秋水面前。

這船來得十分之快，以致狹細的船首劃出了一道白色的水浪，其時蕭秋水的一口真氣，已憋不住，眼看就要窒息，卻見舟上四人，急速而熟練地划著船，用的卻不是槳，而是剷頭棍子！

這四人一舟到了蕭秋水面前，立刻不划了，停了下來，看蕭秋水在水裡掙扎，足足看了一會兒，只聽一人沉聲道：

「便是這廝！」

蕭秋水心裡大奇：他並不認得這四人啊。心中轉念之際，卻見其中一人，用棍一撥，舟已擺向自己，另一人舉起棍子，迎臉一棍，沒頭沒腦地蓋下來，棍梢響起了一道尖利的急風！

蕭秋水在垂危之際，又遇此變，一驚之下，但過人的鎮定與急智卻仍然未失，猛吸氣低頭，急潛入水裡！

「篷」一棍擊空，卻擊在水中，水流激盪，蕭秋水雖避過了一棍，但水沖入耳鼻，蕭秋水忍不住猛升出水面，實在辛苦不過，卻見那人微微「哦」了一聲，又是一棍擊下！

這一棍打得更快，蕭秋水無處著力，竭力一閃，「砰」已被擊中肩膊，痛入心脾，忍不住叫了一聲，另一人見此情形，卻十分興奮，也一棍斜劈過去！

蕭秋水負痛急閃，但不諳水性，挪是挪開了，棍卻是避不開，依然被棍梢擦中頭部，「轟隆」一聲，只覺腦門一黑，全身便軟了下來，江水不斷地嗆入耳鼻去！

那人又要一棍打下去，卻聽原先說話的人倏道：

「慢！」

要打的人奇道：

「怎地？」

原先那人陰笑道：

「這人乃蕭西樓之子，留著大有用處！」

要打殺蕭秋水的人也恍然道：

「看來要個十萬兩不成問題。」

後來出手的人卻問道：

「卻聞浣花劍派已給權力幫鏟了，自顧不及，哪有錢給？」

另一個穩住舟子的人接道：

「別管，先把他撈上來再說，死了的人，就沒用了。」

另三個頷首道是，這時蕭秋水口咯鮮血，已漸沉入江中，只見原先那人用棍輕輕一挑，「呼」地一聲，蕭秋水連人帶著水珠子，劃過明月夜空，「噗」地被挑跌入舟中。此人臂力之大，可見一斑。

蕭秋水人雖受傷，主要是因在水中，無處著力，又喝入不少水，以致無法閃躲，而今一旦登舟，摔得雖痛，但他天生意志力過人，居然可以恢復知覺，只聽那打殺他的人嘿嘿笑道：

「咱們一路上跟著，他人多勢眾，不好動手，卻未料他自己摔落下來，正好替他們三個冤魂超渡！」

蕭秋水心中實覺冤枉，自己並不認識他們，便無端端遭了毒手，於是掙扎道：

「你們……是誰？咱們……無冤無仇……」

蕭秋水一開口講話，倒令那四人嚇得一跳，他們不知蕭秋水居然還能說話。原先那人猶疑了一下，沉聲道：

「你不知道我們是誰，我們卻知道你是誰。」

那要打殺蕭秋水的人嘿嘿笑道：

「我們就是長江三峽，十二連環塢，水道天王大老爺，朱大天王的手下，『三英四棍，五劍六掌，雙神君』中的四條棍子。」

那後來出手的大漢狠狠地道：

「我們一人一條棍子，打死你，替『三英』報仇！」

最後一人指著原先第一人道：

「他叫常無奇，」指了指要打殺蕭秋水那人道：「他叫宇文棟，」隨而指那後來出手的人道：「他叫金北望，」然後指指自己，道：「我叫孟東林，」然後又笑嘻嘻地道：

「你都認識了，那你躺下吧！」

閃電般出手，封了蕭秋水的「軟穴」、「啞穴」，蕭秋水身負傷，力未復，無及閃躲，軟跌下去，但他的神志依然十分清楚：

這四人是「長江四棍」他們乃是爲報「長江三英」之仇而來的！

——在「劍氣長江」一役中，蕭秋水等「錦江四兄弟」曾在秭歸鎭九龍奔江上，爲救那老員外，曾與朱大天王手下對上過，結果是：鄧玉函怒殺符永祥，戰其力和薛金英都爲溥天義所殺，因此與朱大天王的人結了深仇大恨！

——如果說陸路上現在是權力幫的勢力，水道上卻是朱大天王的天下。而「三英四棍，五劍六掌，雙神君」，「四棍」排行比「三英」更高，蕭秋水縱未受傷，以一人之力，也絕非這四棍聯手之敵！

蕭秋水昏昏沉沉，但心中一股求生意志，依然很盛。

——我不能死。

——神州結義大志未酬。

——唐方、星月、南顧、超然，你們在哪裡？

江水蕩蕩，明月悠悠，輕舟快疾，不覺已過了無數峽、無數山、無數江！

也不知道多少天，渡過了多少江，蕭秋水在舟中，忍受了多少次調笑，惡毒的諷刺，對他一生中是一個極大的靜思，極鉅的磨煉。

他仰臥著：仰著臉只看到急遽變化的雲，和不變的天，掠過的山尖，那極深沉的思省使他忘卻了身上的疼痛，這次就擒，反而使他鮮衣怒馬的廿載來，得到一次深思默想的契機。

然而，今日，舟子停泊了，這顯然是在岸邊，岸上有極紛亂的叫賣聲、趕騾聲、雞鳴聲、吵雜聲。

這聲音代表了人煙：刀剁在砧板上，賣者剁少一分肉，買者偷偷拎多了一塊肉；鐵錘擊打在爐邊的鐵器上，鐵匠剛要鑄成一把新出于硎的菜刀；王嬸的筐子破了，雞鴨螃蟹爬了一地，有人掩袖偷笑，有孩童拍手咭咭叫，還有地痞流氓，嘴邊歪裡拈了個廣東小調：唉呀走好了！

蕭秋水聽到這些聲音就想起他愛熱鬧，可是父母總不放心讓他出去，他自己在院裡召集村童放鞭炮的童年。有次點燃了炮仗擲丟不及，「蹦」地一聲手裡起了個泡，第二天食指多了一條黑紋般的痕印，而今印痕消了，影子卻仍留在心上。

點燃了炮竹要趕快、要勇敢、要準確地擲掉。

就像出劍一樣，快、準、狠。

可惜蕭秋水不能起身，也不能動彈，不然以他的性情一定會跳入人群，跟他們一道熱鬧。

現在他只能透過竹篷的縫隙，看出去，見到來來往往、熙攘而繁忙的人群。

這比幾天的寂寞江上，卻喜氣得多了。

蕭秋水雖不知自己來到了什麼地方，但聽口音，卻仍是廣州話，但腔調上，卻又跟廣西不一樣，他心裡納悶著，卻不知道自己來到廣東了。

粵江為廣東省最大河川，上流為東江、北江、西江，故其會聚之地名為三江，其中以西江最長，由橫入粵，至三水與北江相匯，又至廣州以東再合東江，以下即轉珠江。

蕭秋水被「長江四棍」所挾，即從西江入粵，而今停泊在高要，亦即今之肇慶市，此處離名聞宇內的七星巖與五龍亭，已是不遠。

舟子慢慢靠岸，常無奇「呼」地把繩子一拋，套住木樁，發力一拖，船身即刻緊，手法之熟練，無可倫比，只聽他沉聲道：

「我們此處上岸，先採購點物品、再從水道到佛山，轉到河源，趕陸路赴韓江，行動要快，天王要等急了，我們……」言下之意，不勝惶恐。

宇文棟臉色也有說不出的緊張，只聽他道：

「聽說那魔王也在廣東，咱們行動，可要……」聲音低沉了下去。

忽聽金北望「哎呀」了一聲道：

「咱們的形跡，要是讓對方發現了，可死無葬身之地呀！」

孟東林卻道：

「大不了不是往江中一跳，在陸上，咱們鬥不過他，在水裡，朱大天王的人還怕他們不成！」

嘴裡說得瀟灑，但神色還是十分畏怯。

這是數日來蕭秋水第一次見到「長江四棍」如此緊張、害怕，聽他們的口氣，好似一方面要趕赴朱大天王之約，一方面又畏懼給極厲害的對頭發現，只是這對頭是誰？蕭秋水也不清楚。

只聽宇文棟又道：

「咱們去採辦，這小子留在這裡，總是不妥，不如還是把他……」伸手一比，作一刀砍下狀。

常無奇卻搖搖頭道：

「殺倒無妨，隨便往江裡一丟，便是了事。但天王要我們找到殺三英的凶手，現在只抓了一個，是不夠的，不如把他擒到天王那裡，再引出其他三人，才一併做了，也是大功一件。」

蕭秋水心忖：敢情長江四棍不知道唐柔和鄧玉函已死，左丘超然的安危也甚爲可慮。

孟東林點頭稱是，金北望道：

「這事就這樣定了。現在還是有人上去採辦要緊。」

常無奇點點頭道：

「我們三人上岸去，你留在這兒看船，看好這小子。」

金北望苦笑道：

「這個當然。不過老大你們要早些回來，端州可是那『劍王』的地頭哩。」

常無奇冷笑道：

「辦完事自會趕返，你在江湖上也揚了名立了萬的，別怕成那個窩囊相。」

說著，領孟東林、宇文棟二人上岸而去。

金北望等了一陣，剝了幾粒花生，丟到嘴裡，咀嚼了一陣，望望蕭秋水，不耐煩地道：

「養你在船上，倒是吃住免費，不如……」

嘴邊忽然掛了個極其惡毒的笑容：

「先挑斷你兩條腿筋，也絕了你逃走的路！」

說著果真蹲了下來，拔出一把牛耳尖刀，獰笑著就要下手；這時岸上人來人往很多，蕭秋水苦於「啞穴」被點，叫不出聲，心道苦也，這時忽然有人敲敲船舷，問道：

「裡邊有人在嗎？」

金北望一震，急收起小刀，堆滿笑臉走出去，蕭秋水從竹篷的縫隙望過去，看見兩個鏢師打扮的中年人，用的是很正確的京腔問道：

「敢問這位仁兄，這舟渡不渡人？」

蕭秋水瞥見金北望一面拱手笑道：

「這是私船，在下是看守人，做主不得，還勞兩位到別處去找。」

左邊的略胖鏢師也拱手笑道：

「那多有打擾了，不好意思。」

右邊的人又高又壯，滿頰髯渣子的鏢師笑道：

「我們過那邊找，騷擾了。」

金北望堆起笑容，道：

「哪裡，哪裡。」

兩位鏢師就退了去，臨走前像對竹篷張了張。

蕭秋水猛地與他們打了個照面，心中不禁一寒，原來這兩人，一個人鼻子全塌掉了，另一個人，鼻尖少了一塊，少了一隻左目。

可是在他尚存一隻的眼睛裡，卻十分的怨毒！

蕭秋水心頭一閃，卻不知其二人是誰。

這兩人走後，金北望又回到舟中來，好像一時忘了要挑蕭秋水的腳筋了，嘀咕了幾句，又剝他的花生去。

過了半晌，金北望突然一拍大腿，獰笑道：

「對了，本來是要切斷你的腿筋的，差些兒給忘了，他們反正上了岸，我就要斷你雙腿來樂樂。」

金北望又蹲了下來，拔出了牛耳尖刀，蕭秋水自忖無法倖免，正在此時，舟篷又「咯咯」兩聲，有人敲響，金北望怒道：

「怎麼這般煩人？」
只聽岸上的人陪笑道：
「對不起這位大爺，還有事要請教。」
赫然就是剛才那胖鏢師的聲音。
金北望沒好氣地一竄而出，只見那高大的鏢師正小心翼翼上了船來，金北望怒道：
「去去去，這裡是私船，不載客的！」
那胖鏢師忙搖手陪笑道：
「不載不載，我們知道，只要大爺指點一條明路，哪裡有船可以搭乘？……」
金北望不耐煩地道：
「你不會去問本地人嗎？我才沒空管你底事！」
那高大的鏢師愣了一愣，道：
「大爺你不是本地人嗎？」
金北望實在沒閒心地道：
「本地人這個口音嗎？」
那胖鏢師呆了一呆，隨即笑道：
「那就對了。」
金北望倒是一怔，問道：

「什麼對了？」

胖鏢師笑了，露了一口白森森的牙齒：

「不是你對了，而是我們找對了。」

金北望還想再問，這兩人突然出了手。

那高大的鏢師突然閃電般自側邊抱住金北望。

金北望臉色一變，正得掙扎，那胖鏢師猛抽出一支尖棒，一棒刺入他的咽喉！

金北望慘叫，那高大鏢師反手抓住他的下巴，用力一扯，金北望下巴脫臼：再也叫不出聲音，這人另一隻手卻拿了一把針，同時間全刺入金北望肛門裡去！

金北望像觸電一般弓身跳了起來，胖鏢師卻用力一扎，棒尖全扎入金北望咽喉裡去，金北望立時軟了下去。

那高大鏢師一挾，把金北望挾在臂裡，迅快地掠入艙裡，他掠入時，胖鏢師也入了船艙。

兩人殺人，天衣無縫，手段之毒，蕭秋水乃平生僅見。

蕭秋水忍不住想嘔。

蕭秋水想起來這兩人是誰了。

這兩人正是南明河、甲秀樓上施暗算的鍾壹窟、柳有孔，他們臉上之創，正是那一役中傷在鐵星月、邱南顧手中的！

這兩人亦就是「權力幫」的人物，也是「一洞神魔」左常生的兩大弟子。

這兩人掠入艙內，對著蕭秋水陰冷地笑著，蕭秋水這才真的變了臉色。落到「長江四棍」手裡，大不了一死，但落到這兩個醜陋的怪物手裡，卻是比死還難受。

何況這兩人曾在蕭秋水手裡吃過虧，又被鐵星月、邱南顧所傷，自是恨蕭秋水入骨。

柳有孔就是那個高大但執繡花針的人：

「不錯，就是他。」

鍾無離就是那矮胖但是提尖梢長棒的人：

「老二好眼力，差些兒給這小子溜了。」

柳有孔冷笑道：

「咱們先把他的幫手做了，單他一人，逃不了的。」

鍾無離「噫」了一聲卻道：

「不對，他似給人封了穴道。」

看來這兩人把金北望當作是蕭秋水的朋友，所以才一下手先殺了金北望，再來對付蕭秋水的。

柳有孔俯身過去端詳了一下，冷哼道：

「原來是給人擒在這兒的！看來咱們殺錯人了！」

鍾無離「哈」地一笑道：

「殺錯了怎樣？那小子在咱們地盤上也抓人，咱權力幫就有權殺！你看他還藏有尖刀，我們不殺他，他就要殺我們！」

柳有孔沉吟道：

「這小子怎樣？要不要先刺瞎他的眼睛，我看他還瞪眼睛不！」

鍾無離搖手道：

「不行，反正他穴道被封，劍王還以為他死了，咱們送過去，必然奇功一件哩，又可順此引那兩個小子出來，咱們才可望報了大仇！」

蕭秋水聽得心裡一涼：劍王就是屈寒山，屈寒山既然未死，唐方他們不知怎樣了。

鍾無離、柳有孔的眼睛和鼻子乃傷於鐵星月、邱南顧之手，自然想引他們倆出來雪此大仇！

柳有孔想了想，道：

「咱們就這樣提他到七星巖見劍王嗎？」

鍾無離大笑道：

「怕什麼！這可是咱們的地頭！」

大笑中，鍾無離果真一把手抓起蕭秋水，一個箭步上了岸，在街市中就這樣大步地走著，街市上有人唏噓著，卻沒有人敢來插手。

柳有孔在後面笑著大聲道：

「我這朋友，別的不好，就好喝點酒，現在爛醉如泥，隨地亂吐，萬一污了大家的地方，請恕罪則個！」

這一番話下來，就算有人好奇想問，也紛紛摀著鼻子，讓出一條路來，生恐蕭秋水一個憋不住，會往他們衣服上吐！

人就是這樣，要是「神州結義」的兄弟在場，便一定不會這樣的。

鐵星月、邱南顧都不是這樣的人，唐方雖是女子，但也有一顆俠心，左丘超然也不是這樣的人。

蕭秋水雖也看得出左丘超然本可即刻及時出手救助自己，但他並不因左丘超然這一次未出手救自己而不能原宥：溥天義之一戰中，要不是左丘超然雙手纏著「鐵腕神魔」，此刻他還有命在麼？黃果飛瀑一役中，要不是左丘超然雙手制住沙千燈雙腿，蕭秋水恐怕早已死在飛刀之下了！

蕭秋水只記得他兄弟的恩惠：而他知道人有時是會怯弱的，在膽懦時下的決定，不一定可以代表那人的品德與行爲！

所以蕭秋水此刻雖然被擒，而且身處於求生不得、求死不能之境地，但他心中依然是一片光明。

就在這時，他聽到一個平凡、溫和的聲音，輕輕地道：

「這人沒有醉，他只是給點了穴道。」

蕭秋水被點了穴道，又被餓了幾天，所以連抬頭的力量也沒有，他突覺鍾無離停了下來，而在他面前有一雙腳，黑布鞋、白布襪、青衫襬，樸素的文士打扮。

這人居然一眼就看出蕭秋水沒有醉，只是穴道受制！

那溫和的聲音又道：「兩位匆匆趕路，何不把此人穴道解開，不是可以走得更快？」

這聲音充滿平和、歡愉，令人聽了說不出的舒服，雖然沒有看到，蕭秋水也可以想像到那人在微笑著說話。

鍾無離的聲音卻是陰洞中吹入的寒風：

「關你屁事！」

那人卻失笑道：

「的確不關我事。」

鍾無離切齒地道：

「那你還不滾開!?」

那黑布鞋、白布襪、青布衫果然站開一旁，平靜地道：

「好，我讓開。」

鍾無離才走了兩步，那人又道：

「不過，你也要把人放開。」

鍾無離霍然回首，蕭秋水又看到那黑布鞋、白布襪、青布衫的下襬，只聽鍾無離怒道：「爲什麼？」

那人溫和地道：

「他也是人，他一定不喜歡被人拎著走路，何況他有兩條腿，而且還是年輕人；」這人彷彿笑了笑又道：

「想必閣下也不喜歡被人提著來走路吧！」

蕭秋水如果不是穴道被點，真箇也忍不住笑出來，只覺鍾無離恨得牙齒格格有聲，一字一句地道：

「要不是我看你是個讀書人，」頓了頓，厲聲道：

「我早要你橫屍當道了！」

這人卻依然平心靜氣地道：

「閣下縱不把這青年放下來，至少也讓他有說話的機會。」

鍾無離一時氣得說不出話來，柳有孔卻道：

「就憑你？」

這人溫文地笑道：

「我不是這個意思。」

柳有孔自牙縫裡一個字一個字地逼了出來：

「那你是什麼意思？」

這人居然笑了出來。

「我的意思很簡單，我說過了，你就放了此人吧。」

這一下可真把柳有孔、鍾無離氣得幾乎要跳起來，鍾無離氣得把蕭秋水一扔，「砰」地扔在地上，跺腳道：

「他在這裡，有本事，你來拿吧！」

蕭秋水跌在泥濘中，臀部卻撞在街道青石板上，一身疼痛，但因掉下去時是仰身的，所以也看清楚了那人的臉。

還是黑布鞋、白布襪、青衣衫，陽光逆臉照耀，那人是一個平凡的人，平凡的臉，唇上兩撇鬍子。挺拔秀氣，嘴邊卻有溫和的笑容。

他頭紮的文士巾，隨高要城中的輕風而飄飛。

只聽這文士「啫啫」地道：

「何必！何必要生那末大的火氣，何必要摔人！」

鍾無離怒火中燒，忍無可忍，怒道：

「看打！」

一拳就向這文士擂了過去！

二　大俠梁斗

那文士笑道：

「不要衝動！」

說著也不知怎的，鍾無離那一拳已打空。

鍾無離的臉色似有些變了，又打出一拳，這一拳，竟比第一拳快了兩倍，而且更有力得多，拳頭所挾帶的風聲已夠嚇人！

那文士還是平靜地道：

「請不要動手。」

鐵無離的拳又告打空。

鍾無離怒喝一聲，又一拳飛了出去，這一次，他臉色通紅，青筋凸露，顯然是用了十二成全力。

那文士淡淡地道：

「最好不要打架！」

這開山碎石的一拳，也不知怎樣地，還是打了個空。

蕭秋水這才鬆下了一口氣，知道這文士武功之高，非同小可，絕不在自己父親之下。

那文士卻好似看出了蕭秋水的心事，笑道：

「別耽心，他打不著我的。」

鍾無離這下可怒極了，大喝一聲，反手掣出一根尖棒，蕭秋水心裡一涼，正待警告，但又苦於說不出聲，只聽那文士「哦」了一聲：

「原來閣下便是鍾壹窟鍾無離先生，怎麼鼻尖少了一塊肉……」

這時只聽「嗤」地一聲，鍾無離的尖棒已疾刺了出去，就在這時，柳有孔已潛到那文士背後，閃電般向那文士的「玉枕穴」和腰背刺出兩針！

這一下，蕭秋水真變了臉色。可是只見這文士身子滴溜溜一轉，真好像背後長了眼睛一般，兩針一刺，全部落空。

只聽這文士微歎了一聲道：

「何必出手這麼狠！」

鍾無離、柳有孔兩人更不打話，雙針一棒，全力出擊，片刻間不知已攻出多少棒，戳出多少針！

只見那文士青衫翻飛，盡是閃躲，也未還過一招，鍾無離、柳有孔二人，卻連他的衣衫也沾不上。

其實以鍾無離、柳有孔的武功已不在蕭秋水之下，但這兩人出盡全力，也不能使文士還手一招，那文士閃閃騰挪，然而身子還是不離原位，蕭秋水這才發覺，此人的武功，恐怕還在「陰陽神劍」張臨意之上！

鍾無離、柳有孔兩人飛、刺、戳、點，出盡法寶，但始終沾不著那文士的邊！

就這樣打了好一會，鍾無離、柳有孔臉都脹紅了，氣吁吁的，觀眾也圍了一大群，正比手劃腳，那文士笑道：

「好了吧，我們又不是賣藥的，又不是耍猴戲給人看！」

高要鎮的人們像對這文士十分之熟，又十分親切，其中一名商賈模樣的老年人也道：

「耍技藝也輪不到你們耍啊。」

另一名員外樣子的中年人道：

「在梁大俠面前練武功，班門弄斧啦。」

蕭秋水聽得一震：梁大俠？難道是……？

就在這時，突然有人大喝一聲：

「住手！」

鍾無離，柳有孔二人原來殺出狠命，又不能下台，正死纏爛打，但聞這一聲斷喝，兩人竟都乖乖地住了手。

蕭秋水一看，一顆心又往下沉。

來的人有兩個，蕭秋水一眼就認出左邊的人：

這人不是誰，卻正是權力幫的「一洞神魔」，左常生！

左常生，就是奉權力幫李沉舟之命攻打浣花蕭家的主將。

要不是有左常生，朱俠武也不會身受重傷了。

但在劍廬前之一役，朱俠武雖負傷，左常生也給朱俠武「雙鋒貫耳」的一雙鐵手擊中，按理說不死也重傷，沒料左常生卻出現在這裡，除了臉色出奇的蒼白外，一點也不像身受重創的樣子。

看來這左常生，肚子有一個大洞尚能活命，且練出駭人聽聞的奇技，確有其過人的生命力。

蕭秋水看到他，便開始爲那「梁大俠」耽心起來了。

他心裡倒希望「梁大俠」快走，別惹這趟渾水；權力幫確是不好惹的。他卻忘了自己不但招惹了權力幫，而且命在旦夕之危。

單只左常生一人已夠難應付了，他身旁的人，在身份氣派上，好像比左常生更大。

這人相貌堂堂：蕭秋水曾遇過及會戰過不少權力幫的魔頭：包括溥天義、沙千燈、孔揚秦、華孤墳、左常生、康出漁、辛虎丘、閻鬼鬼、柳千變、屠滾、彭九、杜絕、余哭余、血影大師等，卻無一人比得這人的聲勢。

這人身上所穿的衣服，正是鏢頭打扮，跟鍾無離、柳有孔身上所著十分相近，蕭秋水馬上意會到：鍾、柳二人在甲秀樓上爲鐵星月、邱南顧等所傷，無可置疑的是逃到此人門下來避禍。

這人到底是誰？

梁大俠卻笑了一笑，一語道出此人的身份：

「盛老拳師，橫震西湖，今日怎也有這個空閒，到廣東吃風來著？還是權力幫公務在身，要勞盛老師大駕？」

「盛老拳師!?」

「大王龍」盛江北！

「大王龍」盛江北就是「權力幫」中「九天十地．十九人魔」中的「神拳天魔」。

這十九神魔中，武功各異，有劍術高手、有兵器名家，也有腿上功夫、掌上修爲十分火候的殺手，但正宗名門、各家各路都十分嫻熟，而且乃正統武林中數一數二的武術好手，就只盛江北一人而已。

盛江北原來也是黑白二道上，江湖綠林中好漢之一，後來因慕權力，繼而爲色所誘，晚節不保，投入權力幫中，一時受他影響而加入權力幫眾之武林同道，也不知凡幾。

這盛江北的手上腳下的真材實料，卻真箇不可輕視的。

這兩人一出現，群眾倒是嘩然，有人交頭接耳地說：

「盛老拳師來了。」

「盛江北不好對付呀，也不知梁大俠……」

「廢話！梁大俠還打發不了這種貪圖權勢的人麼？」

這語音原本十分細微，但那盛江北猛回頭，回首同時，一拳打出，穿過十人八人，「砰」一拳打中一人臉上，那人「哇」地一聲慘叫，捂臉咯了一口血，竟掉了四顆門牙！

梁大俠一皺眉頭，道：

「盛老師何必動這麼大的火氣，這位朋友可不懂武功呀！」

盛江北仰天大笑，笑聲如雷，加上他那一拳的聲勢，群眾紛紛走避，唯恐自己惹禍上身，盛江北怪眼一翻道：

「他不會武功，就不要說話！」

梁大俠嘴角牽了一個淡淡的微笑：

「不會武功就不能說話？那天下人不是十之八九都成了啞巴？」

盛江北一雙怒目瞪住梁大俠，道：

「你要爲這人出頭？」

梁大俠拂了拂腰間的刀鞘，慢條斯理地道：

「出頭不敢當。你只要也掉四顆門牙，那此事就算了。」

這一句話，盛江北簡直跳了起來，吼道：

「兔崽子，有種你來敲掉我的牙！」

梁大俠卻平靜地笑道：

「我不是牙醫，也不是兔子，」梁大俠依然溫和地道，「只要盛老師答應以後不要隨便敲掉別人的牙齒，這個歉我就代你向那位朋友致意就是了。」

因爲梁大俠的說話時用手拂了拂刀鞘，蕭秋水才注意到梁大俠腰間繫有一柄刀。一柄平凡無奇的刀。

就像梁大俠的人一樣。

這刀絲毫沒有殺氣，套在鞘裡，溫和得就像布坊裡的一把尺。

梁大俠的人也絲毫沒有殺氣。

只是梁大俠是誰呢……蕭秋水想：如果「梁大俠」就是名震廣東，與「威鎮陽朔」屈寒山齊名的「氣吞丹霞」梁斗，那末梁斗的爲人，會不會好似屈寒山一樣，金玉其外，敗絮其中呢……

蕭秋水很疑惑，他不知道。

但他生平首次見到，這文士會爲了一個路人被打掉的四隻門牙，不惜開罪名震黑白二道的「大王龍」盛江北！

盛江北簡直暴怒若狂，他橫行江湖近二十年，的確未嘗聽說過只打落一個無足輕重尋常人的四顆門牙是不可以的事。

他生平打人，無需問過什麼人來。他曾把一個人打得嘴連一隻牙齒也沒有了，再斷其左臂，且把右手五指全拗碎，連盆骨也踢歪了，他揪起那人問自己有沒有打錯，那人反而還感謝他沒有下殺手。

而今……！

盛江北雖明明聽到左常生暗示要忍，但他還是衝了過去。

他決定不管一切，也要教訓此人！

就算「劍王」怪罪下來，他也不管了！

盛江北一衝近去，手一抬，就是正宗外家「崩步拳」，步走「竄跳」，手隨「疊肘」，完全是高手近身必殺的搏擊法。

梁大俠神色一變，身如穿花伕蝶，竟也是剛柔並濟，長短互甲的「梅花拳」路數，以「獻桃」式破手，「滾膀」式封腿，盛江北完全無法攻進去。

就在這時，盛江北的拳路變了！

盛江北用正宗螳螂拳術，輔以大番車之番車手與轆轆捶，時而「左右獻桃」，時而「引針腰斬」，真是步步殺著，咄咄迫人。

梁大俠微微一笑，「梅花拳」式一急，成「梅花落拳」，猶似蕭秋水家傳的「飛絮掌」法，只是更複雜、更繁密得多了。

盛江北一輪急攻，攻不進去，大吼一聲，拳路又變！

這一下所走的是「龍形八卦掌」。所謂八卦者，正卦也。每卦變而爲八，八八合六十四卦，即變卦也。八卦合一，亦即龍形。盛江北這一套「龍形八卦掌」，打遍大江南北，拳術之式爲蛇、單、順、雙、扣、序、合、回八家，其動作皆用行步，毫無停止，進行中皆以變化擊人。因是拳練至最得意處，是爲龍形，絕似龍蛇飛舞，行藏之態。其掌爲數八，第一掌變八掌，共八八六十四掌，即應合八八六十四卦之數。

盛江北這一點「龍形八卦掌」使出來，掌雨翻飛，煞是好看。梁大俠卻神色不變，居然以慢打快，以柔制剛，施出「楊氏太極」，主運於腰，腰爲車軸，力由背發，形於手指，盛江北掌法雖繁，但被梁大俠「用意不用力」，「上下相隨」、「內外相合」、「相連不斷」、「靜中求動」的太極掌法下，引至絕境。

打到後來，盛江北幾乎要左手打中右手，右手打擊左手，到最後左右手幾乎都要被引到往自己身上打去，盛江北狂怒莫已，怪叱一聲，招法又變。

這一下還是「八卦掌」，但卻是「武當八卦掌」，掌至自剛，倒走陰陽，塌、扣、提、頂、裹、鬆、垂、縮，起躦落翻分明，一時間，漫天都是盛江北的掌影。

梁大俠「哦」了一聲，微笑依然，卻打出同樣是「武當八卦掌」的精要拳套「八合拳」。「八合拳」前部乃源自少林金剛拳，堅韌力勁，後半部則走佛家拳的路，兼有精神氣，可剛可柔；盛江北的「武當八卦掌」，頓時成了無用武之地。

盛江北這下可脹紅了臉，虎吼連連，但他畢竟是拳術名家，盛怒之下，心裡情知剛猛拳路，佔不了梁大俠分毫便宜，拳法倏變，竟打出「形意門」的「雜式捶」！

雜式捶本乃統一拳，是總合「形意拳」各路之特長，熔爲一爐者，其中包括了十二型，從三才一式至三式，主要基於鷹熊二式，剛柔並合，盛江北一時又搶得優勢。

梁大俠卻絲毫不慌亂，招式一變，正宗少林拳法，「左穿花手」、「右穿花手」，時而「黃鶯落架」，時而「懷中抱月」，左「沖天炮」，右「頂心肘」，才七八招，盛江北便已大汗淋漓！

打了半晌，盛江北汗透衣衫，突一個箭步倒退出戰局，臉紅似關公，嘶聲道：

「你……你拳法比我還雜！」

盛江北本以拳法揚名立萬，他精通拳法四十一種，略通的拳法也有十七種，但剛才一輪下來，梁大俠只是採取守勢，但所用的拳法，無一不比自己所學的龐雜，而且精妙，盛江北久攻不下，知道打下去也沒意思，只有自討苦吃，心中更是驚駭無已！

梁大俠卻欠身笑道：

「旁門雜技，比不上盛老師的意深形簡。承讓，承讓！」

盛江北心裡暗叫慚愧，在一旁的左常生卻皮笑肉不笑地長揖到地道：

「聞說梁斗梁大俠見識廣博，武學淵源，而今一見，所說無訛。」

……梁斗！

……這人果然就是「氣吞丹霞」，梁斗梁大俠！

蕭秋水心中驚疑不定，卻突見左常生一躬身，流星般向梁斗梁大俠彈了過去！

蕭秋水想出聲警告，但又苦於有話說不出。

左常生身形何等之快，已到了梁斗身前，雙手一張，亮出一對利銳尖堅的銅鈸，一上一下，直戳了出去！

這一下，可說迅速無倫，梁斗既不及退，也無法上躍或蹲低，而左常生右鈸割脖，左拔切腿，招式十分狠毒！

而就在此時，梁斗的雙手突然伸了出去！

左常生上下夾攻，但胸腹在那瞬間卻是空門大開！

梁斗後發而先至，那輕描淡寫的一推，竟比利銳的雙鈸還要先到！

可是蕭秋水卻駭得張口欲呼：

他知道梁斗是在左常生雙鈸擊中他之前把他推走，但是左常生這個空門必定是故意露出來的，因為左常生沒有肚子！

這「一洞神魔」左常生是沒有小腹的！

梁斗卻不知道。

這下連在旁的鍾無離、柳有孔都不禁泛起了惡毒的冷笑。

梁斗雙手一推，果然推了一個空！

梁斗心裡一涼，雙鈸已沾及青衫！

蕭秋水現在才知道梁斗出手有多快：只見他如閃電般易掌爲爪，雙手一合，已拿住左常生的腰背，楂一丟，竟把左常生甩了出去！

在左常生雙鈸劃破他衣衫之後，割破他肌膚之前甩了出去！

左常生「砰」飛了出去，還不知道對方是怎樣變招的。

他雖然腸胃全潰，但腰脊還是存在的。

他只覺被一股大力拋了出去，連雙手的鈸都不知飛往何處，而且摔得一口一臉是泥濘。

他做夢都難以相信這平凡的文士，出手有那麼快，有這等駭人的力氣。

只聽見梁斗掀起自己被割的青衫，笑道：

「好險，好險，左兄好快的出手。」

蕭秋水頓時放下心來——他現在才知道，此人武功，不單在唐朋之上，而且更絕不在屈寒山之下。

盛江北心中也是震驚不已：要是梁斗用剛才的閃電般手法攻擊自己，自己焉有命在？

左常生在地上掙扎起來，心裡轉念：自己的絕招，已給梁斗知道，非要殺他滅口不可，但自己絕非其敵，除非用盛江北、鍾無離、柳有孔四人聯手……

就在這時，突聽一個從容有力、響遏雲霄的聲音笑道：

「果然是氣吞丹霞！果然是大俠梁斗！我這才踏入廣東，梁兄已大顯身手！」

蕭秋水一聽這個聲音，才真正的絕了望。

這人不是誰，卻正是「威震陽朔」屈寒山！

屈寒山三綹長鬚，仙風道骨，態度雍容，梁斗跟他比起來，就平凡多了。

但這平凡的人，卻不知怎的，在氣質上、氣勢上，都不輸於屈寒山分毫。

屈寒山身後跟了個人。

這是蕭秋水最不想見的人。

「觀日神劍」康出漁！

康出漁身後也跟了個人。

蕭秋水最痛恨的人。

康劫生。

又是康劫生！

又是康出漁!!

又是屈寒山!!!

蕭秋水想大聲呼出：

——屈寒山就是權力幫的「劍王」！

但是他叫不出。

屈寒山卻說話了——三綹長鬚飄起，手中一柄劍都沒有，卻瞄了蕭秋水一眼，繼續說話：

「哎呀這不是蕭家老三嗎？怎地在這裡？」

梁斗卻恭正抱拳道：

「原來是屈兄，嗄，還有康先生光臨廣東，有失遠迎，失敬失敬！」說著去拉屈寒山的手，顯然十分親暱：

「怎麼先前未通知我一聲，我和廣東五虎去接你！」

屈寒山苦笑道：

「這次臨行匆匆，未及通知，實感慚愧。據悉廣西五友也來廣東了，不知……」

梁斗撫掌笑道：

「此事確然，他們廣州十虎，每年一聚，這次會面地點就在高要。只不知連勞山康先生也大駕光臨……」

康出漁長揖，帶康劫生向梁斗引見：「這是小兒劫生，拜見梁大俠，他原是這位蕭少俠的知友，我們此番來廣，亦爲救援這蕭少俠而來的。」

——蕭秋水心中暗暗罵道：老狐狸！你們是救我而來的？你們害得我浣花蕭家家破人亡還不算……！

梁斗「哦」了一聲，沉吟道：

「原來這位便是蕭少俠，我與他大哥有一面之緣，與他卻未曾謀面，但見他爲人所制，仍氣宇不凡，想權力幫作惡多端，難容他們公開胡作非爲，才插手此事，卻不知……不知康先生乃爲此事而來的！康先生德高望重，仍爲武林後輩之事如此操心，實是武林之幸。」

——見鬼！見鬼！蕭秋水心裡罵道。

——聽梁斗的口氣，絕不似是屈寒山等人一伙的，顯然他也並不清楚康出漁等也是權力幫中人。

屈寒山，康出漁等在武林中一向聲名甚佳。

蕭秋水也到現在才知道，僞君子實比小人更可惡。

屈寒山也笑道：

「大俠客氣！多年來爲百姓仗義抱不平的，還不就是梁大俠仍孜孜不倦！」

梁斗苦笑道：

「只不過卻愈幫愈忙，傷了無辜旁人。」

屈寒山卻臉色一變道：

「誰傷了人？」

康出漁左手向盛江北一指，道：

「就是這人，打掉了一名觀看者的四顆門牙！」

盛江北給康出漁一指，倒是唬了一跳，瞪住康出漁，正想反吼了回去，屈寒山突然身形一掠，沒有人看清他是怎樣出手，盛江北臉上已「劈帕」「劈帕」中了四個巴掌！

一個巴掌一顆牙齒。

四個巴掌四顆！

盛江北怒道：

「你……」下面的字，卻成了吐出來的門牙，就在這一刹那間，屈寒山又點中了他的穴道，盛江北仰天就倒。

左常生的頭垂得更低了；鍾無離與柳有孔也不敢抬頭。

屈寒山大笑道：

「梁大俠，有你我在，權力幫豈能橫行！」

康出漁也展顏笑道：

「這人打脫別人四顆牙齒，而今也給人打脫了四顆，真是報應不爽。」

梁斗微笑歎道：

「屈兄好快的身手，武當山一別後，這次又叫我好生開了眼界！」

——蕭秋水心中卻又急又怒：屈寒山、康出漁做盡好人，使梁斗不會懷疑到他們兩人身上來。

——梁大俠危險！

——蕭秋水恨不得馬上叫出來：屈寒山是騙子，屈寒山就是劍王！

屈寒山忽道：

「這裡的事，就交給兄弟好了，梁大俠最好還是跟康先生走一趟。」

梁斗不明所以，道：

「什麼事？」

屈寒山正色道：

「古深禪師來了。」

梁斗奇道：

「嵩山古深？」

屈寒山微笑道：

「正是古深。」

梁斗動容道：

「他怎麼來了廣東？」

屈寒山微笑道：

「他先到廣西，我已接待他幾天了；而今他到了廣東，盡地主之誼，我看梁大俠還是去一趟的好。」

梁斗沉吟道：

「他來了，我自然該去。只是，這兒的事……」

屈寒山撫鬍笑道：

「這裡我可代梁大俠料理。」

梁斗撫掌謝道：

「有屈兄在此，我就放心了。」轉向康出漁道：

「古深禪師現在何處？」

康出漁指引道：

「就在七星阿坡巖附近。」

梁斗略思索了一下，道：

「好，我這就去。」又轉向蕭秋水，笑了一笑，向屈寒山道：

「這人的穴道要先解除，他愨久了。」

屈寒山大笑道：

「這個自然，蕭家老三，本是老友之子，我不幫他幫誰？而且有我屈寒山，又有誰敢動他一根汗毛！何況還有梁大俠說過的金言！」

——老狐狸！

蕭秋水心都涼了，不管古深禪師有沒有來，但屈寒山有意把梁斗引開。

——大俠梁斗這一走開，恐怕永遠見不到自己了。

蕭秋水卻認得古深禪師，《劍氣長江》中，蕭秋水於「謫仙樓」上大戰「兇手」，便曾用古深禪師有名的「一指取七十二技」的「仙人道」力戰英劍波的少林虎爪。古深禪師正是蕭西樓的好友。

——古深有沒有來雖不知道，但屈寒山立意把自己殺以滅口倒是真的。

——屈寒山就是「權力幫」之「劍王」！

蕭秋水卻叫不出聲。

大俠梁斗卻已走了。

三　廣東五虎

大俠梁斗走了。

屈寒山好像暗中鬆了一口氣，臉色也沒剛才從容，這時街上的人，因怕打殺波及自己，所以早走避一空，屈寒山一揚袖，便已解了盛江北的穴道。

盛江北一旦能脫，躍了起來，怒道：

「你——！」

左常生卻及時按住了他，低聲道：

「老盛，你這樣，不怕『家法』麼？」

左常生這「家法」二字一出口，盛江北便立即靜了下來，屈寒山目光閃動，怒道：

「差點給你累了大事！梁斗的武功，你又不是不知道，你連他都敢惹，你嫌命長是不是!?」

盛江北低下頭去，拳頭卻緊握，顯然很不服氣。屈寒山冷哼了聲繼續說：

「幫主還要收攏他這等人物，是開罪不得的。而今之計，還是快做了這蕭秋水，以免夜長夢多。」

左常生卻道：

「只是殺了蕭秋水，又如何向梁斗交代呢？」

屈寒山冷笑道：

「我們殺了他後往大河一扔，誰知道他死了？日後要是聽到他有什麼消息，亦可說是我們放了他之後方才碰上的！沒有真憑實據，梁斗也奈何不了我們！」目光一寒，又向盛江北厲聲道：

「剛才我打你，其實是救你，要是梁斗真箇要出手，你還有命在!?」

盛江北忍不住道：

「我們幾人，加上您老，也不見得鬥不過梁斗！」

左常生喝道：「多一事不如少一事，其實以屈劍王，武功自是在他之上，只不過還未到出手的時機罷了。」

奉承的話自是人人愛聽的，縱然喜怒不形於色的屈寒山也不禁略有得色，道：

「要殺梁斗，的確不難，但幫主未有明令，貿然行事，總是不妥。」

在一旁一直靜靜的康劫生忽道：

「要殺蕭秋水，倒不必勞諸位動手，他跟我有私仇，我來動手便是。」

——卑鄙的康劫生！

蕭秋水幾乎被他氣炸了。康劫生在浣花蕭家臥底，與康出漁狙殺多人，蕭秋水等人尚且放了他一馬，而今他卻生恐蕭秋水不死！

康劫生走近蕭秋水身邊，緩緩拔出長劍，冷冷地道：

「蕭秋水，你可怨不得我，是你不殺我的，我可要殺你了。」

慢慢舉起了長劍。屈寒山忽然想起一件事，即道：

「慢著，要他先把他拿杜月山的劍譜逼供出來，再殺不遲！」

這時忽聽一個聲音厲喊道：

「是誰殺我老四？」

屈寒山眉頭一皺，道：

「是長江四棍？」

鍾無離悄聲道：

「我們在這幾人船上搜出蕭秋水，當時他們其中一人在，背後還藏有尖刀，所以我們兄弟合力把他給殺了。」

屈寒山冷笑道：

「反正朱老匹夫的手下都該殺。」

這時三人已然衝近，正是擄劫蕭秋水的常無奇、孟東林、宇文棟。

康劫生目光閃動，道：

「只是蕭秋水怎會和朱老狐狸是一伙？」

但這時已無及細想，宇文棟怒叱道：

「是誰暗殺我四弟的!?有種的站出來！」

屈寒山向左常生等沉聲道：

「這裡我來應付，你們抓他先到七星巖的五龍亭去，我會到那兒找你們，記住要取得杜月山的劍譜！」

左常生疾道：

「是！」

一手拿起蕭秋水就走。孟東林一揮長棍，瞪目怒叱：

「想走！」

屈寒山一轉身，已攔在三人身前，大笑道：

「有我陪你們就夠了。」

蕭秋水被左常生揪著奔行，只覺眼前景物飛馳，耳邊勁風呼呼作響，不消片刻，已到了七星巖。

七星巖離高要不過四里多，東、南、西方爲近七千畝水面的七星湖所圍繞，北面即巍峨之北嶺山，兼有「桂林之山，杭州之水」的勝色。

七星巖是七座大小不同、儀容各殊的石巖。有閬風、屏風、石室、天柱、蟾蜍、仙掌六峰屏列，勢如真珠，阿坡巖則橫峙其背，有如北斗星座，故名「七星」。

阿坡巖離七星湖有段距離。七星湖迂迴曲折，縱貫南北，橫鎖東西、蜿蜒二十多裡的湖心堤，湖畔巖間星羅密佈，有亭、台、樓、閣、宮、殿、軒、館，其中以五龍亭、水月宮、樓花軒、頭柱閣、七星橋爲著。

左常生等一行人到了湖光山色的五龍亭，左常生把蕭秋水重重一扔，向其他幾人道：

「我們就在這裡等『劍王』吧。聽說待會兒『血影』、『獅公』、『虎婆』也會來。」

盛江北牙齒被打掉，餘怒未消，踢了蕭秋水一腳，怒氣沖沖地道：

「快問出那劍譜的下落，好做了這小子！」

盛江北這一腳，正踢開了蕭秋水的「啞穴」，他的身子仍然不能動彈，但卻能開口說話了，鍾無離俯近裂齒道：

「小子，聰明的快說出來，否則可以叫你後悔爲何要生出來！」

柳有孔揪住蕭秋水衣襟，獰笑道：

「你不說，我先挑你雙目！」

康劫生想了想，忽道：

「不如先搜他身子，他一路上都被我們追趕，不可能有機會把劍譜收藏。」

柳有孔偏頭想想，道：

「這也有道理！」

伸手就往蕭秋水衣襟裡掏。這時蕭秋水忽然說話了，只有一句話，也不是話，而是一聲叫喊，一句令人莫名其妙的呼喊：

「大肚和尚！」

大肚和尚!?

什麼叫大肚和尚?江湖上沒這個人。

但這兒卻有這個人。

只見一個胖和尚走了過來。這和尚原來在對面亭子裡，但蕭秋水一叫，他立刻就走了過來。

不是順著迴廊、跟著欄杆，走過來的，而是直接從那亭子到這亭子，渡水登萍過來的。

這和尚看來痴肥慵懶，但一動起來，卻十分之快，轉眼已到了五龍亭內。

左常生等一看，卻認得這個人。

「了了大師！」

了了大師在江湖上的名氣，已不算小，他原本是鄉間殺豬的小子，也曾替人割雞殺鴨、打鼓、敲鍾，連小偷、孝子都當過，後受蕭秋水影響，對武學有興趣，投身少林，倒學了一身好技藝，但因吃狗肉愉喝酒而被逐，後又自謂對佛學生極大興趣，自創一家，正是大廟不容，小寺不要，道釋密都不收容的野狐禪。

了了大師卻仍洋洋自得，自許爲禪宗高僧，其實只是個古怪和尚。

因此武林中人都改稱他當「鳥鳥大師」，但又憚忌他一身怪招，正面也不敢如此呼他。

左常生卻不知道，這「鳥鳥大師」其實是蕭秋水闖蕩江湖最早時的摯友之一，蕭秋水因鳥鳥大師肚皮凸起，在少林時又佛號「大渡」，而在鄉間的人又稱他爲「大肚」，所以就暱稱他作「大肚和尚」。

故此，大渡和尚就成了大肚和尚，了了大師就成了鳥鳥大師，鳥鳥大師和大肚和尚原是一個人，難怪左常生等並不認識。

大肚和尚鳥鳥大師走近來第一句話不是「阿彌陀佛」，而是三個字：

「他媽的！」

然後才講下去：「你這王八小子以後不准叫我大肚和尚。」

蕭秋水笑道：

「那叫你鳥鳥大師好了。」

大肚和尚更怒：

「你再叫，我揍你！」

出手如風，雙指並點，戳向蕭秋水！

左常生等猶如五里霧中，不明所以，但大肚和尚雙指眼看點中蕭秋水「承泣穴」

時，倏然一變，撞開了蕭秋水被封的「軟痲穴」！

蕭秋水一躍而起，卻因幾日都穴道被封，雙腿痲痹，不禁一個咕咚倒栽下去。

左常生喝道：

「好小子，你還想走！」

雙拔一揚，剮向大肚和尚。大肚和尚雙掌一合，居然挾住雙鈸，兩人各往後扯，但兩方面俱不動分毫，正在這時，血影一閃，一人飛撲而來，厲聲道：

「臭光頭，要來撒野，先問過我血影大師！」

來人正是魔僧血影，雙掌一分，兩道火焰般的血掌，直劈大肚和尚，大肚和尚武功本已略遜左常生一籌，而今乍然兩面受敵，即落下風，只聽大肚和尚忽然向天大呼道：

「出來、出來！你們不出來，了了就要了帳了！」

五龍亭上雕有五條龍，黃龍。

而今五條黃龍上落下了五道人影。

這五個人既不認識蕭秋水，蕭秋水也不認識他們，但蕭秋水卻覺得似曾相識，因爲這五個人就像另外五個人：

廣西五友。

不過蕭秋水也沒空細看，因爲鍾無離、柳有孔的針棒已然刺到！

這時突然閃過一名長髮披肩，猴手猴腳的高瘦青年，一手抓住柳有孔的雙針哼道：

「喂，烏烏，你要我們救這人麼？」

另一個瘋瘋癲癲但又有些漂亮的女孩子一伸手，已折斷了柳有孔雙針，也叫道：

「喂，大肚，點子扎手得很呀！」

再一個高大、虎頭虎臉，但頂上頭髮不多於十根的壯漢，一出手抓住鍾無離的尖棒，喊道：

「這些人好像是權力幫的！」

又一人身材不高，但精悍碩壯，傻傻獃獃，居然一手拗斷了長棒，呼道：

「權力幫的人不好惹啊！」

另一個女跛子還要厲害，苦口苦臉，一開肘，「砰砰」撞走鍾無離、柳有孔，嘯道：

「不好惹麼？我們廣東五虎，專惹不好惹的人！」

那猴手猴腳，瘋瘋癲癲、虎頭虎臉、傻傻獃獃、苦口苦臉的五人一齊道：

「廣東五虎，正是如此！」

好像事先約好背出來一樣。

「廣東五虎！」

左常生目瞳收縮，盛江北立時擺出了架勢。

「廣東五虎！」

蕭秋水想到「廣西五友」，心都溫暖了起來。

「廣東五虎？」

鍾無離、柳有孔一接觸就被人擊退，怔在當堂。

「廣東五隻老虎仔，」大肚和尚一邊和血影大師大打出手，一面大呼小叫道：

「快跟我救此人，他是我死黨，也是我好友，更是我恩人，不救他，我們就連朋友都沒得做，你們就是全廣東最無用的五條老鼠仔！」

那瘋瘋癲癲的女孩子怪眼一翻，喝道：

「廣東老虎，豈是老鼠！」

那猴手猴腳的青年叱道：

「給我好好瞧著，我，們——打！」

說著就呼嘯向左常生、盛江北等衝了過去！

——蕭秋水目中有淚，心中卻好溫暖。

——「不救他，我們就連朋友都沒得做……」

——大肚和尚！

——朋友！

朋友！

蕭秋水曾爲過大肚和尙，赴湯蹈火，而今大肚和尙也爲他在死不辭，至於大肚和尙曾爲過廣東五虎做過什麼，致使廣東五虎爲大肚和尙亦如此兩肋插刀、奮勇前往，蕭秋水不知道，但知道大肚和尙一定對得起他的朋友！

正也如蕭秋水對得起自己的朋友。

五人向左常生、盛江北撲去，忽又回頭，那苦口苦臉的女子道：

「不行，我們救人，總得要人知道我們的高姓大名。」

那瘋瘋癲癲的女孩子一笑，立即搶著說：

「正是。我叫劉友，潮陽人，人家叫我做『瘋女』。」

那猴手猴腳的青年和傻傻獃獃的後生幾乎搶著同時說話：

「我是揭陽吳財。」

「我係寶安羅海牛。」

那虎頭虎臉的壯漢也搶著說：

「我珠海人，人家叫我阿殺，原名山仔。」

那首先說話的跛子也道：

「我呢，我叫阿水，梅縣阿水。」

瘋女比手劃腳地道：

「我們，就是廣東五虎。」

那矮小精悍的羅海牛道：

「永不分開的廣東五虎。」

「永不分開的廣東五虎？」盛江北怒吼道，「我要把你們打成死老鼠！」

「你這無牙老鼠！」那梅縣阿水雖是女子，卻似是五人中最凶的，「我先來教訓教訓你，要你吃老娘的口水！」

一衝過去，可能因為太快，竟跌一跤。

盛江北張開血盆大口大笑道：

「跛子也學人……！」

猛見阿水跌落時聲勢洶洶，盛江北忽覺不妙，一個錯步閃身，「砰」地一聲，阿水一個肘錘落空，擊在一塊巨石上，石裂為四！

這一下，連鍾無離、柳有孔都為之咋舌；廣東另外四頭老虎卻「啫啫」地調侃道：

「哇哇，差點老命沒了。」

「嘻嘻，老骨頭可不堪阿水姐這雷霆一擊啊。」

「咭咭，可後悔多嘴了罷。」

「嘿嘿，你媽的王八蛋。」

四人亂講亂罵，更激起盛江北無名火三千丈，心中怒極，因一上手時輕敵，在眾人面前失威，大喝一聲，竟施出「八步楊家拳」，拳風虎虎，反攻回去！

「八步楊家拳」共十六路，每路八勢，每勢八式，盛江北雖已一把年紀，但使起「通天砲」、「推山掌」、「旗門手」、「劈折掌」、「穿心腿」、「鑿子拳」真是有聲有勢，一時拳如雨點，罩住了阿水的身形。

盛江北的拳法雖然厲害，但阿水的拳法，愈打愈牛，拳路乃走「醉八仙」，可是鉤，提，卻、撞、衝、倒、捺，全用剛勁，硬打硬劈，一招「鐵拐李」使得之沉猛刁潑，盛江北雖練拳四十載火候，也不敢與這辛辣女子硬拚！

蕭秋水運氣調息了一陣，在場情勢，他都一一在目。

其實他聽到屈寒山命左常生等擒自己到五龍亭迫問，心中已是暗喜，因爲他知道大肚和尚在這種時候，通常都會與中山林公子約晤比武，現在大肚和尚果然在此，林公子卻不在，卻來了廣東五虎。

這廣東五虎，其古道熱腸、活潑刁鑽，極似廣西五友，但武功招數，卻更近市井流氓，亂打亂拚，犀利霸道，令人無從防禦。

殊不知這廣東五虎，之所以有今天的聲名，亦是身經百戰，一層一層，一個一個，從基層的太保流氓，一直打到土豪劣紳，到後來與武林高手力拚，一點一點名聲地打起來的。他們也曾助宗澤起兵反攻，力抗金兵南侵，保國安民，立過大功。

所以他們的武功，可能不太好看，但卻很實用。

蕭秋水又不禁想到鐵星月和邱南顧：他們二人，也是伶俐古怪，好打不平，武功更走自成一家之路，豈不是與這兩廣十虎，乃同一類的人？

蕭秋水想著，竟不禁有些好笑起來，他覺得自己好喜歡他們，而自己也是十分氣味相投。

蕭秋水想著想著，場中戰況又有改變。

盛江北的拳路已無法封住阿水凌厲的胡打亂撞，招式一變，竟使出北拳精準中的菁華：「彈腿拳」！

彈腿拳分十路與十二路，十路歌訣乃是：

「頭路衝招一條鞭，二路十字奔腳尖，三路蓋打夜行式，四路撐扠把路攔，五路架打，六路單展，七路雙展，八路迴轉，九路碰鎖，十路箭潭。」

十二路乃分三段，歌訣如下：

「弓步衝錘一條鞭，左右十字奔腳尖；翻身蓋打劈叉碰，撐叉穿撩把腿彈。護頭架打掬心拳，仆步雙展使連環；單展貫耳腳來踢，蒙頭擭襠踢兩邊。腰間碰鎖分兩掌，空中箭踔飛天邊；鉤掛連環機妙巧，披身伏虎返華山。」

由歌訣可見，「彈腿拳」走勢靈便，拳如流星，眼似電；腰如蛇行，步賽黏；神要充沛，氣宜沉；力要順達，功宜純正，此乃練拳八法。

盛江北的拳式，合併十路十二路，使出來可說是武學大要，北拳菁華。

面對如此精純的拳術，阿水漸力不從心了。要不是盛江北被屈寒山擊傷在先，銳氣大打折扣，又被廣東五虎惹得上了火，沉穩大失寸度，阿水很可能就已傷在盛江北招式之下。

這使蕭秋水想起廣西五友：

廣西五友也是熱情澎湃，武藝高強，使得對手無法應付，但在萬里橋一役，硬碰硬對上了「觀日神劍」康出漁、「獨腳神魔」彭九等，卻仍是略遜了半籌。

盛江北一佔上風，「嘎嘎」張開血口笑道：

「瞧妳這婆娘還凶不？」

梅縣阿水陡然收拳正步，道：「不打了。」

突然「咳吐」地飛出一口痰，直噴向盛江北，盛江北大喫一驚，還以爲是什麼犀利暗器，邊單掌封架，邊五指一拑，竟把那口痰抓在手裡，一時哭笑不得。

梅縣阿水「卡卡」笑道：

「你這老王八，還不是喝了老娘的口水！」

盛江北怒無可遏，大吼一聲，揮拳又衝了過去，這下拚出了性命，正是自由搏戰式的「短打拳法」！

忽聽一人「嘿嘿」笑道：

「水姐歇歇，讓我羅海牛來接這老烏龜兩招！」

盛江北的「短打拳」內容比彈腿更增加了踏步走及擊響等動作，而且步快，速度和空中動作的招式繁多，兼有北拳的起伏轉折，竄蹦跳躍，尤其跨虎、雙鉤、撩掌、挎肘、架打、單鞭、衝拳、飛腳等動作，更使得出神人化，縱是高手也難以招架。

蕭秋水看在眼裡，心中確也感慨盛江北武學淵源精深翰博，不知怎的竟也給「權力幫」收買籠絡了下來——，委實可惜。

但是這短小精悍的羅海牛，招式卻不繁複，甚至可以說極爲簡單，一拳就是一拳，一腳就是一腳，進步就是三七移前，退後就是後倚立急閃。

但是這簡單的正拳、前踢，以及進退步法，卻給羅海牛使得純熟至極，似在夢遊中也可以使得出來，這簡單的一進一退，使得盛江北的拳擊落空，更單純的一拳一腳，也給盛江北很大的壓力。

只聽這短小精悍的羅海牛「嘿嘿」笑道：

「這就是我自創的『空手拳法』，你看怎樣？」

就這簡單寓繁的一拳一腳，羅海牛已不知練了幾年，打了多少次，卻能使盛江北窮於應付，盛怒之下，厲嘯猛吼，施出了「功力拳」！

剎那間，盛江北便已打出「左右弓步橫擊」、「分掌並步」、「沖天炮拳」、「左右三環套月」、「左右弓步雙沖」、「托掌沖掌」等招式，這一下，令精簡有力的羅海牛都應抵擋不住。

蕭秋水心中不禁暗歎：「這盛江北會戰數場，卻從未有一次使用同樣的拳招，所學極雜，而且一路拚鬥下來，力戰不疲，愈鬥愈勇，真的是名符其實的『大王龍』。」

然在這時，「大王龍」的拳忽然慢下來。

盛江北已不斷地喘息，臉上青筋畢露，滿臉脹紅，步法也不靈活了。

這「大王龍」畢竟年紀大了，而且氣得死去活來，打得也累了，這一下來，許多老人家的病都一齊發作出來了。人老了，畢竟還是吃點虧；打久了，究竟還是會累的。

羅海牛凌厲的拳勁與腿風已愈來愈急，正在此時，突然一收，羅海牛笑道：

「不打了。」

盛江北嚇得往後一跳，以爲羅海牛好似阿水一般，又要吐痰，寶安羅海牛「嘿嘿」笑道：

「你武功好，我打不過你，你是氣喘了，我勝了你也沒意思。你還是休息休息吧。」

蕭秋水發覺羅海牛有如唐朋一般，笑聲都極難聽，但心腸卻極好，不愧爲大丈夫這三個字。

盛江北撫胸瞪著羅海牛，目中竟也閃過一絲感激之色。

那又瘦又高，猴手猴腳的吳財卻道：

「我們呢，也別無所求，只要你們高抬貴手，不要爲難這位朋友，我們就你走你的陽關道，我走我的獨木橋……」

揭陽吳財話未說完，只聽左常生一聲陰冷的哼聲道：

「救人麼？那可要問過我的雙鉞。」

吳財摸著腦勺子，可真的蹲下來俯近端詳左常生鑲有尖鋸的雙鉞，呆呆地道：

「問它麼？破銅爛鐵可不會應呀。」

左常生臉色一變，厲聲喝道：

「它說不可以！」

雙鉞一展，向揭陽吳財臉頰切割而出。

在這電光火石的剎那間，吳財身子竟滴溜溜一轉，姿態極其漂亮，竟就閃過了雙鉞的攻擊。

左常生臉色又是一沉，再不打話，雙鉞如蝶翻飛，向吳財展開風雨般的狂攻！

吳財的手姿卻如舞姿，步法亦如舞步，看來雖不覺快，但卻從容不迫，悠悠閒閒地化解了左常生凌厲的攻擊，而且招勢十分好看，只聽吳財笑道：

「我這是雲捲舞匯，你打不著我的。」

雙袖飛揚，宛若起舞，左常生反覺吃力。

原來這吳財原是潮州名優，自幼學舞，唯古代舞武中屬共通，而且學舞劇之類必須要有相當好的武打身手，吳財便是從舞藝鍛練出如此武藝。

「黃帝時，大客作雲滙，大卷……」雲滙便是這個以舞爲主集團的名字。吳財離開雲滙舞集後，武功也從舞蹈出發，而登武術之堂奧。

左常生的雙鈸雖無常、凌厲、陰鑽、毒辣，卻在吳財蝶舞悠然下，傷不了他分毫。

左常生與吳財鬥了近百招，依然沒有佔到上風，招路一緊，鋌而走險，雙鈸一拍，「鏘」地一聲，使吳財一失神，雙鈸左上右下，直劈吳財！

蕭秋水在旁邊看心裡一涼，知道左常生又要使出絕招，急叫道：

「小心——！」

說時遲，那時快，吳財一個旋身，已避過左常生雙鈸，瞥見左常生腰腹間露出一處破綻，剎那的時機是何等之快，吳財不及細慮，左足一抬，立即踢了出去！

然而他卻踢了一個空。

左常生沒有小腹！

幸虧蕭秋水的聲音他已聽在耳，一腳踢空，還能把住樁子，但在這剎那，左常生已雙鈸一合，直戳吳財之雙膊！

就在這剎那間，吳財一隻腿還伸入左常生腹裡，卻猛一個向後大仰身，貼臉閃過雙鈸，真是險死還生。

在旁的廣東四虎關心情切，忍不住都叫了出聲。

吳財雖避過一死招，但處境仍是險極，一足陷在左常生腹內，以一足支地，身作大仰，左常生怎會放過如此良機！即刻變招，雙鈸立時轉挫下去！

這一下吳財避無可避，退無可退，但他居然身子還可以往後翻，這一翻仰，仰到頭頂觸腳跟，幾乎合一在一起，腹部朝天，一足支地，又間不容髮地讓過了左常生雙鈸！

左常生倒是呆了一呆，他想不到吳財的身子那麼韌，骨頭如此軟，可以躲得過他這雙鈸。就在這一呆之間，吳財發出一聲怪叫，立時往一旁滾了開去。

這一滾也是極快俐落，滾到後來，還成了翻筋斗，連翻十來個跟斗，「霍」地落在曲江瘋女之後，伸了伸舌頭，卻發現自己早已汗流夾背。

這幾招急遽直下，風險之大，無可比擬，吳財這下仗著身軟骨輕，才逃出鬼門關，廣東四虎才同時舒了一口氣，心裡放下了一塊大石。

左常生正想追擊，突聽一聲猛喝，那個高大碩壯的珠海殺仔，左手拿大斧頭，右手拿大鐵錘，沒頭沒腦地往他頭上搥過來！

左常生一看，知道每一錘每一斧至少都有百斤之力，這麼一掄，更是可怕，若給這凶神惡煞的人敲中一記，那還有命在？忙全神對付。

蕭秋水一方面爲廣東五虎耽心，一方面也覺得有趣：這廣東五虎也正如廣西五友一般，寧願以弱擊強，身歷險境，也不願以眾擊寡，實行群毆。

——他們可真像「神州結義」的兄弟們啊。

四　大肚和尚

左常生正在全神貫注，對付珠海殺仔之際，盛江北因哮喘症發作，一時無法與羅海牛再戰，而康劫生在一旁，卻一直盯著蕭秋水。

蕭秋水功力未曾恢復，體力更未復原。

康劫生了解自己，若在平時，以一對一，他武功雖不在蕭秋水之下，但論應變與機智，乃作戰時的才華，他遠不及蕭秋水，打下去只有必敗無疑。

但他卻要殺蕭秋水。

他不能讓蕭秋水活下去。

這不爲什麼，只因爲他曾出賣過蕭秋水，所以他更想殺他。

蕭秋水倚著曲欄，正在全神貫注觀戰。

康劫生握著劍柄的手，用力得青筋畢露，場中卻無人注意到他。

阿殺天生神力，臂力奇大，左常生武功變化莫測，犀利玄奇，但他也不敢硬接阿殺威猛的攻勢。

他肚子裡雖有個洞，但衣衫已給吳財腳尖踱破，阿殺不會那麼傻，再上一次當，所以他一時也制不住阿殺。

鍾無離、柳有孔二人蠢蠢欲動，但卻駭於廣東五虎的武功，一上來半招間便毀了他們的武器。

另一邊血影大師大戰大肚和尚，更是殺得天翻地覆打得日月無光。

血影大師一上來就對大肚和尚用了「大開碑手」，這種掌法凌厲可開磚裂石，血影大師鮮紅如血的袈裟飄飛，五龍亭的龍柱鳳欄，倒給他無匹的掌力打毀了一半。

大肚和尚雙掌厚而多肉，堅實有力，他使的一套拳法，中規中矩，但又異於少林正宗，是爲「不不拳」，這種拳法的招式乃依據大肚和尚自己的名言：「飽者不餓」、「哭者不笑」、「老者不少」、「死者不生」、「窮者不富」、「軟者不堅」等涵意創造出來的招式，亦可反覆施用，諸如「笑者不哭」、「餓者不飽」……一路打下來，血影大師瘋狂凌厲的「大開碑手」，竟給大肚和尚穩實的「不不拳」鎮住了。

血影大師久戰不下，此人好殺成性，愈戰愈狂，便使出仗以成名的「神祕血影掌」，運掌如刀，一片血紅，大肚和尚一看，知道這種威殺的掌力猶在渾沉的「硃砂掌」之上，忙沉著應付。

就在這剎那，眾人凝注場中拚鬥，康劫生「嗆」然出劍，一劍直刺蕭秋水頸後大動脈！

他早已掩至蕭秋水背後，一劍就要置蕭秋水於死地！

蕭秋水想要閃躲，但已太遲，說時遲，那時快，突然一人十指如鉤，一把手抓住康劫生的長劍，張口一咬，竟咬了康劫生手臂一塊肉下來。

康劫生痛得哇哇大叫，也嚇得魂飛魄散，只見那潮陽瘋女露出一排白牙對他笑嘻嘻地道：

「我早看到你要做什麼卑鄙事了，你要不要再做一次試試看？」

康劫生怪叫一聲，棄劍撫臂，退出七八步，方才定下心神來。

那邊血影大師與大肚和尚的戰團又有變化。

血影大師的「神祕血影掌」，左右開弓，迅如鬼魅，大肚和尚漸感招架不來。

血影大師五指迸伸，十指如戟，左右疾刺大肚和尚！

這原本是極殘忍的打法，只有像血影大師等極嗜殺的人才使得出來。試想：就算一招能著，敵人的腸肚血肉，黏了自己一手都是，那也實在怵目難堪得很。

大肚和尚曲肘一架，掌心朝外，拇指內屈，這一招是「瞎者不看」，恰好封住了血影大師狠毒的雙插手。

就在此時，大肚和尚以雙掌遮目，血影大師一招落空，身子突然一轉，霍地發出極大的聲響來。

大肚和尚馬上知道血影大師變招，他立時移開雙手，卻見滿天血影，什麼也看不清楚！

原來血影大師在旋身之際，使得身上的金紅袈裟激揚起來，覆蓋了大肚和尚的視線，而在同時間，血影大師的一雙「血影手」，已戳入大肚和尚的肚子裡。

廣東四虎不禁各自發出一聲驚呼，然而就在同時間，大肚和尚忽然一笑，血影大師的臉色陡變！

血影大師就在雙掌插中大肚和尚肚子的當兒，原想以一擊把對方抓個大窟窿，卻猛覺雙手如插在一團海藻裡，不但全無著力之處，而且雙手還被大肚和尚如海綿一般的肚皮吸住，一時拔不出來。

就在這時，大肚和尚雙掌也推了出去，一招「推者不拒」，「砰砰」擊在血影大師左右雙肩上。

原來就在血影大師擊中大肚和尚的時候，蕭秋水並不張惶，因他認識大肚和尚已久，大肚和尚的「肚皮神功」，吃得愈飽，作用愈大，如左常生一樣，這肚子便是他的「祕密武器」！

所以血影大師擊在他的肚子上，等於是落入了陷阱。

不過落入陷阱的老虎，只要未死，還是可以噬人的。

血影大師不但是惡虎，而且是猛虎。

大肚和尚雙掌是擊中了他，但他的雙掌立時易指爲爪：「少林虎爪」！

蕭秋水曾與「兇手」，即是血影大師之徒交過手，「兇手」曾用「虎爪」連破蕭秋水的「仙人指」、「飛絮掌」、「陰柔錦掌」、「鐵線拳法」四種武功，最後反被蕭秋水的「虎爪功」擊敗，血影大師的「虎爪功」，自是比「兇手」勝上十倍！

大肚和尚臉色一變，他已感到十指如鉤，刺入肚皮的痛苦。

血影大師的虎爪，比真的老虎之爪還利，簡直可以把一頭活老虎撕開兩片！

大肚和尚猛一吸氣，肚皮竟驟然收縮，再吐氣揚聲，「砰」地一聲，猛然鼓起，憑一口氣功，把血影大師頂飛了出去！

血影大師怪喝一聲，人被撞飛了出去，卻又如血鷹一般，飛了回來，一出手，就是血影大師生死攸關的絕技：「火焰刀」！

「火焰刀」如火。

少林一脈，懂得「火焰刀」者已不多。

血影大師硬要留在「少林」，便是要把「火焰刀」學會了後才肯走的。

「火焰刀」如刀。

這一刀砍下去，金石為開！

「火焰刀」是少林七十二技之精華，其中難練，猶可比古深禪師的「仙人指」。

「火焰刀」乃火中之焰，刀中之鋒！

一刀砍下去，就砍在大肚和尚的光頭上！

大肚和尚好像對「火焰刀」視若無睹，一頭就頂了過去！

眾人大驚，蕭秋水卻一震，尖聲道：

「少林鐵頭功！」

「鐵頭功」聽來並不怎樣，好像江湖賣藥的都會這一招，一頭撞碎幾片瓦也算

「鐵頭功」，但真正的少林「鐵頭功」卻不是這樣的！

是怎樣的呢？

「火焰刀」一刀就砍在大肚和尚的頭頂上。

血影大師的手掌立時就軟了下去，手腕就似被人折斷了似的。

他不知道大肚和尚也是賴著不走，挨學了這「鐵頭功」才肯離開少林寺的。「鐵頭功」原本就是少林七十二技之一。

不過手刀切在大肚和尚的頭上，大肚和尚登時仍是覺得天旋地轉，咕咚一聲，一跤跌坐下來。

一時之間，「火焰刀」對上「鐵頭功」，平分秋色，誰也討不了便宜。

那邊的阿殺與左常生也打出了真火，阿殺招式走威猛剛潑，纏戰一久，真力便稍爲不繼，左常生漸漸已掌握反攻之機。

另一邊的瘋女不甘寂寞，向康劫生、鍾無離、柳有孔挑戰道：

「喂，你們三人可一齊來，合攻我看看，包準每一個都手忙腳亂，絕無冷場。」

忽聽一個莊穆的聲音道：

「劉女俠今天興致怎地這麼高？」

蕭秋水一聽，心都涼了、冷了、沉了。

屈寒山，屈寒山又來了。

屈寒山一到，大家都停了手，連大肚和尚與血影大師也不例外。
屈寒山含笑立在五龍亭畔，樣態十分悠閒，三綹長鬚隨風飄動，真是好不寫意。
蕭秋水卻恨之入骨，恨不得衝上前去，把這人的僞君子假面具撕下來。
可是他卻知道自己沒這個能力。
屈寒山微笑開口，一開口又是道：
「誤會、誤會！這是一場誤會！」
蕭秋水聽過這種話。
就在萬里橋之役，廣西五友仗義出手，便是因屈寒山這番話，袖手而走，使得自己一行人，幾乎喪盡於權力幫手下！
而今在廣東，廣東五虎出了手，卻又是這一句話……！
只聽羅海牛納悶地道：
「誤會？怎麼會是誤會？」
屈寒山「呵呵」笑道：
「廣東五虎，行俠仗義，名聞江湖，但是諸位一定誤會這幾位是權力幫中人了！」
吳財恭敬地答道：

「我們也不清楚。這位烏鳥大師是我們的好朋友，他見這位朋友被挾持，便要出手相救，我們也過來幫忙，動手之下，才從武功中得知這幾位……幾位似……是權力幫中的血影大師、盛江北、左常生等人，所以才打出了真火……」

屈寒山和藹地笑道：

「幾位義勇過人，這點老夫自是佩服，只是……」屈寒山笑笑又道：「諸俠年輕有爲，血氣方剛，有時不免捲入無謂紛爭中……」

阿水隨即問道：

「難道他們不是權力幫中的『九天十地．十九人魔』中人？」

屈寒山笑容一斂，道：

「若是權力幫中人，老夫會爲他們說話麼？」

羅海牛，吳財、殺仔紛紛道：

「屈大俠德高望重，誰人不服？屈大俠一言九鼎，我等自是信服，此事……怕是我們真的……弄錯了。」

屈寒山臉色依然不好看，沉聲道：

「不但弄錯了，而且是弄擰了。」回首一指，道：

「這些人都是矢志要殲滅權力幫忠義之士，」反手一指，變色道：

「他才是叛徒！」

他指的是蕭秋水！

廣東五虎臉色全都變了。

蕭秋水自知人微言輕，說了也沒人會聽，一時不知如何解釋是好，屈寒山歎道：

「好險啊好險！」

吳財禁不住問道：

「幸有屈大俠明示。」

屈寒山依然板著臉孔道：

「差點為虎作倀，蕩盡了廣東五虎赫世英名！」

這一下，說得廣東五虎十分惶惑，殺仔為人憨直，便爽快地道：

「我們不知此人是權力幫中人，幫錯了他！」

吳財沉吟半晌也道：

「既有屈大俠指示，我們不插手便是。」

阿水也接道：

「本來我們和這小兄弟也蠻投緣，怎料……」

羅海牛囁嚅道：

「幸有屈大俠及時趕到，才不致鬧出笑話。」

瘋女咬了咬牙，終於道：

「誰是權力幫的敗類，我們可不曉得，但屈大俠卻是我們所佩服的前輩，這次我們就聽了屈大俠的話，烏烏，此事我們不管了。」

「……不管了！」

不管了!?

蕭秋水腦中轟然一黑，但他卻不能接受這事實，更不能忍受這現實，他狂喊道：

「謊話！他在撒謊！」

左常生哈哈大笑起來，加添了一句道：

「你們可曾聽說過屈寒山屈大俠也說謊言？」

他的弟子鍾無離立時配合道：

「這小子有眼無珠！」

另一個弟子柳有孔也是好搭檔：

「滿口廢話，最好充耳不聞！」

康劫生冷冷地道：

「此人該死。」

——此人該死？

此人該死？

這便要了蕭秋水的命？

這句話卻由屈寒山再說了一次：

「此人該死！」

——這句話無疑等於判決了蕭秋水的死刑。

左常生走過去，他知道屈寒山在暗示他，可以動手了。

他深切地知道，以蕭秋水現在的武力體力，在他手下決走不過三招。

誰人還會爲蕭秋水說話？

阿水咬了咬唇，瘋女暗歎了一聲，羅海牛的眸子黯淡了下去，殺仔搖了搖頭，吳財目中似有淚光閃動。

——他們雖明知事或有蹊蹺，但卻不能在未明朗化前，先得罪飲譽兩廣的「威震陽朔」屈寒山啊。

他們卻不知蕭秋水一死，事情就被滅口了，永無水落石出的一日了。

左常生一步一步地走近蕭秋水，蕭秋水勉力地、巍巍顫顫地站起來。他決定與左常生一拚。他絕不是個束手待斃的人。

只要有一線希望，蕭秋水就拚下去。

就算無一線希望，蕭秋水也不會絕了望。

也許他本身就是一片光明，絕望永遠不在他身上誕生或降臨。

就在這時，一個似壓抑了很久，憤怒至極的聲音怒道：

「有我在！你們動他，我就拚了！」

說話的人是鳥鳥大師、大肚和尚。

他雙掌緊握，額上青筋凸動，大肚皮在顫抖著，顯然不單憤怒，而且恐慌！

但他還是站出來說話。

蕭秋水心裡一陣溫暖：

——朋友。

蕭秋水的腰脊忽然挺直，一個箭步過去，與肥碩的大肚和尚併肩站在一起，兩人都不再顫抖，凝視望向屈寒山：

——朋友！

左常生忽然覺得自己不能擊倒這兩個人。

不是不能，而是無法。

這兩個人簡直就是一個人。

任何人都無法擊倒志氣如此高昂的人。

屈寒山是例外，他當然有辦法。

他臉色變了變，見到廣東五虎都慚愧地垂下了頭，他卻強作笑容，向大肚和尚道：

「少林大渡？」

大肚和尚合十垂首道：

「是。」

屈寒山悠然道：

「少林我上過兩次，達摩堂的龍虎僧人，跟我很熟，」話題一轉，忽又問道：

「你是給達摩堂逐出少林的嗎？」

大肚和尚道：

「是。」

屈寒山微笑道：

「少林寺真是習武的好地方，而且武藝繁精，窮其一生也練不完，你何不留在少林繼續學武？」

適才大肚和尚曾與血影大師一搏，無法取勝，而今屈寒山這句話，誘惑的確更大，大肚和尚道：

「少林是從不收回被逐出的弟子。」

屈寒山悠然道：

「或者，我可以替你說幾句話。」

沉默了半晌，大肚和尚道：

「謝謝。不過，與其在少林替我講情，不如，煩勞屈大俠，在這兒替我這位兄弟說情還好。」

屈寒山臉色變了變道：

「你知道他是誰？」

大肚和尙道：「蕭秋水。」
屈寒山厲聲道：
「你知道他犯了什麼事？」
大肚和尙道：
「不知道。」
屈寒山目中已有殺氣：
「你什麼都不知道，還敢幫他!?」
大肚和尙道：
「是。」
屈寒山大奇道：
「爲什麼？」
大肚和尙平靜地道：
「因爲今日如我倆調換位置，他一樣會幫我的。」
屈寒山臉色一沉：
「要是他作的是十惡不赦的事呢!?」
大肚和尙毫不考慮就說：
「蕭秋水不會作十惡不赦的事！」
屈寒山叱道：

「我告訴你，他現在所做的正是該打下十八層地獄的事！」

「阿彌陀佛。」大肚和尚平靜地道：「那我也跟著去，」微笑向屈寒山道：「何況我不入地獄，誰入地獄？」

廣東五虎的頭垂得更低，蕭秋水一顆心卻在燃燒！

屈寒山目光收縮，已變得如劍般的鋒利。

——他一生中，從沒有這般生死相隨的朋友！

所以他要立即除去這兩人。

——自己所沒有的東西，別人有的，總會感到刺眼。

屈寒山打從心裡知道，他並不是不能擊倒這兩人，而是無法擊毀這兩人的信任。

大肚和尚凝神以對，他知道面對屈寒山，可能便是他一生中最後一戰。

蕭秋水雖體力未曾復原，但他卻鬥志旺盛——他要爲大肚和尚而戰，要爲崖上的唐方而戰，山上的兄弟們而戰：

——這種感情，彷彿就是天生的、應該的，連說「謝」字都屬多餘。

屈寒山怒笑道：

「那你就入地獄好了。」

一揮手，血影一閃，血影大師疾撲大肚和尚。

——要殺他們，就得先把大肚和尙與蕭秋水分開。

屈寒山自己有把握在兩招內擊殺蕭秋水。

血影大師本就恨大肚和尙入骨，一出手，左手火焰刀，右手血影掌！

大肚和尙猛吸一口氣，一低頭，一頭衝了過去！

這兩人用的是拚命招式，一旦交上了手，任何人都沒辦法把這兩個好打殺的出家人分開了。

正在此時，忽聽一人笑道：

「了了，你怎地如此衝動？」

人影一閃，竟擋在大肚和尙、血影大師之間。

血影大師怒叱道：

「擋我者殆！」

大肚和尙雙掌一推，一陰一陽：

「死者不生！」

那人卻毫不閃躲，這一下，兩大高手夾擊，眼看那人就要命喪當堂。

那人一回身，面向大肚和尙，一個照面之下，大肚和尙卻突然住了手。

那人再一返身，血影大師雙掌已至，易掌爲爪，少林虎爪，要把那擋著的人抓出十個血洞。

那人一揚手，虎爪抓在那人臂上，也不知怎的，血影忽然跌了出去，飛跌了出去。

來人卻似無所覺——血影大師更覺震驚無比：他的雙爪正拑住對方手臂，一股極大的力量，就在那人沒有動手的情形下，直把他震飛出去。

蕭秋水本凝神面對屈寒山，場中忽有變化，他一轉身，就看見了那人：

青布衫、白布襪、黑布鞋——

平凡的人。

大俠梁斗。

就在蕭秋水回頭的剎那間，屈寒山本有十次機會可以殺死蕭秋水。

但蕭秋水此時已喜極叫出：

「梁大俠！」

屈寒山覺得梁斗已望向這邊來：他不能當著梁斗的臉，下手殺死蕭秋水。

就在這一怔之間，梁斗已笑吟吟地向蕭秋水道：

「還好你的穴道解了。」

這一聲招呼，很是親切，這時場中廣東五虎，齊齊抱拳恭聲道：

「梁大俠！」

梁斗抱拳回禮。場中又多了一個人，一個苦著臉的人：

「梁大俠上了阿坡巖，見不著古深，便說那裡離五龍亭極近，要下來一趟，見一個人。」

說話的人自然就是康出漁。

他攔不住梁斗來此，生恐屈寒山見責，快話說明因由。

梁斗也笑向屈寒山道：

「我本來就要來此的。」

屈寒山也向梁斗笑道：

「梁大俠要見的是什麼人？」

梁斗指著大肚和尚笑道：

「要見這位大渡，傳一句話，東海林公子不來了，他要我轉告大渡這句話。」

屈寒山強笑道：

「喔，原來是這樣。」

蕭秋水突然嘶聲截入叱道：

「梁大俠，他，他就是『權力幫』中的『劍王』！」

屈寒山就是權力幫之劍王!?

——蕭秋水終於說出了這句話。

五　中國人有拳頭、筆墨與志氣

這一下，大家都著實吃了一驚。

蕭秋水知道此時不說，再也沒有機會說了。

「屈寒山，他是權力幫中的劍王，兩廣兩湖一路的人魔，都是他聯繫的！四絕一君，都爲他所殺；杜月山前輩，也是他囚禁的。」

左常生、盛江北等人臉色陣紅陣白，廣東五虎一時迷茫不知所從，蕭秋水知道他再說不完，屈寒山就永遠不會讓他有機會說下去的，有梁斗在，屈寒山當不至於在他說話之時殺他，因爲這樣做等於是不打自招，蕭秋水喊道：

「你們不相信，可以檢查他背門十二道要穴，『九指神捕』胡十四曾拿住他留下指痕，……唐家唐朋也曾與之決戰過，你們可以問他們！」

蕭秋水說那番話其實也沒有把握，胡十四擒住屈寒山時，有沒有留下痕印，他也不知道，但他知道這樣說會使屈寒山投鼠忌器。

蕭秋水繼續嚷道：

「這康出漁是權力幫中『無名神魔』，他殺了張臨意，蕭東廣和唐大……！」

蕭秋水知道自己人微言輕，但他還是要說——這也許是他一生中最後一次講話的機會了。

「浣花劍派已被權力幫包圍了，我們險死還生地逃出來，爲的是告訴天下人這件事！」

康出漁「嗆」然拔劍，怒叱：

「這小子信口雌黃，該殺！」

一劍如日，熾刺而出！

一條人影一閃，到了蕭秋水身前。

康出漁的劍即時刺不下去了，那人便是大俠梁斗。

梁斗緩緩地道：

「讓他說下去。」

蕭秋水的血又熱了，眼又亮了：——大俠梁斗，願意聽信他這麼一個無名小子的話！

忽聽屈寒山也道：

「給他說下去，看他能說些什麼。」

屈寒山就在梁斗和蕭秋水背後；蕭秋水依然可以感覺得出屈寒山聲音裡居然還帶著笑意。

「這些話，顯然是權力幫著他說的，來分化我們的。」

梁斗也笑道：

「並不一定有人會教他說，希望只是誤會。」

蕭秋水一顆心，又要往下沉去，只聽屈寒山聲音鎮定地道：

「這小子無憑無據，這樣的謊言，也虧他說得出！」

蕭秋水猛地靈機一動，大罵道：

「我有證據！我有證據！胡十四就在桂花軒附近！」

康出漁怒叱道：

「胡說！胡十四早已給我們……！」

話未說完，梁斗與屈寒山都變了臉色！

一道極其尖銳的厲風，向梁斗飛襲而來！

更可怕的是厲風所挾帶的無聲劍光！

屈寒山已全力出手。

左手掌、右手劍，立志首先猝殺梁斗！

梁斗背後當然沒有長眼睛，他應該也沒有料到屈寒山真的就是「劍王」！

「劍王」卻先要攻殺梁斗，唯有殺了梁斗，才能穩住大局，屈寒山心中，廣東五虎等並不足畏。

——先殺梁斗！

這一劍一掌，屈寒山無疑已盡全力！

掌風陡起，梁斗就變了臉色！

他立時向前撲了出去，身形一矮，屈寒山劍刺梁斗後頭，便落了箇空。

但掌風還是劈中梁斗。

梁斗撲跌出去，人撞在柱子上，五龍亭嘩啦啦倒塌下來。

蕭秋水失聲叫道：

「梁大俠！」

卻見殘垣塵灰中，大俠梁斗竟神奇地站了起來。

梁斗甫站起來時，屈寒山臉色大變。

但他馬上發現梁斗嘴角溢血，臉如紫金，屈寒山才鬆弛下來。

蕭秋水飛奔過去扶住梁斗，梁斗苦笑了一下，道：

「屈兄，好厲害的掌法啊。」

屈寒山冷笑道：

「梁大俠，端的好內力！」

梁斗閉目苦笑了一下，屈寒山反問：

「你怎麼知道我要出手？」

梁斗緩緩張目，道：

「你的話。」

屈寒山目光收縮道：

「我的話？」

梁斗居然還能笑道：

「你的話。」

屈寒山反笑道：

「我不相信我的話會出紕漏，我鎮靜得很！」

梁斗微笑道：

「就是因爲太鎮靜了，」梁斗笑笑又道：

「要不是你，又何必這樣鎮定，甚至一點也不意外，似算準蕭少俠會這樣說。」

說畢，「咯」地吐了一口血，屈寒山殺意大熾，切齒道：

「看來你是個聰明人，我只好非殺你不可了。」

大俠梁斗疲倦地道：

「我雖愚鈍，但還是有點警覺性的，待你掌劍俱至時才避開去，我就沒有命在了。」伸手緩緩拍了拍蕭秋水的手背道：

「你替我護法，我要運功調息。」

蕭秋水聽得猛地熱血上衝：大俠梁斗卻已盤膝，閉上了雙目。

——大俠梁斗，竟把性命就這樣交了給他！

他！蕭秋水！連武功都尚未成家的蕭秋水！

屈寒山獰笑道：

「他保護你？他保護得了自己就好了。」

梁斗依然緊閉雙目，彷彿根本就沒聽見他說話。

屈寒山冷笑道：

「你這是閉目待斃！」

忽聽一人道：

「誰說的!?」

另一人道：「我說不是。」

又一人道：「有我們在，梁大俠怎會有事？」

另一人說：

「連屈大俠也不能！」

還有一人道：

「什麼屈大俠，簡直是屈打屁！」

屈寒山的眼睛又變得像劍鋒一般寒冷。

說話的人是廣東五虎。

殺仔瞪著屈寒山道：

「在兩廣，我們只佩服兩個人，一個是梁大俠，一個是你。」

吳財接道：

「可是現在只剩下一個人。」

屈寒山突然大笑，笑了一會，笑聲一歇，瞇著眼睛道：

「難道你們不怕死嗎？」

羅海牛盯著屈寒山，眼睛冷而無情：

「我們廣東五虎怕過什麼來！」

瘋女咭咭笑了起來，又正色道：

「我們只怕仁人義士，像你這種不仁不信不忠不義之輩，我們會怕!?怕你條毛長過頭髮啊？」

阿水厲聲道：

「我們本來最敬重的就是梁大俠，不是你，只要你敢動梁大俠和蕭秋水分毫，我們就跟你拚！」

屈寒山怒道：

「你們豈是我的對手！」

猛聽大肚和尚喝道：

「打不過，也要打！」

廣東五虎齊聲喝道：

「對！打不過，也要打！」

蕭秋水也喝道：

「眾志成城！鐵磨成針！」

屈寒山的臉色變了，這下是真的變了，好一會回復不過來。

剛才蕭秋水、廣東五虎、大肚和尚七人氣壯如虹，連番喝道，真的是氣勢驚人，連左常生與盛江北都互覷了一眼，心頭沈重。

他們看到的是一列長城。

長城是他們的正氣，長城上的尖兵，是他們的士氣！

長城萬里，萬里長城長。

長如他們的志氣。

大時代，好志氣！

這種氣概，不是拳頭可以擊得倒的！

屈寒山怒叱道：

「針，我就先打斷你們這些繡花針！」

屈寒山身形一動，就要出手，廣東五虎立時動了，五人一動，陣勢立成，羅海牛吐氣揚聲，怒道：

「五人聯手，」

吳財立即接道：

「天下無敵！」

阿水怒道：

「中國人有拳頭，」

話一出，搶先矮身，砰地出拳，屈寒山迫得退身一閃，正待出劍，忽聽瘋女喝道：

「筆墨，」

指掌著狂草書，迎面飛劃過來，屈寒山不及傷敵，低聲一閃，又退後了一步，直待反擊，猛聽殺仔大叫一聲：

「與志氣，」

吐氣揚聲，雙掌衝來，屈寒山未及拔劍，以單掌硬接雙掌，竟給硬硬震退了一步，屈寒山怒不可遏，豈知那吳財又飛舞過來，漫天指影，邊唱道：

「永遠也不讓人……」

屈寒山接下了幾掌，卻退一步，猛聽羅海牛喝道：

「……越雷池一步！」

雙足蹴出，聲勢凌人，屈寒山猛退一步，方才讓過大勢，正待反攻，猛見廣東五虎各攻出一招後，又結成陣勢，屈寒山回心一想五人所說的話：

「中國人有拳頭、筆墨與志氣，永遠也不讓人越雷池一步……」

——這像是哪一個人的詩句？

這五人聯手五招，竟把「劍王」屈寒山迫退五步！

轉念間，廣東五虎又飛身過來，這次屈寒山一出劍，先封住五人的攻勢，便在此時，忽聽一聲異響，廣東五虎、大肚和尙、蕭秋水回頭一看，臉色皆變，而屈寒山等都現出了喜容：

來的人有八個。

「長天五劍」。

「獅公」、「虎婆」。

「刀魔」杜絕！

權力幫的主力到了。

屈寒山大笑道：

「看你們往哪兒跑？」

左常生也歡笑道：

「我們要你們，死無葬身之地。」

鍾無離獰笑道：

「就拋你們在河裡餵王八好了。」

柳有孔冷笑道：

「不過還得先讓我挑下了舌頭。」

康劫生怪笑道：

「這蕭秋水要留給我。」

唯有盛江北苦笑道：

「我看你們這次，倒是想唔死都幾難咯。」

屈寒山立即調兵遣將道：

「長天五劍，架起劍勢，對付廣東五虎。獅公虎婆、老常老盛，四人協助我先搏殺梁斗。血影、杜絕，幹掉大肚。劫生、無離、有孔，擊殺蕭秋水！」

權力幫眾齊聲道：

「是！」

以權力幫現時的陣容，蕭秋水等人真連一絲機會、一線生機都沒有了。

生機原在人心裡。

生命蓬勃的人，生機永不絕滅。

——唐方，唐方，我要跟他們拚了，妳在哪裡？

——超然，老鐵，阿顧，你們又在那裡？

他們沒有來。

來的是五個人。

五個人同時自舟上登上亭內，不濺起一滴水。

只聽一個沉宏，有力的聲音道：

「誰欺負廣東五虎，就等於是欺侮咱們。」

另一個清朗、鏗鏘的女音道：

「廣東五虎就是廣西五友的兄弟！」

又一個蒼老、啞澀的聲音道：

「我們就是廣西五友。」

再一個豪邁、豁達的聲音道：

「梁大俠是我們恩人。」

更一個冷冽、巨炮似的爆烈聲音道：

「誰要殺他，我們就殺誰！」

蕭秋水一聽這五人的聲音，喜悅無限，脫口呼出：

「廣西五友！」

只聽「廣東五虎」、「廣西五友」齊聲呼道：

「江山如畫，兩廣豪傑！」

一下子，少林洪華、躬背勞九、雜鶴施月、好人胡福、鐵釘李黑，廣西五友，五個人都來了。

揭陽吳財、潮陽瘋女、珠江殺仔、寶安羅海牛、梅縣阿水，這廣東五虎，本來就是在此邀約廣西五友來的，而今救兵一到，自是歡悅莫已。

屈寒山臉色紫氣隱現，疾道：

「格殺毋論！」

他的話一說完，閃電一般，已到了梁斗面前！

——先殺梁斗，再穩大局。

屈寒山身形之快，不可想像，兩廣十虎皆未及阻攔，蕭秋水大喝一聲，雙臂一張，硬攔身在屈寒山身前。

屈寒山冷哼一聲，一反肘，撞開蕭秋水，立時面對梁斗而立，正待出劍，突見刀光一閃。

刀光一閃。
好快的刀。
刀又回到了刀鞘裡。
平凡的刀鞘。
刀呢?刀是不是平凡的刀?
拿刀的人是平凡的人。
大俠梁斗是不是平凡的人?

刀光一起,屈寒山立時倒竄出去。
欄上一串鮮血。
鮮紅的血。
屈寒山一面倒飛,一面大叫道:
「退——」
權力幫的人立即分四方竄散,瞬間一人不剩。
只剩下和風、日頭、河水淌流,靜靜的欄杆和亭。
大俠梁斗,正緩緩地睜開了眼。

梁斗一睜開了眼，第一句就說：

「他們不是退走，而是包圍了我們。」

隔了半晌，大肚和尚才第一個問得出來：

「那我們該怎麼辦？」

「逃！」

大俠梁斗、廣東五虎、廣西五友、大肚和尚、蕭秋水，一行十三人，開始竄逃。

——逃，逃到什麼地方去？

「逃。」

「逃也是一種戰略。」

「正如退也是一種反擊。」

「屈寒山不知我已運氣調息，內傷復元，中了我一刀，他要立即療傷，故不敢戀戰，所以必定會派人來盯梢。」

「他們是收拾精兵，認準我們走投無路之時，才一舉搏殺我們。」

「據知權力幫『八大天王』中，『鬼王』也從陝西到了廣西。」

「我們必須退到一個可以無後顧之憂的地方，再圖反撲。」

這是大俠梁斗說的話。

「那我們逃到哪裡去？」

這是大肚和尚問的話。

「丹霞，到丹霞去。」

梁斗呢。

大俠梁斗，外號「氣吞丹霞」。

粵北山水離奇，以丹霞山爲最。

丹霞除了有特殊的「丹霞地形」之外，還有著名的兩關、一峽、三峰之勝。

百粵名山，又以裂谷赤巖的丹霞二美首屈一指。

梁斗原本就結廬在群山環抱的錦江錫石岩附近。

「風過竹林猶見寺，

雲生錫水更藏山。」

丹霞山。

別傳寺。

這裡的「別傳寺」，爲唐末牛獨和尚所建的古寺，當時亦稱「養老寨」。

別傳寺與韶關南準寺、清道峽山寺，爲兩粵三大名寺，由別傳寺經石峽再上，攀「天梯鐵鎖」，登霞關即海山門，形勢更險，有一夫當關萬夫莫開之概。

循山路再上，即達丹霞極頂，有長老峰、海螺峰、室珠峰之勝，此所謂兩關、一峽、三峰。

長老峰上觀日出，爲丹霞奇景，而別傳寺山門高聳於丹霞山危崖，更是丹霞絕色。

錦江婉蜒，丹霞疊翠。

他們到了丹霞，四天的路程，已遭遇上五次的截殺。

梁斗沒有出手。

廣州十虎，加上大肚和尚、蕭秋水，已打發了他們。

「這些人只是權力幫的小兵卒而已，屈寒山是用他們來逼我出手，看我傷勢如何，再調集主力作殲滅戰。」

「他亦受了傷，我也不知道他的傷勢如何。」

屈寒山怕的只是梁斗，而梁斗忌的亦是屈寒山。

他們若隨便出手，便等於是暴露了自己的傷勢情況，讓對方了解真相。

這就是梁斗沒有出手的原因。

也就是屈寒山一直追蹤，却沒親自出手的主因。

一路上，蕭秋水最是得益匪淺。

他除了與大肚和尚久別重晤外，還交到了十個好朋友，廣東五虎和廣西五友！

他跟他們聊天，氣憤時一起磨拳擦掌，高興時笑成一團，簡直好像結交了半輩子的朋友一般，他們無睹於「權力幫」的追殺，在寒夜的客棧裡，大家拍著大腿歡唱「圍爐曲」。

有一次他們就是一面唱，一面把「權力幫」的來襲打退。

大俠梁斗撫髯淺酌，一直微笑在看他們，有時也參在一起，一點都沒有自居前輩的架子，跟他們好似朋友一樣。在逃亡的路上，大伙還結為兄弟。

——朋友！

蕭秋水心裡好溫暖，但也很懷念：

——唐方、星月、南顧、超然他們呢？

要是他們在就好了！更熱鬧了！

也許在蕭秋水等人表面的歡樂，莫如心中的悲寞，只是大敵當前，他們不趁機會笑一笑，說不定真會給緊張和憂慮擊倒，這卻可能正是屈寒山有意營造出來的「山雨欲來風滿樓」的聲勢，以及所期待的結果。

所以蕭秋水等盡情歡樂，大吃大喝——有一次差點就中了「權力幫」在食物裡下的毒，幸虧是躬背勞九江湖經驗豐足，發現得快。

蕭秋水另一獲益是：梁斗一路上，指點他的武藝。

蕭秋水的武功，尚不及廣州十虎之一半，當然更不及大肚和尚，梁斗卻不知怎地，很欣賞他：

——蕭秋水凡吃喝時，不會忘記他任何一位朋友是否已有得吃有得喝？

——蕭秋水每經過一路特殊地形時，總會記起來，並反覆研究若少數人在此搏殺、或百萬雄兵對峙時之陣勢與形勢。

——蕭秋水過目且不忘，而且學任何事都能馬上融會貫通。吳財的舞蹈功夫，他只見過一次，就是吳財力戰左常生之役，但蕭秋水已全記熟，居然還作了一首曲子，配合舞蹈的節奏，把它演化成一套劍術，這劍舞就叫做：「聞雞起舞」。

國家多難，生靈塗炭，極須一劍鎮神州、書劍定江山的豪傑來挽救如畫江山：——是以梁斗有念於此，悉心傳授蕭秋水武藝。

縱使蕭秋水天悟聰敏，但武藝一事，浩瀚精深，自非三數日可以得其精髓，還得靠長期不輟的苦練。尤其梁斗的武功平實，乃化平凡爲神奇，化腐朽爲不朽，蕭秋水尚不能完全體會。

這日正午，他們已到了別傳寺。

上午．大印和玉璽

上午的陽光，懶懶散散地罩照下來，萬物蒼翠的丹霞山，雅淡閒逸的別傳寺，顯得寂寂無息。

然而仍是有生息的。午飯的炊煙，裊裊升飄，彷彿到天際，淡得化不開，崖下流水嗚咽，深谷裡碧豐的山泉，沖著大小各異的卵石，以飛快暢悅的身姿流去。

——好一條大江的身姿！

蕭秋水心裡暗讚歎。

梁斗深意地望著那清靜的寺院，聲調低微地感慨：「大印法師這麼老了，還是在燒飯；」他彷彿重臨舊地，從炊煙裡也能看出誰人生的火，「那麼玉璽和尚一定在河床汲水了。」他側著望過去，只見山谷溫泉的對岸，果然有一個年輕和尚在汲水。

梁斗笑著向蕭秋水道：「你和海牛下去招呼一聲，就說梁斗回來了；」又向眾人揮揮手道：「我們這就進去，大印法師是有道高僧，諸位大可隨便，但不宜過於喧嘩。」

金刀胡福自然明白梁斗之意，當下笑道：「梁大俠請放心，我們到別傳寺中，自會檢點便是。」

梁斗豁然笑道：「本來大家武林中人，亦不必講較這些繁文縟節，大印法師武功亦頗深湛，經學淵博，但寺中常住有讀書秀才，他們在此結廬苦讀，且有禪宗飽學之士在此，不得不遷就一二。諸位當然知道，這些前龍圖學士，最好還是不惹爲妙。」

言罷哈哈一笑，相邀下山，往別傳寺走去。

蕭秋水與羅海牛相覷一眼，聳肩一笑；羅海牛道：「也不知皇帝豢養這些所謂飽學之士，有什麼因由！這些人是願降求和之輩，與敵軍鏖戰未竟，他們已嚇得屁滾尿流了。」

蕭秋水一笑道：「自古良藥苦口，忠臣剖心，問題在方今聖上，只想揀些中聽的聽，自然都只扶植些阿諛之輩了，算了罷，聽說大俠梁斗曾在別傳寺盤桓甚久，皆因兩位方外之交，一是大印法師，另一就是這位玉璽，我們還是下去招呼一聲吧。」

羅海牛奇道：「噯，你既未識梁大俠在先，又何從得知這些？怎麼我不知道的。」

蕭秋水朗笑道：「消息來源，一是江湖傳言，一是典籍所載，我就是喜歡多聽多聞多看多讀。」

羅海牛「哦」了一聲道：「梁大俠的生平事跡，已記在書籍之上了？」

蕭秋水望著天上悠然的雲，山谷河水涼涼，輕歎道：「梁大俠年少時行俠仗義的軼事，早已記入史冊之中，以及日後江湖後輩的心版之上了。」

佛相莊嚴，香煙裊裊，看來不久前正有虔誠的香客來上過香。

大雄寶殿的四大金剛，顏容看來是威怒的，但無論手執金鞭或手抱琵琶，在坐蓮佛像前都成了低眉垂目的守護神相。

大俠梁斗很喜歡這裡，他呵呵笑道：「你們請坐，我進去招呼主持一聲，再給你們安排香客房。」

忽地「喀擦」一聲，內月門走出一名白衣中年人，國字口臉，容態有些似當朝重臣，卻一身白丁裝束，梁斗一揖笑道：

「雍學士，史記之後，可又窮研什麼高深學問？」

那人似未料到大殿有人，微微一怔，隨即道：「現攻漢書。史記畢竟謬言測度頗多，不如漢書乃金石之文，正氣之言，誠爲儒者之法制！」

隨即瞪了梁斗一眼，又道：「怎麼？你這兩廣名俠，到江湖去溜了個圈，又回來淨禪麼？」

「我可喜歡史記才氣縱橫，博通古今，而又能成一家之言，」梁斗輕笑道：「回來再跟學士請教學問，向法師問經，跟玉璽對弈。」

雍學士搖首擺腦說：「讀書麼？弟可奉陪！現下大印在廚煮齋，玉璽在溪邊……」

梁斗道：「來時已見，」旋向廣州九友及大肚和尙等道：「這位是朝廷大學士雍希羽，這幾位是江湖的好漢，武林中的豪俠。」

眾人忙作揖答禮。唯雍希羽學士卻態度倨傲，眾人也對他沒甚興趣，雍希羽卻道：「諸位請坐，對弈琴禪佛之道，老夫所知不多，但除讀書之好外，尙對茶道甚嗜；丹霞本以地形爲勝，產茶亦以奇勝。」說著竟在袖子裡掏出一壺袖珍的小紅花壺，繼續道：

「待我熱一熱，再跟諸位論道。」

眾人自是無心聽雍希羽的腐迂之論，但一聽喝茶，倒是大喜。

「好人」胡福道：「學士盛意拳拳，弟等甚感——」

「鐵釘」李黑卻截道：「哈！我正是口渴！」

殺仔也嚷道：「好哇，你沖茶，我一定喝！」

梁斗一笑，雍希羽卻變了臉色。梁斗遂而笑向大家抱拳道：

「我去廚房拜謁一位舊交，你們就在此地，『陪』雍學士飲茶吧。」

眾人哄堂大笑，紛紛說好，兩廣九虎等更嫌雍學士泡茶太慢，潮陽瘋女、雜鶴施月忙去生火，紫金阿水卻一手把雍學士手中的茶搶過來，一口飲盡，一面還嘀咕道：

「怎麼茶壺這樣小，才不夠我們喝哩。」

雍學士乾瞪著眼，喃喃地道：「這些人，真糟塌了我的好茶葉，我的好茶壺，我的好茶藝！」

大俠梁斗轉身進了內殿，兩廣九友的笑聲漸漸當然隔絕了。

陽光從殿柱灑進來，山中很靜寂，權力幫的人有沒有追上來呢?梁斗想。他想起那個武林中、江湖上人人談虎色變的、年輕而卓越的權力幫幫主李沉舟。

他走過一段長廊，踱過菜圃，到了一處有洞門，稍稍駐足在一間小房子外，炊煙正自這茅屋上冒出來。

梁斗輕輕叫了一聲：「主持。」

裡面沒有應聲，但梁斗知道燒飯的人一定是大印。只有大印法師燒菜時的灶煙有這樣淡雅。

梁斗再喚了一聲：「大印。」

然後他就推開了門，門「咿呀」打開，梁斗忽然想了一句詩：

「日暮掩柴扉」。

他自己也不知道自己爲什麼會想起這句話，以及不知道自己爲什麼會想起這句詩。他打開了門，就看見穿粗布的大印禪師，巨背對著他，蹲著面對生著微火的灶口，鍋上未熟的白米飯，像珍珠一般清亮，飯香撲鼻，熱煙很濃，而且有點嗆人。

梁斗再叫了一聲：「大印」。

忽然覺得一陣天旋地轉，他一手扶住門扉，大印猛然向他疾撞過來！

更可怕的是，在濃煙中，一人閃電般自大印禪師身前疾閃出來，一劍如華，直奪梁斗之咽喉！

蕭秋水和羅海牛小心地自那大大小小不同的圓滑石塊間下了山崖，那汲水的和尚離他們愈來愈近。

這峽谷風景如畫，溪水因是山泉，不但清晰，而且冰涼剔透，蕭秋水叫了「大師」一聲，對方顧著打水，未曾聽見，羅海牛又「喂」了一聲，蕭秋水制止道：

「咱們還是走前一點再招呼吧。」

於是兩人走前去。

蕭秋水一面留意著踏腳的卵石，因十分之滑，卵石間隔著一些水畦，水質很清，但奇怪連半隻蜉游也沒有游身其間。

蕭秋水在「錦江四兄弟」時期，曾到過石山、洛水、野流等地，但凡岩岸裂縫間，又靠近水源者，必有小魚生物穿梭於其中，這不覺令蕭秋水心生奇怪，回頭一望，沒有了來路，卻見一遍茫茫，不遠處的岩塊上死了一頭狼，竟是活生生餓死的！

這時兩人已行近那青年和尚處，羅海牛出口叫道：

「喂，玉璽師兄……」

那和尚停止了汲水，緩緩回過頭來——

六　劍王與火王

劍如毒蛇之信，快而陰狠！

最要命的是濃煙遮住了視線，而大印法師的身體又撞向梁斗！

梁斗想往後退，但背後又響起一道疾風！

槍捲西風，是切斷梁斗後路的一擊！

梁斗突然出刀！

刀光一閃！

刀架住了劍。

星花四濺。

刀和劍立即又不見了。

梁斗另一隻手，扶住了大印法師的來勢！

然而「霍」地一聲，大印法師的背後，竟射出三支勁箭！

距離短，勁箭急，那推動力之強，絕對不是人所能射得出來的！

梁斗在百忙中一矮身，後面槍尖落空，只聽一聲慘叫，一人倒飛而出，被三道強矢射得倒飛一丈，釘在井院牆上，「佛」字上邊！

出劍的人冷笑一聲，高大的身影已竄了出去。

梁斗想追，但他急於要看大印究竟發生了什麼事？

他很快有了結果：

大印法師已經死了。

大印法師潛心佛學，但內功修爲極高，外家大手印更是一絕，九天十地．十九人魔中武功無一是他之敵。

大印法師是怎麼死的呢？

大印的臉已被燒焦，但衣服卻絲毫沒有燒灼的痕跡。

火王！權力幫中「八大天王」中的「火王」！

除火王外，天下之間沒有人能運用火力到如此巧妙的地步。

大印衣服背門，被裝上彈簧的勁弓，那三枚快矢，就是在這裡射出來的。

梁斗就是因爲肯定這身影和衣飾，確是大印法師，所以才險遭毒手。

但他之所以能接下屈寒山猝然一劍，亦是因爲他早有戒心。

屋內的煙不該那末濃。大印精於廚藝，他燒飯時不可能像個第一次生火的官宦小姐。

大師一定會聽到他的呼喚。大印法師每次見到他都失去了佛家的恬靜，抱住他熱烈問好。

那白米飯未煮熟，但柴火已將熄。這些不正常的情形，都不是大印法師還清醒時會犯的。

所以梁斗立即有了防備。

煙囪上的煙，的確是大印生的火，然而就在他想入大廳，未入廚房之前，敵方已下了毒手，燒死了大印，裝上了弓箭，設下了陷阱，還留待劍王志在必得的一擊！

大印被殺，自己被暗算；劍王一擊而退，火王不在這裡，那麼：

那大廳上要泡茶的雍學士是敵是友？

那溪水邊打水的年輕和尚又是誰？

大俠梁斗猛想到這裡，腳底好像燒灼了似的，「颼」地竄了出去：

他手心都是冷汗！

山靜谷幽，那青年和尚緩緩回過頭來。

就在此時，蕭秋水忽然嗅到一種十分焦辣的異味。

河水清清，何來異味？

那和尚一笑。

羅海牛踏前一步道：「大師佛號玉璽？」

和尚合什：「阿彌陀佛。」

羅海牛再趨近一步道：「有故人來了。」

和尚低首：「阿彌陀佛。」

羅海牛生恐那和尚不知是梁斗來了，道：「是梁大俠回來了。」

和尚抬首，蕭秋水與他打了一個照面，只覺和尚的雙眸，如像火燒一般的灼亮，不禁震了一震，那和尚忽然說了一句話：

「我要殺你。」

這是他第一句話。

也是他留下的最後一句話。

一說完，和尚一揚手，一團火打出，整座幽谷立時變成了火海，而和尚也在火焰中離奇地消失了。

梁斗像箭一般衝出去的時候，兩廣九虎正泡好了茶，分別倒了幾杯，少林洪華、潮陽瘋女正把茶往嘴裡倒之際。

這時梁斗大呼之聲隱然從七八層院落外傳了過來，話音無限惶急：

「這茶萬萬喝不得。」

鐵釘李黑一出手。「乓」、「乓」打翻了瘋女和洪華的杯子，雜鶴施月，珠海殺仔都霍地站起，厲瞪著雍學士。

雍學士冷笑，端茶的手，抖也不抖一下。

躬背勞九啞聲道：「你這是什麼意思？」

雍學士卻望都不望勞九一下。

好人胡福脾氣最好，也忍不住摘下背上大刀。

就在這時，梁斗到了。

他只比他的聲音到了稍後一些。他一到，看到現場，知未出事，心裡放下大石。

「大印被殺，火王已至！」

兩廣九虎一愣，紛紛道：

「大印法師已死？」

「是權力幫中八大天王的『火王』麼？」

「那麼這人是誰？」

最後這一個問題，使大家都靜了下來，阿水一手拎起杯子，向梁斗一遞道：「這杯茶……」

梁斗表情肅然，一搖手，目光注視雍學士。眾人隨梁斗目光望去，只見雍學士神色冷峻，嘴角帶一絲譏俏的微笑，把他手中那杯同一個茶壺的茶水，一口氣喝光。

梁斗一揖道：「多有得罪……」猛地一震，失聲叫道：「秋水他——！」語音未畢，他的身影已消失大殿內。

兩廣九虎與大肚和尚一聽，也是變了臉色。

——大印法師既然已死，他的師弟玉璽焉能倖存？而蕭秋水、羅海牛正是找上玉璽大師！

火焰迎臉噴來，羅海牛首當其衝，大叫一聲，雙手一遮，往後即退，手背已被炙傷。這時蕭秋水所立各處已起大火，和尙知道他們必死，也沒追擊，立即離去。

羅海牛急痛攻心，衝了幾處，火海中，那大小各異的石塊，竟似陣勢，方圓之地，羅海牛卻是衝不出去，火勢蔓延愈快，兩人眼看就要燒死。

原來蕭秋水聞到的焦辣之味，正是上游流來之極易燃之黑油的味道，卵石之間積有水畦，一燒之下，熾不可遏，蕭秋水即是因異味而踟躅，故未似羅海牛靠近那和尙，方才免於被燒傷。

但此刻火勢已蔓遍，那奇石之陣，又非一時所能破，石頭之間，又是火海，羅海牛三闖不破，熱氣炙人，又被燒灼幾處，痛不可耐，眼看一腳就要踩進火坑裡去。

這時大俠梁斗已到了。

他到了，和尙已不見，幽谷已成火海。

雖然蕭秋水、羅海牛在裡面，他也沒法子去救了。

溪水一直烘烘流了下去，流的是一排火團。

梁斗一跺足，切齒道：

「火王！」

這時大肚和尙和兩廣九虎也到了，亦目睹了這情景。

雍學士不知何時也到了他們身旁，他來得好像比大肚和尙等還快上一些。

大肚和尚嚷道：「快救火！」

李黑急著皺眉：「用什麼救？」

救火，只有用水。

但連流水都成了火焰。

水能剋火，但以火禦水來發火力，只有「火王」能！

就在這時，雍學士忽然撲了下去。

他直勾勾地跌了下去，就在瘋女等忍不住要失聲驚呼時，他忽地一轉，又直勾勾地頭上腳下踏著了實地，連膝頭蓋都不彎曲一下。

就在他下去的時候，河水突然漲了，大量的流水把火勢完全吞沒，沒有熄滅的火油則沖蝕到下游去。

一下子，火舌全滅。

眾人十分震訝，但更重要的是搜尋蕭秋水和羅海牛。

火勢那末凌厲，就算雍學士滅火得快，蕭秋水二人的情形還是不堪設想。

大肚和尚等人只敢想望能夠找到二人的骸首也好。

但是沒有。

潔白的卵石，全被燒焦，一頭狼屍，亦被烤熟，卻沒有蕭秋水和羅海牛的蹤影。

揭陽吳財剛鬆了一口氣，卻又更耽心了起來：「幸好他們不在！但他們在哪裡？」珠海殺仔張口大呼道：「喂——蕭兄弟——羅爺——你——們——在——哪——

裡！」

叫聲撼天，才剛叫完，忽聽有人應道：

「我們在這裡。」

眾人轉頭望去，只見蕭秋水，衣服灼焦數處，身上抱著已暈過去的羅海牛，自廟門內奔出。

眾人心中舒了一口氣，忙迎接蕭秋水，高興得一時講不出話來，只握著蕭秋水的手，也不知怎麼好。有幾人觀看羅海牛傷勢，手背與腿部，都被灼傷，但無大礙，才放下心來，蕭秋水只跟大家分開一陣子，卻如久別重逢，在死亡關口兜了一個圈圈來。見大家如許激動如此關懷，蕭秋水也不覺目中有淚。

梁斗忙救治羅海牛。大家則追問蕭秋水經過：

原來當時火舌逼人，而蕭、羅又為陣勢所困，羅海牛急於突圍，反被灼傷，蕭秋水卻靜立不動，在苦苦追思。他走近和尚的時候，因水池中無活魚而生疑，再加上狼餓死於此，使他想到，連狼都闖不出此地——亦即這些看來頗為雜亂無章的大石頭小石頭，卻是佈局周密、殺著凌厲的陣勢。

所以他一進陣的時候，雖不明佈陣的人是敵是友，卻特別留了心。

他的外祖母乃天下三大易容大家之「慕容．上官．費」之費家費宮娥，凡諳易容術者，往往對陣法也略有所知，蕭秋水家學淵源，而他又自小聰慧，善察秋毫，留心之下，果被他看出來這陣排列，乃按照「八陣圖」之勢。

八陣圖乃三國時孔明所創，杜甫有詩云：

功蓋三分國，
名成八陣圖；
江流石不轉，
遺恨失吞吳。

蕭秋水一想之下，這石與江水，並不是分開的，而是連成一系的陣勢，就在這時，那辛辣之異味傳來，直釋了他心中的疑團。

——以陣勢困，再用火攻。

所以蕭秋水走近之時，小心起見，已在石上留下了記號。

他用腳尖踢翻了石塊。——石塊有些浸在水中，一旦被踢翻，浸淋的一面與其他久曬的石塊一比，是明而顯見的，而又甚易做到的。

——從哪裡來，就從那裡出去便可。

只是人在火海中，爲火所眩，一時無法闖出此陣，很容易被燒死，蕭秋水之所以靜立不動，是要在猛烈的火光中找出來路。

一旦找出來路，他就急退。

他身上也被燒傷；——羅海牛武功雖比他高，但因太過衝動，灼傷更多，已痛不欲生，蕭秋水一把抱住他，闖了出去。

他一既離火海，立即衝上山崖，翻徑而入，要通知廟裡的大俠梁斗他們：——玉璽和尚既不是好人，別傳寺裡其他的人更要小心！

恰在此時，梁斗已率眾衝出來救他，目睹火勢，以爲兩人已葬身火海。雍學士平息火舌後，眾人正驚疑不見二人時，蕭秋水亦在寺內遍尋不見人，再衝出寺門，只見大家都在，這一見面，真宛若再世爲人。

蕭秋水這一番話說下來，真是驚險萬分，眾人滿心喜悅蕭、羅之能脫圍，而梁斗對蕭卻衷心激賞。

——這小子急智、聰慧、應變都過人，能夠在「火王」的火陣下逃生的，迄今又有幾人？羅海牛武功雖遠勝蕭秋水，這次卻仍爲蕭秋水所救，方能脫險。

阿水忽然往下一跪，向蕭秋水「咚咚咚」叩了三個頭，蕭秋水慌忙起身，亂了手腳，急道：「怎可以！怎能……！」

阿水神情堅毅，道：「我們與羅海牛是拜把兄弟，你救了他命，就等於救了咱們，我要在此叩謝你的大恩！」說著又「咚咚咚」地叩禮起來。

其他的兩廣八虎一聽，竟也紛紛下跪，蕭秋水此驚非同小可，亦連忙下跪，拜作一團，梁斗微笑看著，雍學士卻冷哼了一聲。

梁斗微笑抬頭：「這些江湖好漢，禮俗不同朝臣，雍先生莫要見怪。」

雍希羽冷笑道：「你是指我迂腐，不了解武林中人的重義輕利，隨時爲朋友拋頭顱、灑熱血了？」

梁斗笑道：「雍兄，你要我說真話，還是說假話？」

雍希羽之摺扇一揚，沒有吭聲。吳財卻忍不住問道：「真話怎麼說？」胡福也問了一句：「假話又怎麼樣？」

梁斗淡淡一笑道：「真話就是雍學士不是雍學士，剛才一招以水漫火，天下間，不會多過三個人使得出來；」梁斗頓了一頓又道：

「我知道『權力幫』有個『水王』，但水王應不會破火王，」梁斗笑笑又道：「如果是說假話，那麼雍學士就是雍學士，好茶道、愛讀書的雍學士。」

雍希羽鐵著臉孔，依然沒有作聲，眾人還待追問，榻上被燒傷的羅海牛忽然呻吟了一聲，似要轉醒，眾人又把注意力全移轉到他身上。

羅海牛呻吟了一聲，第一句就問：「蕭兄弟呢？」

蕭秋水忙道：「我在這裡，我在這裡。」

梁斗欣然道：「他無大礙了。」眾人正舒了一口氣，忽聞山後地動天驚，一陣轟隆，連別傳寺都爲之晃動不已，眾人面面相覷，雍希羽鐵著臉色道：

「權力幫已炸毀後山，封鎖了我們的退路，」他目光遠遠眺向大門外，山峰上，有藍天白雲，他冷冷地道：

「我們現在只有兩條路，一是投降，二是衝出去。」

眾人相顧無言。梁斗淡淡笑道：

「還有第三條路。」

雍希羽道：「什麼路？」

梁斗道：「我們不投降，也不衝出去，我們就留守在這裡，與權力幫決一死戰！」

蕭秋水、李黑、殺仔、大肚和尚等一路上飽受追擊，早已憋不住，一聽之下，熱血上衝，大叫道：「好！」

梁斗瞇著眼睛看著雍學士，本來平凡的目光竟有說不盡的慧黠：「只不知你要留，還是要走？」

雍學士忽然乾笑一聲，緩緩自袖子取出了紅色茶壺，啜了一口，慢慢地道：

「你看我像留，還是像走？」

梁斗的目光已變得如刀鋒一般凌利，但仍悠悠地道：

「你走不了。」

雍學士臉色變了，「你要強留？」

梁斗笑笑，搖了搖頭：「是權力幫留你。」

勞九、阿九都忍不住脫口問道：

「你究竟是誰？」

「他究竟是誰？」

雍學士臉色陣青陣白，大俠梁斗笑笑不再言語。

午飯時間。這頓飯是施月、瘋女弄的，吳財因是雜技舞藝員出身，也會燒菜煮飯，阿水雖是女子，但平時粗心，根本不會這門手藝，只有砍柴的份。

他們燒出來的飯菜雖絕不如大印，但也可以下嚥。

蕭秋水在吃飯時好懷念他的母親蕭夫人。每次決戰前後，蕭夫人總是弄出一些好菜色，使大家大快朵頤，能吃得那麼滋味的一頓飯，彷彿流血流汗也是値得的了。

飯後的梁斗和雍學士都負手站在寺前，面對著雲海山色，悠然神往，又似在想些什麼。

梁斗向大家道：「權力幫既已炸毀了丹霞後路，便是要在這裡與我們決一死戰。權力幫『八大天王』中，據我所知的，確已到了『劍王』和『火王』。他們的重要實力，至少有『十九人魔』中的杜絕、康出漁、血影大師、盛江北、左常生等，還有康劫生、鍾無離、柳有孔、獅公虎婆、長天五劍等。在實力上我們佔於下風，敵暗我明，我們不如死守別傳寺，省得被他們分散後，再逐個擊破。」

金刀胡福是兩廣十虎中較有見地的一個：「權力幫現在還不攻來，是在等什麼呢？」

梁斗沉吟道：「等援兵，或等天黑——」梁斗望著翻翻騰騰沉浮不定的雲朵，歎道：

「現在我們踞海山門，只要從這邊戍守，任何人過不了『天梯鐵鎖』，易守難攻，但一到晚上……」

在旁邊臉色沉著的雍學士加了一句：

「我們就成了難守易攻了。」

蕭秋水突然道：「也不見得易攻。權力幫之所以現在不攻，是想誘我們先攻，我們出擊，他們在山間埋伏，一旦我們連這據點都失去，則死無葬身之地了。」

雍希羽臉色變了變，很是不悅：「那你不想突圍了，困死在此!?」

蕭秋水不加思索地道：「等。唯有等。對方要的是我們急躁，急躁只有送死，我們守在這裡，至少還有安身之地。」

雍學士冷笑道：「別傳寺除後院有些蔬菜之外，雞鴨豕犬之類，一概絕滅，我們能撐到幾時？權力幫人多勢眾，後援又至，你怎麼辦？還有，他們發起狠來放一把火燒，你又逃得了麼？」

蕭秋水一時為之語塞。大俠梁斗卻對他投嘉許的一眼，笑道：「雍兄不用耽心，我們能等，急的反而是權力幫。權力幫若調得出後援，早就該來了，而且先殲滅了我們，據情勢看來，權力幫也正有大敵當前，撥不出人手來援，所以『劍王』等才遲遲未發動。」梁斗笑了又笑道：

「至於放火，有雍兄在，我們不怕。」只見雍學士臉色又是一變，梁斗改換了話題道：

「我們在五龍亭一役，打得十分轟動，廣東武林，大概會傳了出去，權力幫縱有後援，難道不怕我們也有救兵麼？這一路來，我都留下了記號，權力幫與我們長期對峙，究竟不是善策。」

雍學士冷笑道：「普天之下，敢與權力幫作對的，又有什麼門派？等他們來救，簡直就是作夢！」

梁斗正色道：「縱各大門派忌於權力幫人多勢眾，至少少林、武當二派，還是會仗義出手的。」

雍學士一聽「少林」、「武當」二派，也不敢亂說，數百年來，這兩派已儼然武林宗主，天大的事，也擔得下，雍學士沉聲道：「可惜遠水救不了近火。」

梁斗卻悠然笑道：「但這裡就有近水。長江三峽之總瓢把子，朱大天王的人，也一向與權力幫不睦，說不定可以制住這所謂的『天下第一幫』。」

雍學上不再言語。梁斗又道：「當前之務，是先守好別傳寺前後，以免背腹受敵，但得要保持緊密通訊，以免爲敵所乘，更重要的是要守好前路唯一甬道：就是登霞關的海山門。」

廣州十虎與蕭秋水，大肚和尚等恭聲道：「我等願聽梁大俠調度。」

梁大俠笑道：「不能說調度，是合作防禦。這裡是我們的背水一戰，再退，就沒有路。」

雍學士冷哼一聲，臉色甚是難看。蕭秋水卻道：「依情形看來，權力幫人數實力雖佔上風，但地利卻不如團結。他們此刻不施硬攻，卻用陷阱狙殺，想來兵力必相差不遠，所以先困住我們：一是誘我們衝殺下山，自亂陣腳；二是製造氣氛，迫使我們緊張，反生畏懼之情。所以我們應該輕鬆下來，沉著對敵。」

梁斗嘉許地道：「此說甚是。我們不但要自成聯絡網，還要在死守之時，創造反攻的契機，先消滅一兩個主要敵人，可以減輕壓力，取得勝機。」梁斗望望天色，悠然一歎道：「現在午時已過，我們即刻就要開始佈署。」

中午．闖關

本來是晴天，又下過了一陣淒雨，那遙遠的山谷間雲朵變化莫測，蕭秋水把守丹霞，天梯鎖雲，遠處向陽的大山掛了一道飛瀑。蕭秋水想念唐方。

唐方的髮。唐方的衣。——唐方唐方妳可知我此時情？

陽光透過六月的憂雨煦微映照下來，披照在水間成一絲絲的金線網狀，蕭秋水對著雨霧氤氳，但那草木皆兵的天險，卻生起了大志：

有一天他要到長城萬裡，退大遼，擊金兵，有一天他要到蒙古去長嘯……

有一天他要和唐方和兄弟們，遍遊大好山川，傳揚「神州結義」精神——！

「怎麼？有沒有動靜？」他朗聲問，大肚和尚就守在他山海門後的頂峰上，他則守在關前，萬一有事，前後可有個照應。

大肚和尚沒有答他。蕭秋水心裡一凜，以爲大肚和尚出事了，三兩個箭步，竄上山巔，山巔這兒，更是高爽，勁風細雨，可以看到丹霞紅土的特殊地形，以及別傳寺的輪廓，大肚和尚看似打坐，卻發出鼾聲，原來睡了……

蕭秋水真沒好氣，如此強敵當前，大渡居然睡了。他自小與大渡和尚在一起，知道他的個性，這人累了就要睡，醉了就要打人，是奈何他不得的。

蕭秋水迎風長吸了一口氣——突然發覺，五點人影，自下而上，疾撲海山門。

這五人來勢十分洶洶，而且不住回頭，似有驚恐，蕭秋水不及長嘯——長嘯乃梁斗所定通知來敵之訊號——他一腳踢向大渡，飛身而下，要在五人未闖過丹霞關之前，先搶得把住關口。

丹霞關是著名天險。輕功再好的人，也只有拾唯一的險窄之鐵梯而上。丹霞門可謂「一夫當關，萬夫莫開」，功夫再高，只要一人把住關口，真是不易搶渡，可謂死地。梁斗見蕭秋水武功不高，但天資聰明，便由他把守此要關。

今蕭秋水一心想先奪得正門。說時遲，那時快，蕭秋水自上而下，急撲猛沈，疾落關門；五人自下而上，居然奔勢不比蕭秋水差，飛撲關口！

這一下電光火石，幾乎是毫釐之差，蕭秋水猛撲擋關口，五人亦已到了關前，都是在同時剎那間。

五人一怔，似未料到蕭秋水反應如此之快，又如此年輕，竟敢擋在他們身前。

蕭秋水猛吸一口氣，一睇知是五個身著灰袍，太陽穴高鼓，目中精光炯炯的老人，卻是從未見過，喝問道：「五位是——？」

一語未畢，一個灰袍黑點的老人霹靂一般地斷喝：「什那小丑，也來擋路！」兩個猛打了一個照面，那老者「嗆」地拔出長劍，劍勢「格勒勒」一陣異聲，猶如開山倒樹，蕭秋水一看，知道來人劍法修為在自己之上，又事有蹊蹺，但自己既不能閃躲，更不能退，只要離開半步，便給人奪了關門，蕭秋水把心一橫，一劍疾刺了出去！

此刻他的武功，劍法精妙，已遠勝數日前的他。這一下反擊，令老者一怔，若要刺中蕭秋水，自己也得拚上一劍。他與蕭秋水並無怨仇，蕭秋水一上來就用了拚命打法，倒讓他吃了一驚。

這老者應敵經驗，十分豐富，當下臨危不亂，劍勢一收，錯步避開一劍，但山徑十分偏狹，下面便是萬丈深崖，老者迴劍之間，便無立足所，被逼退了三級。

石級只容一人之位，前面老者一退，後面的四位老人為免撞在一起，也不得不退，這一退之間，不啻是蕭秋水的一劍迫退了他們五人；而這五人，又是武林之中大大有名的前輩，這一口烏氣哪裡能忍，前面老者大吼一聲，揮劍又上！

這一下劍鋒所至，轟嚨嚨有聲，蕭秋水心中暗驚，他父親蕭西樓是當今七大名劍之一，曾跟他提過這種「騰雷劍法」。蕭秋水當下以密集陰柔，瀟灑自如的「浣花劍法」，緊守中門，老者劍法雖高，但蕭秋水一夫當關，加上居高臨下，老者根本不得越雷池半步。

這老者闖不過去，後面四人乾自著急，因山路狹隘，也騰不出空位過去幫忙，急得不斷吆喝連聲。

蕭秋水奪得有利情形，緊守關口，那老者武功原高於他，但蕭秋水近日武功激進，與老者已是伯仲之間，這一來因爲地勢，反而把老者逼得忙不過來。

這五人尚未上山，就爲一年輕小伙子所挫，自是怒急攻心，怪吼連連，忽聽一聲長嘯，另一灰衣短褂的老者猛拔身而起，在萬丈高崖上，居然掠身飛起，連蕭秋水都爲他捏了一把汗，叫道：「小心！」

這老者卻不偏不倚，恰好落到原先使「騰雷劍法」那老者頭頂上，一足沾頭，「刷」地出劍，蕭秋水頭一偏，只覺頭上一涼，才聽到「刷刷刷」三聲，原來這劍勢幾乎比聲音還快，饒是蕭秋水閃躲敏捷，頭皮也給擦傷了一劍。

蕭秋水此驚非同小可，忙打起精神，兩名老者，一用「閃電劍法」，一用「騰雷劍法」，一上一下，卻配合得天衣無縫，絲毫不影響劍法運用。

以二戰一，蕭秋水盡落下風；但幸有地利，還制得住二人凌厲的攻勢。

這兩名老者，合戰蕭秋水，居然還撂之不倒，不但驚訝，又覺丟臉，兩人怪吼一聲，只聽後面一灰衣白斑老者清嘯一聲，另一灰袍藍襖老者亦大喝一聲，左右齊上，竟落在使「騰雷劍法」的老者左右肩上，「錚錚」雙雙出劍，蕭秋水更是兇險。

這四人搭配，像多年訓練一般，合作無間，後面兩人，一使「蝴蝶劍法」，一施「鴛鴦劍法」，又絲毫不影響原先「騰雷劍法」以及用「閃電劍法」兩老人的劍招，蕭秋水遂險象迭生。

蕭秋水忽然想起「長天五劍」：——這五老雖不是長天五劍，但應用五人合擊劍陣之妙，卻酷似「長天五劍」！

這五人究竟是誰？

蕭秋水已無暇細想，忽地「颼」聲急響，一劍已由下而上，刺向他的小腹！待他發覺已遲，劍已及腹，蕭秋水如不退，就得被刺腸穿腹。如迴劍招架，則上路盡在四劍襲擊之下。如退，則關口必然被奪。

這一劍，來得全無徵兆，在四劍吸引蕭秋水注意力之時，第五名灰衣綠衫的老者，突然使「騰雷劍法」自第一名老者胯下，急挑攻出！

「斷門劍法」！

這一種歹毒劍法，又名「絕子絕孫劍」。

這五人的特殊打法，居然使他們在如此狹窄的山道，依然可以五位一體，合擊蕭秋水。

正在這時，只聽一聲怪叫，一人喊道：「已通知梁大俠！」

六個字講得急，出手更急，也一頭鑽過蕭秋水胯下，一合雙手，作「佛手」勢，及時挾住了劍身！

來人正是午寐剛醒的大肚和尚！

七　丹霞山之戰

大肚和尙雙掌是挾住其中一名使「斷門劍法」老者的劍尖，但其餘四位老者的攻勢，卻更爲凌厲。

大肚和尙雙掌制住一名老者的劍，看來是妙著，但大肚和尙武功本就還在蕭秋水之上，至少可以纏住兩名老者的攻勢，但而今雙掌一合，他與那名老者，兩人都僵住了。

然而蕭秋水又如何是那四名老者合擊之敵？

就在這時，只聞一聲急嘯，起自山頂，再響起時已在山腰，轉眼到了蕭秋水背後，蕭秋水只覺眼前人影一花：青衣、白襪、黑布鞋！

梁斗！

梁斗一到，招手已搶下一把劍。

五人齊叱，三柄劍已刺向梁斗。

梁斗出刀。刀光一閃。隱沒不見。

五人一陣怒喝，四人退了七八步，差點相互擠落山崖。

唯有那名手中長劍被挾的老者，脫不得身，變成在丹霞關口，只有他和大肚和尙、蕭秋水、以及大俠梁斗對峙。

梁斗目中殺氣一閃，倏聽背後有人道：

「住手！」

那五名老者，如聞律令般，立刻住了手，那與大肚和尚搶劍的老者，竟也放棄奪劍，五人齊立，拱手當胸，右手中指豎起，左手尾指彎曲，恭聲喊道：

「水上龍王，天上人王；」

只見來的人是雍學士，他也直立誦了兩句：

「上天入地，唯我是王。」

旁觀人一見，顯然雍學士的身份地位甚高，五名老者神態十分恭謹。梁斗忽然笑道：

「你果然是。」

雍學士冷笑一聲：「你猜得不錯。」

梁斗目光閃動：「那這五位就是長江兩岸著名的『五劍』神叟了？」

蕭秋水失聲道：「『五劍神叟』，是朱大天王的『三英四棍．五劍六掌．雙神君』中的『五劍』？」

那五人冷哼一聲，愛理不理。梁斗笑道：「正是他們。至於這位正是大名鼎鼎的『雙神君』中之『柔水神君』，他與『烈火神君』，是朱大天王最得力的高手，長江一帶，雍先生可真是大大有名。」

柔水神君雍學士冷笑道：「據說你和幾名手下在秭歸殺了『長江三英』，而且又在高要與『長江四棍』起衝突……」

蕭秋水卻突然打斷道：「不是手下，而是兄弟。」

柔水神君臉色一變，他橫行江湖，誰人敢對他如此不敬，何況蕭秋水對他來說，只是晚輩中的晚輩，居然敢這樣對他說話！柔水神君正待發作，梁斗卻道：

「只不知權力幫爲何把雍神君也列爲殲滅對象？」

柔水神君沉著臉道：「權力幫向來把朱大天王的人，視作肉中的毒刺。」

梁斗笑道：「朱大天王豈止是李沉舟的一根毒刺而已！」

柔水神君臉色登時柔緩起來：「我說的毒刺，是致命的，致權力幫的性命！」

梁斗道：「那末，在別傳寺中，權力幫『八大天上』中的『火王』本是來伏擊你的？」

柔水神君沉聲道：「起先我也以爲兩廣十虎等亦是權力幫派來的人，因爲他們常與屈寒山有往來。後來才知大家之所以聚合一起，可以說完全是巧合。」

梁斗道：「不過這也使『劍王』和『火王』相會一道。」

大肚和尚冷笑道：「怕什麼，我們就跟他們拚了！」

梁斗笑道：「現在『五劍』都來了，以五位老前輩的武功，自然是大增我們的實力，奇怪的是權力幫怎會讓你們衝上山來？」

「蝴蝶劍」的老叟道：「我們一路上山，也沒遇到阻敵。」

「鴛鴦劍」的老叟也道：「這點我也覺得很奇怪。」

梁斗望望天色，山中早暮。

別傳寺在濃霧中，似有似無。山壁氣勢之凝重，猶如劈面壓來。
怎麼權力幫一點動靜也沒有？
既沒有發動，更沒有搶攻。
他們究竟已闖入了別傳寺周圍，還是只在山腰展開包圍？
山靜，連鳥聲也沒有，山中霧暮四合。

下午・笛子、二胡、琴

權力幫究竟在哪裡？在做著些什麼？
蕭秋水看著濃霧慢慢地湧上來，籠罩住海山門：這濃霧之中，究竟有幾個敵人？
但蕭秋水看著濃霧，一直幻化著唐方的形象。
——唐方，唐方，唐方。
「颼」突然霧中精光一閃，直向蕭秋水打來。
——莫非是唐方來了？
蕭秋水一呆之下，竟忘了閃躲，突然人影一閃，青衫、白襪、黑布鞋，一揚手，捉住暗器，一甩手，暗器反打入霧中，霧裡傳來一聲慘叫。
慘叫聲發出的同時，霧彌漫中，有不斷的奇特的扭曲的胡哨之聲，只見不住有人影高低竄伏，身法異迅，也不知道來敵多少。

蕭秋水只覺毛骨悚然。他握劍的手一緊，就在這時，梁斗反手把他一帶，閃電般拖出了五六丈遠，只見他原來站立的海山關口，「轟」地冒起一團火舌！

火勢很盛，但燻煙極濃，加上霧氣氤氳，根本不知來敵動靜。

火蔓延得極快，一下子，東南方一齊起火，迅速地擴張開來，而且因山中濕氣，火中帶濃煙，更看不清楚火中的攻勢。

就在這時，忽然下雨了。

其實不是下雨，而是山泉。

山泉自天而降，紛紛灑落。

火焰經雨勢一挫，火勢大降，只見原來大肚和尚把守的山崗上，灑落一道瀑布，梁斗喜道：

「柔水神君把山泉以河渠導引法開到這裡來了！」

火勢受挫，火光中，忽然閃出一人，這人好像穿著一團火一般，全身閃閃火光，連頭也光得發亮。

這人一閃，火光就是一熾，再閃，火勢就更猛了。突然間，崖上落下一個人，國字口臉，儒生打扮，他一下來，就似潑了一盆水，跟那火中人半空交替而過，只不過一剎那間，那火一般閃亮的人，忽然間暗淡了；而這儒生打扮的柔水神君，雖然變成了火團，怪叫著衝上山巔！

他們兩人，一水一火，一交手間，都受了傷。

「火王」一退，火勢立滅，但聞一陣輕亦快急的步履，大霧濃煙中，三人已搶登海山門！梁斗大喝一聲，蕭秋水衝出，劍光幻化成一泓秋水，封住三人，那三人用三種不同的兵器，回攻過來，一陣兵刃相交之聲，蕭秋水大顯神威，竟使出杜月山的劍法，一下子把三人都迫了下去。

三人一退，又上二人，蕭秋水絲毫不退，藉著有利地勢，與權力幫的人力搶要塞。那兩人與蕭秋水交手七招，又遭蕭秋水以梁斗所授的借力打力之勢，逼了下去，這時又一先一後，撲上二人。

蕭秋水劍光一閃，「天際長江」，攔住為首那人，那人被截了下來，掣刀一翻，一刀斫落，蕭秋水迴劍一張，就是「浣花劍派」中的「漫天花雨」，那人慘叫一聲，中劍落下山崖。

蕭秋水出劍得利，心中得意。另一人衝上岩來，蕭秋水一出劍，正欲展招，突然霧中劍光一閃，蕭秋水劍折為二；劍光再閃，蕭秋水不及招架，劍勢之快，無可匹比，正在此時，刀光一閃，刀劍交擊，各自發出一聲冷哼。

這時來人已搶上山海門，神色陰冷，殺氣大盛，背向山崖，正是「劍王」屈寒山。出刀的正是大俠梁斗，他正與屈寒山對峙著。

蕭秋水驚魂甫定，又有三人搶登上山。

蕭秋水正打起精神，憑一雙肉掌攔截，忽聞一聲清笛，繼而琴韻，二胡憂傷，蕭秋水不禁呆了一呆，三人已搶入丹霞門。

蕭秋水喃喃道：「是你們……」

「呼」地憑空飛來一劍，蕭秋水一手接住，只聽一人沉聲道：「正是我們，雖是舊識，今日相見，卻爲死拚，你不必相讓。」

蕭秋水橫劍當胸，長歎一聲道：「是，三位請進招吧。」

這三人不是誰，正是昔日蕭秋水衝出成都浣花劍廬時，在桂湖所遇的「二胡、笛子、琴」三才劍客！

登雕樑、江秀音、溫艷陽。

霧意霧色皆濃，蕭秋水竭力要看清楚，卻看不清楚。

白霧中那女子劃動玉笛，她的手勢並不十分快，但笛孔卻發出了「嘯、嘯」笛音，比劍風還震人心魄。

另外那登雕樑也從二胡中抽出長劍，溫艷陽亦從琴下拖出寶劍，劍出鞘時，一片清亮的弦琴之音。

就在這時，江秀音的笛劍突然加快，破霧刺出，蕭秋水低頭一閃，疾快回了四劍，但他的四劍立時被架開，登雕樑、溫艷陽的劍鋒同時攻到。

此時的蕭秋水，一因江湖歷練大增，一因武功得梁斗指點，又自潛修杜月山的劍法，豈是衝出四川蕭家時的武功所能比。他以一敵之，居然愈戰愈勇，他前雖曾敗於三才劍客合攻之下，此時卻能打個旗鼓相當，不致落敗。

但他反擊之下，才知道琴、胡、笛三劍，武功之進境也不可以道里計，心中更是吃驚；劍如天籟，蕭秋水施出「浣花劍派」的渾身解數，揉合杜月山的「雙分劍法」，盡力敵住三人，不讓琴，笛、胡三人搶登危崖。

但這一來，蕭秋水已無法阻敵。一陣忽哨，又有兩人搶登入關，正是獅容虎臉的「獅公虎婆」。

猛聽一聲大吼，一人猶自天而降，光頭凸肚，正是大肚和尚，纏住了獅公、虎婆。

這時胡哨之聲此起彼落，山崖四周，響聲起伏，但搶登山崖：卻只有此途。眨眼間有六七批人又要搶登，但都在鐵梯上、山腰間、關門外，山崖邊被別傳寺中衝出來的高手：李黑、胡福、阿水、瘋女等截殺起來。

這時丹霞關前打得一片燦爛；此關若守不住，就退無可退，只有被圍在別傳寺中，四圍受敵了。大家都知道，這寸土失不得，是故拚命死守。

這座別傳寺山門，似天梯鐵鎖；眾人的死守，也是鐵箍一般，但來敵愈來愈多，攻勢愈來愈強，打得紅土簌簌而落。蕭秋水苦戰三才劍客，開始是對方三柄劍猶如九天神龍，繼而覺得對方連琴、胡、笛也是武器，亦是另三把劍。

再戰下去，劍鋒所帶起的風聲，樂器所引起的音韻，又是另六柄劍，劍劍眩目迷聽！

——不能再戰下去！

那淒迷的琴韻，那楚愴的笛音，那悠遠的胡弦，交替成一幕憂傷的畫：唐方，那次在桂湖，唐方、左丘、玉函的來援！

——兄弟們，你們在哪裡？

蕭秋水漸漸受劍光所迷亂，樂聲所炫惑，劍法已漸漸慢下來，猛一聲清叱，胡，笛齊壓住蕭秋水右手劍，琴擋架蕭秋水左手掌，三劍直追蕭秋水之咽喉！

三柄尖利的劍尖陡然一起頓住，在蕭秋水的咽喉不到一分處。

蕭秋水咽喉的皮膚亦感受到劍光的寒意，而起雞皮疙瘩，蕭秋水長歎了一聲，如同上次「杭秋橋」之役一般，緩緩閉上了雙目。

——技不如人，夫復何言？

但三人並沒有刺下去。

三人都說了話，說得急而快，聲音卻很低。

江秀音道：「上次在『聆香閣』，我們敗於你朋友之手，你也沒殺我們。」

溫艷陽道：「所以我們也不殺你。況且若以一敵一，我們未必是你之敵。」

登雕樑道：「我們是奉命搶關，不得不打，我們找上你，是不希望你死於人手，無論如何，你算是我們的知音。」

——蕭秋水若非他們知音，就不會兩次被樂韻所迷，一敗塗地了。

蕭秋水心裡感激，但他有話要問：他們究竟知不知道，「三絕劍魔」孔揚秦，已死在他們手裡。

孔揚秦正是三才劍客的掌門！

他正想開口問：突然山崖響起了一聲清嘯！

這嘯聲一響，三才劍客相顧一眼，三柄抵在蕭秋水咽喉上的劍，便突然都不見了。

只剩下二胡、笛子、琴。

一下子，連二胡、笛子、琴都不見了。

只剩下三個人。

又一下子，三個人都不見了，不單止於這三個人，連攻山的所有人，都一下子消失了，撤退了，隱在霧中了；一剎那間，只剩下守崖的高手，步步驚心的防禦，一步步倒退，回到丹霞關、別傳寺山門裡。

大家緊守在別傳寺山門之後：權力幫的凶猛攻擊，猶如虎豹豺狼，在死守中幸無折損人手，但也傷了數人，令人膽戰心驚。

大家退至別傳寺山門，霧色更濃，居然微帶山暉彩夕，原來是黃昏已至。

黃昏·撤退

山映斜陽，片刻即暮。

暮落就要一片深沉。

大家仍望著濃霧深處，猶有餘悸，不知幾時又一聲長嘯，再湧現一批殺手？

大俠梁斗忽然沉聲道：「要撤退了。」

勞九啞聲道：「撤退？」

——這是辛苦戰役換來的地方啊。

梁斗神色悠然，淡淡地道：「是的。」

胡福忍不住問道：「何解？」

梁斗目光悠遠，似停在暮色漸合的丹霞山形上：「到了晚上，什麼都看不見，這裡就守不住了，而且反而成了攻擊重點，不如退回寺中。」

忽聽一人接道：「正是。別傳寺中，我們在一起，至少還比在這山崖上分散受人攻擊的好。」

說話的人是柔水神君。

柔水神君此刻非但一點都不「柔水」，而且簡直被燒到焦頭爛額。

——但卻是他，擊退了「火王」。

要不是他，火舌蔓延，權力幫早就趁隙攻上，而且勢不可擋。

梁斗緩緩回身，微笑凝睇柔水神君，道：「雍兄高見，弟甚贊同，適才一役，要不是有雍兄迫退『火王』，後果真不堪設想。」

柔水神君居然也和顏悅色，道：「剛才壓陣卻全仗梁大俠，要不是梁大俠扣殺住『劍王』，這地方就沒有我們說話的份兒。」

兩人經此戰役，都不禁惺惺相惜起來：

梁斗道：「下一役，還不知如何呢！我們先回去吧，晚上……」

梁斗笑了笑又道：「恐怕還有一場殊死戰。」

金色的夕陽很快墜落，暮色比霧色更深沉，晚風拂過，蕭秋水卻注意到梁斗青衫背上，一片汗濕重衣。

——雖然適才戰役中，山崖上，大俠梁斗對峙「劍王」屈寒山，兩人只交手一招，便一直對峙著，並未出過第二次手。

他們一番死戰，守住了丹霞關，卻立即要撤走。

因爲暮濃若亂髮，而山色漸暗，連霧氣，亦轉而爲露。

黃昏過去。

暮垂·圍爐曲

別傳寺中。

他們生一盤火，在大殿；又生一爐火，在院內。

人就在殿中、院中、四周，每一處、備戰、戒防，他們知道權力幫此際已包圍了他們。

別傳寺外，暮色深深中，有勁敵無數。

海山門之役中，擊退了敵人，但他們這邊也傷了五人。蝴蝶劍叟與少林洪華分別受了點輕傷，其他珠海殺仔，揭陽吳財，及斷門劍叟，都受了輕重的傷。

殺仔是因太過拚命，擊退殺力激厲的康出漁，但不意為康劫生在旁暗算所刺傷臀部。斷門劍叟在一招拚命打法中，斬傷了「長天五劍」中之一人，但卻失去控制，墮落崖下，幸柔水神君及時拋出腰帶束住，卻仍為尖利岩石撞傷。清遠吳財卻是一面打一面玩，玩得忘了形，給杜絕在臂部劈中了一刀，幸虧他及時一腳，把「刀魔」踢了出去，否則一條左膀子，便要算廢了。

這三人傷勢不輕。殺仔天生神勇，傷猶可戰。斷門劍叟傷口雖多，但多為碰擦淤傷，並無大礙。清遠吳財傷得入骨，但傷在左手，亦影響不大。

他們就憑著天末一點微明，生起了熊熊的爐火，團團圍坐在火邊、談天、低聲唱一首江湖好漢，天涯浪客的「圍爐曲」……

梁斗望望天色，道：「權力幫攻了一次，還會再攻的。他見我們在丹霞關擺空城計，初未必敢挺進，但包圍佈局妥定後，他們會再度猛攻的。」

勞九突地一拳搥在地上，粗聲怒道：「操他奶奶的，他們人多，不乾脆一塊兒衝過來拚算了，卻要……」

好人胡福卻搖手道：「不然，不然。他們也不見得人多，否則早就衝上來，吃掉咱們。」

梁斗笑道：「咱們誤打誤撞，卻來到了這裡，跟朱大天王身邊的紅人，聯上了手。」

李黑「嘿嘿」笑道：「夠他們忙的了。」

柔水神君冷笑道：「不過咱們也沒討了好。原來圍殺我們的『火王』，卻因此跟『劍王』聯上了手。」

梁斗笑道：「不過咱們也並肩作戰了。」

羅海牛「嘿嘿」笑道：「一齊幹上了，痛快，痛快！」

鴛鴦劍叟正色道：「看來此刻，權力幫正越過丹霞關，向別傳寺展開包圍哩。」

梁斗也正色道：「所以我們即要嚴加防守；」轉而望向柔水神君一揖道：「有一事請教。」

丹霞關一役後，柔水神君與大俠梁斗正是惺惺相惜，也不禁客氣起來，柔水神君道：「梁大俠盡說無妨。」

梁斗道：「此番兄台等被困丹霞，而『劍王』又擊殺『長江四棍』等於端州，弟素知朱大天王與李沉舟有夙怨，如此情形，明顯已正式相爭，只不知因何『權力幫』除『劍王』、『火王』外，一直未見『八大天王』中其他六王來援，以權力幫號令天下，聯絡上似不該如此低能。『朱大天王』名震水陸二路，綠林好漢，無不懾伏，卻未知因何神君殺敵於此，若救兵不來，尤其與雍兄齊名的『烈火神君』，迄今未至，究竟是何原因？」

柔水神君臉色陣沉陣陰，半晌終於道：「梁大俠，問得好。」正在此時，忽然別傳寺圍牆冒起一個人頭，「颼」飛射一箭，飛快如流星，直射柔水神君。

柔水神君雙手一拑，挾住一箭，神色不變，道：「來人，備酒！」「神劍五叟」中未受傷的四叟齊齊應了一聲，各自備杯燒酒酌滿，大肚和尙已禁不住失聲道：

「權力幫來得好快！」

梁斗笑道：「是好快。」說著舉起酒杯，向柔水神君敬道：「請。」

就在這時，「砰」地一聲，牆被打穿了一個洞，一隻拳頭伸了進來，化而爲掌，一招，「颼颼颼」，三道星光，直打梁斗。

梁斗神色自若，一仰頭喝乾杯酒，一揚手，連環三套，「碰」地瓷杯蓋於石桌上，三枚暗器，盡入杯中，杯沿卻已嵌入石桌中。

柔水神君目中已有敬賞之色：「好內力。」

梁斗笑道：「暗器有毒，碰觸不得，只好永留杯中。」

柔水神君笑道：「來，我敬你。」

梁斗笑道：「謝酒。」一口氣乾盡，卻又斟滿一杯，遙向牆外朗聲道：「此刻月明星稀，我們在寺中煮酒論英雄，各位卻在寺外餐風飲露，多有辛勞，且飮一杯。」

說著一口乾盡。

院外眞個月明風清。

原來夜晚已經臨了。

晚初・那又深又遠的長廊

月明星稀，
烏鵲南飛；
繞樹三匝，
無枝可棲。

蕭秋水居然朗聲漫唱起來。歌聲悲宏。座上江湖好漢，落泊天涯的浪子，禁不住也以杯筷擊節和唱起來。

唱完之後，梁斗拍手道：「好！好！」柔水神君也不禁有讚歎之色，一時覺得與這般英雄豪傑，意興十分相投，梁斗忽道：

「雍兄，你爲『朱大天王』效命，是自願，或是被迫？」

柔水神君臉色一變道：「梁大俠何出此語？」

梁斗正色道：「我是率言直語，不瞞雍兄。雍兄在武林之中，雖非俠輩，但亦甚少爲惡，且多鋤強扶弱，唯朱大天王一脈聲名狼藉，無惡不作，雍兄甘心於朱大天王旗下，實非武林之福、兄弟等之期願也。」

背後的「神劍五叟」，紛紛變色欲翻臉，柔水神君臉色微微一變，揚手阻止，緩緩道：

「我是天王麾下『雙神君』之一，可謂一人之下，萬人之上，我實要感謝天王栽培，至於在世功名，不如在生權位，梁大俠諍言，兄弟心領便是。」舉手敬了梁斗一杯，又道：

「今番我們於死地相遇，並肩作戰，實屬緣份，但他日能逃生此地，江湖相見，我等立場不同，大俠自可兵刃相見，無需顧忌，或念及今日之情也。至於兄弟我，更是心狠手辣，武林名聞，梁大俠若能殺我，自當殺我，不必留情，我若能誅大俠，亦當如是，故梁大俠無須再作無謂勸言。」

梁斗苦笑道：「可惜，可惜。」一口乾盡酒杯，向大夥道：「來，來，來，我們無謂談這些掃興的事，且爲殲滅權力幫，我們大家來盡情乾杯。」

眾人也就興起，紛紛添增杯子，痛喝起來，柔水神君道：「我知道廚房裡還有些素菜，倒是好下酒。」

蕭秋水本不嗜喝酒，當下道：「我去拿來。」

「騰雷劍叟」因與蕭秋水於丹霞關中一役，對蕭之奮勇不退的精神很是欣賞，怕他獨去出事，於是道：「我也去。」

紫金阿水也道：「就我們三個人去。」

廚房離大殿有一段距離。

月華如水。

誰都知道這三人此去當不止是為取菜肴，更重要的是探知別傳寺受包圍的情勢。

他們走過長長的甬道。

長廊，沒有人，院外萬木輕搖，是樹影？是人影？

阿水一邊走，一邊望春天空一輪皎月：「要是此番我能活得出去，這一生裡，我一定好好珍惜，做一些事，再不能在江湖上如此混混終日了。」

蕭秋水看看她月華下堅定的側臉，點點頭道：「其實以兩廣十虎之才，偏於兩廣一隅，實是大才小用。」

「騰雷劍叟」卻冷笑道：「這院子裡裡外外，都不知有敵人多少，你們還談什麼將來？」

阿水一瞪眼就要發作，蕭秋水笑道：「那前輩要談的是什麼？」

騰雷劍叟獰笑道：「談的是殺人！」

蕭秋水道：「殺人？」

騰雷劍叟怖然道：「你知道我殺人要殺多久？」

蕭秋水道，「哦？」

騰雷劍叟酷毒地道：「通常我生擒一個人，要殺他，至少可以殺六天，多則可以殺十七天，有次我把一個人，一天割一片，灑一把鹽，當他面前煮來活吃。」說著騰雷劍叟向著黑黝黝的草叢厲聲道：

「誰要是犯著我，我決不饒他！」

蕭秋水歎了一口氣，他知道騰雷劍叟是故意講給權力幫的人聽的。但他也知道江湖經驗老到的騰雷劍叟，心裡也恐懼起來……

只有心懷畏懼的人才會出言恐嚇別人。

月華如霜。

這別傳寺看來，在黑夜中輝煌，在沉默中安詳。

於是他們推門進了廚房。

廚房裡有菜肴，菜裡沒有毒。

江湖歷遍的騰雷劍叟，一進來就用銀針試探菜裡有沒有毒。

這又使蕭秋水想起唐方，唐方是唐家的人，唐家的人都很小心，所以很難可以毒倒唐家的人。

——除了一次，在甲秀樓……

騰雷劍叟正打開門，要出去，突然七道藍芒飛打而至，騰雷劍叟一肘撞退正要出門的阿水，猛關門，「奪奪奪」、「奪奪奪奪」，暗器打入門裡。

門猛關上，廚房內一片黑暗。

阿水怒道：「你撞我……」

蕭秋水忽道：「不行。」

騰雷劍叟道：「什麼不行？」

蕭秋水道：「不能困在這邊。」

騰雷劍叟道：「出去做暗器靶子？」

蕭秋水道：「做暗器靶子也要出去和梁大俠會合。」

阿水道：「我贊成！」

蕭秋水把食物都用油紙包裝起來，分別藏在衣襟裡，騰雷劍叟終於道：「好吧。困在這裡，死路一條。」

蕭秋水猛撞開門，月光如水，甬道如一道長遠的征途，蕭秋水猛吸一口清涼的空氣，斬釘截鐵地道：

「衝出去！」

蕭秋水方一出口，對方已發動了攻勢。

廚房三處閉封的窗口，一齊撞破。

月色如劍芒，照入廚房，刀鋒閃亮，至少有六個人自窗口撲入。

但在同時間，蕭秋水等都已衝了出去

蕭秋水等一衝出去，長廊很長，至少有三、四十件暗器，一齊向他們打來。

蕭秋水飄、挪、騰、移、雙手抓、捉、撥、擊，閃開與打落了十來件暗器，長廊長長，蕭秋水衝勢不減！

這時忽又閃出二人，一柄鬼頭刀，一把流金鐺，左右夾擊。蕭秋水一蹲身，流金鐺險險掃過，他在低馬蹲伏時仍不斷快速行走，「乒」地一聲，星花四射，架開了鬼頭刀，借勢一搭，把那人甩了出去。

這時蕭秋水已接近長廊的盡頭，再衝十步，就是內殿，內殿有的是強援梁斗等人，就在這時，一度如旭日之劍芒，在黑夜中陡然而起。

「觀日神劍」！

日不甚烈，但在黑暗中也燦爛無比。

這一劍顯然不是康出漁出手，而是康劫生。

蕭秋水知道不能戀戰，一旦爲康劫生所阻，權力幫的人必定會圍殺之，他心一橫，一揚手，將接來的暗器都打了出去！

康劫生嚇了一跳，忙施劍砸開暗器，蕭秋水已衝了過去，撲入門口，「砰」地踢開門扉，大喊道：「有敵來犯——！」

此際他本來可以衝入院內，權力幫雖重兵四伏，但暫時猶不敢侵入以攖大俠梁斗諸高手之虎威，但就在這時，蕭秋水猛聽在背後不到十步之遙的紫金阿水，發出一聲慘叫！

蕭秋水立時倒掠出來。

他不能等梁斗等人趕到再算，救人救命，蕭秋水寧願死，明知自己螳臂擋車，也不能見死不救！

八　武夷山之役

他倒撞出去，劍尖自右肘倒刺而出，只聽一聲慘嚎，一名權力幫眾，捱了一下，兵刃落地而退。

蕭秋水一返身，只見阿水臉色煞白，已經蹲倒下去了。騰雷劍叟怒叱連連，一柄迅雷般的劍，正與「觀日神劍」康出漁鬥了起來。

這時兩柄單刀，一把跨虎籃，已向蹲在地上的阿水攻到。

阿水似因腹痛不堪，勉力一撐，一記掃堂腿踢了出去，把使跨虎籃的大漢掃倒，但對於那兩柄單刀，眼看就要躲不過去。

這時蕭秋水卻已到了。

他一記拳頭飛出，打得一人摀著鼻子退。

他右手劍把另一人右臂劃了一道長長的傷口，那人連單刀都丟掉，抱頭鼠竄。

蕭秋水居然逃脫後又倒退回來再打，這點令權力幫眾意想不到，簡直猶天兵而降，蕭秋水擊退了兩人，一手攙起了阿水，腦後卻劈來了一道急風。

蕭秋水情急低頭，幾縷髮絲，飛上半天。

出劍的人是「長大五劍」之一。

蕭秋水已無心戀戰，拖住阿水就走。

那「長天五劍」中的「玉枕神劍」又待一劍刺來，阿水一手爲蕭秋水所攙，但卻及時踢出一腳。

「玉枕神劍」慌忙避開一腳，蕭秋水卻已走了。

蕭秋水走了十七八步，只聽騰雷劍叟的劍風已發出騰雷之聲，呼喝連連，顯然已與康出漁拚出了真火。

長廊又深又長，蕭秋水一咬牙，決心先把阿水送到內殿，再回頭救騰雷劍叟！

這時又是刀光一閃，一使鬼頭刀者攔於前路，阿水疼得咬牙切齒，向蕭秋水嘶聲道：「你別管我——！」

蕭秋水認得那拿鬼頭刀的正是適才被自己大力甩掉的人，衝勢不止，大吼一聲，也不知怎地，還是蕭秋水之氣勢逼人，那施鬼頭刀的大漢竟被嚇退三步，讓過一旁。

蕭秋水一面搏命衝，一面問道，「妳怎麼了……？」

紫金阿水忍痛道：「我肚疼……哎……」便痛得講不下去了。

蕭秋水這才得知阿水原有盲腸炎，在劇鬥中震發了病患，一發作起來不可收拾。阿水是女子，蕭秋水也顧不得男女授受不親，抓起她的腰一攬，一推一送，把阿水推入內殿，猛回頭，只見一人已擋住長廊來路。

那人高大威猛，白髮銀鬚，滿臉通紅，正是「大猛王龍」盛江北。

就在這時，蕭秋水又聽到騰雷劍叟的慘叫。

蕭秋水一看，只見惡鬥中又加了個康劫生，騰雷劍叟當然不敵，又已中了一劍。

蕭秋水不顧一切，瘋了一般衝了過去！

盛江北雙掌一挫，猛喝道：「你還是不要過來的好！」

蕭秋水救人心切，哪裡理會，情知斷非盛江北之敵，仍全力衝向盛江北，盛江北一怔，心念這年輕人兩度逃得出生天，居然還第三次再入虎穴，真是膽魄驚人！於是凝神運氣，全力應付。

不料蕭秋水眼看要撲到盛江北處，卻突然一個大彎身，在盛江北右側搶了過去，這一下，原出於蕭秋水想急救騰雷劍叟，不宜與盛江北戀戰，故出此策，盛江北正擬苦戰，斷未料到對方有此急變，一怔之下，蕭秋水已擦身而過。

但就在將過未過間，盛江北已定下神來，知道蕭秋水聲東擊西的用意。

但就在兩人擦身而過之刹那間，蕭秋水背部空門大露。

蕭秋水救人心急，也未及理會背門之破綻。

盛江北爲人在十九神魔中，雖較耿直，但畢竟搏鬥經驗豐富，這等良機，他怎會錯過？

他的掌立刻伸了出去，右掌朱砂，左掌黑砂。

蕭秋水的身形快，他的掌更快。

如果他的掌擊中蕭秋水，以蕭秋水奔行的速度來說，盛江北最多只能三分力擊實，還有七分力劈空。

但就算只擊中三分力，雙掌劈力之下，蕭秋水不死也得重傷。

卻就在盛江北雙掌將至未至之際，忽然頓了一下，慢了一慢。

這一點連蕭秋水也感覺出來了。

時機稍縱即逝，這電光石火間之差，蕭秋水的身形已在盛江北雙掌範圍之外了。

盛江北沒有攔住蕭秋水，是令權力幫眾意想不到的。

原來盛江北戰團與康出漁戰團之間，還有一組人，約有四、五人，一因意料不到，二是蕭秋水來勢大凶，居然不及阻攔，讓蕭秋水闖入康出漁戰團去！

就在這時，康劫生已架住騰雷劍叟的劍。

康出漁帶劍一捲，騰雷劍叟一條左臂，隨著飛血斷落！

騰雷劍叟一聲慘吼，搖搖欲墜。

就在這時，蕭秋水到了，一手扶住騰雷劍叟，一手持劍，反攻康氏父子！

這下仇人見面，分外眼紅。

騰雷劍叟一面竭力揮動長劍，嘶叫道：「你走……」

康劫生嘿嘿笑道：「你明明走了，還回頭來送死，真是天亡你也！」

康出漁笑道：「你要死快一些，老夫就成全你吧！」

兩劍一烈一炙，盡招呼向蕭秋水，騰雷劍叟想加上一劍，卻被「玉枕神劍」架了下來。

才一過三招，蕭秋水與騰雷劍叟已佔盡下風。

就在這時，長天劃過一輪刀光。

刀芒彎彎。

淡如天邊月色。

月色照長廊，長廊深遠。

長廊盡頭，就這樣平平地，飛出來了一人。

青衣、白襪、黑布鞋。

那人似大鳥一般地飄出來，一出來，就是一刀。

刀光一起，院外一聲呼哨。

康出漁的臉色在月光下、刀芒下，變了形，變了白，驚呼道：「退……！」

他沒有接下這一刀，人就翻出了牆外。

「玉枕神劍」素來自負，他要走，也要接下這一刀才走。

他的劍刺了出去，刺的是那「飛來的人」之「玉枕穴」，一如他剛才刺蕭秋水一般。

然後他的手就不像在握劍。

因爲他的手已不屬於自己的了。

他的手斷了。

就被那「飛來的人」一刀砍斷的。

他幾乎暈倒，盛江北立即把他揪住，掠出了牆外。

而康劫生及其他的權力幫眾，早在「玉枕神劍」意圖硬接「飛來的人」一刀前，尖哨響起後，便已紛紛走了，不見了。

「飛來的人」當然是梁斗。

大俠梁斗。

大俠梁斗望向圍牆，圍牆外漆黑一片，雜草叢生。

梁斗喃喃道：「盛江北這人不壞，權力幫中肯救助同門的，已是不多。」

忽聞一陣掌聲，一人自天而降，笑道，「其實這少年也不壞，就算正道中人，肯如此捨身救人，一而再者，亦不多見矣。」

來人是柔水神君，他原是爲梁斗掠陣，權力幫一退，他已飛快地封住了騰雷劍叟身上數處穴道，替他止了血，閃電劍叟也掠了過來，失聲「呀」叫出來，忙扶騰雷劍叟入內殿救治。

梁斗笑望向蕭秋水道：「此子姓蕭，乃成都浣花蕭西樓先生之三子，武功沒什麼，但膽識過人，志氣齊天高，有義氣，行事正派。」

柔水神君看看蕭秋水，冷冷地道，「正派不正派，倒不關我事，但他如此救助騰雷，原來長江上『三英』跟他結下的樑子，便算了了。我倒喜歡講義氣、重朋友的人，改天收他爲徒也不一定。」

蕭秋水卻道：「前輩賞識，在下感激，唯前輩所言收徒一事，蒙前輩錯愛，晚輩受之有愧。唯前輩身在『朱大天王』麾下，雖武功蓋世，但非正途，望前輩能自珍行徑，顧念武林；如前輩仍執迷舊途，則晚輩不敢拜禮。」

柔水神君臉色一變道：「我在天王門下，屬神君之職，武林何人膽敢冒犯？我欲破例施恩收你爲徒，你反而敢嫌我非正道中人!?」

蕭秋水仍恭敬但堅持道：「晚輩只望前輩將蓋世奇功，用於正途上！」

柔水神君正要發作，大俠梁斗大笑道：「好！秋水，好！我就欣賞你這種脾氣！」轉而向柔水神君道：「唉呀，你怎麼跟後生小輩一般見識，嘔氣作甚？來來來，我們先回到內殿，從詳計議再說。」

大家又再走入內殿。

四周黑沉沉，連個人影也沒有。

梅縣阿水似已復原大半，按著小腹望向蕭秋水，明眸中無限謝意。

蕭秋水報以一笑。回望適才生死惡鬥的長廊，寂，無聲，長廊真長。

夜深沉・煮酒論英雄

眾人重新坐下，蕭秋水居然自懷裡取出菜肴，道：「幸虧沒丟了它。」

勞九個性比較莽撞，禁不住喃喃道：「媽的！爲了吃的東西，差些兒丟了命，真划不來。」

好人胡福卻正色道：「勞九你有所誤解了。梁大俠要拿菜肴倒是次要，重要的是藉此試一試權力幫包圍的實力。」

李黑點頭稱是：「長廊、廚房，只是寺之一隅，但亦有康出漁、盛江北、玉枕劍客、康劫生等重兵把守，其他方位，必然佈防更密，權力幫非但沒有散去；而且還增援了。」

施月比較細心，把吃的東西攤在桌上，又斟好了酒，另一面吳財正在燒酒，施月道：「我們被困在此，又有誰知道。」

吳財道：「然而權力幫卻不斷增援，我們如此困獸鬥，不是辦法呀。」

柔水神君忽道：「這也不盡然。」

梁斗微笑道：「哦？」

柔水神君望定梁斗道：「梁兄可知我困戰於丹霞之原因？與我向焦不離孟的『烈火神君』又到哪裡去了？」

梁斗道：「願聞其詳。」

柔水神君一口乾盡杯中酒，道：「梁大俠可知道二十餘年前，名震江湖的楚人燕狂徒及他名震天下的《忘情天書》嗎？」

一向淡泊鎮靜的梁斗這次卻動了容，失聲道：「神君是說那武功無敵，每出現即令江湖起血腥風雨、你爭我奪的《忘情天書》嗎？」

蕭秋水只見「神劍五叟」及「兩廣十虎」都變了色，獨有他和大肚和尚，卻毫不知《忘情天書》是什麼東西?

柔水神君神色沉重，歎了一聲，道：「正是。」

梁斗變色道：「莫非……莫非這《忘情天書》又重現武林了!?」

只見兩廣十虎等一聽之下，都伸長了脖子，廣東、廣西這群武林好漢，對這「天書」尚如此未能「忘情」，其他的人可想而知。蕭秋水不由得十分好奇。

柔水神君搖首道：「非也。」

只見眾人都舒了一口氣，有的竟不禁露出失望沮喪之色。

柔水神君又道：「據『朱大天王』部下的追查，《忘情天書》只是幌子，引武林同道，自相殘殺，卻可能不一定有此物，然而燕狂徒卻確有其人!」

梁斗正色道：「當然。若無燕狂徒，就無李沉舟；若無李沉舟，就無權力幫。權力幫縱橫武林，乃因李沉舟君臨天下。李沉舟之所以能所向無敵，要不是有燕狂徒相授絕藝，雖天資過人，境遇奇特，亦諒不致有今日!」

柔水神君苦笑道：「據說李沉舟只不過得到燕狂徒一半的授藝而已。」

梁斗道：「所以才有那麼多人追查燕狂徒手著的《忘情天書》，據說那是他一生武學精華，而今雍兄重提此事……」

柔水神君苦笑道：「我們『長江三十六水道』的人物，打家劫舍，也算不上什麼好東西。但我們殺人雖多，卻統統加起來卻還比不上一個燕狂徒。此人非正非邪，行事乖僻，心高氣傲，又心狠手辣，練得一身驚人絕藝，後來被人所圍剿追殺，也是黑白二道俱大快人心的事——」

這時只聞一陣急撾之聲，擊打在圍牆上。

大肚和尚臉色變了變，梁斗卻道：「不要慌張，對方是有意造成聲勢，使我們緊張、分心。」

柔水神君淡淡地道：「我們偏就不去管它就是了。」

阿水扁嘴道：「媽的，有種就跳進來，姑奶奶要報仇了。」

蕭秋水側首問道：「好……妳肚子沒事了吧？」

阿水雖久闖江湖，此刻被這關切一問，卻不禁臉頰一紅，道：「沒事……只是腸炎，發作一陣，現在暫可用內力抵住。」

梁斗向柔水神君敬了一杯酒，道：「請說下去。」

柔水神君道：「在權力幫未崛起之前，梁大俠當亦知悉，當時天下第一大幫，無疑是朱大天王的天下。」

梁斗點頭道：「這點確然。當時貴幫七大長老都健在，若非在武夷山上力戰燕狂徒之役……」

柔水神君恨聲道：「我們七大長老，合戰燕狂徒，居然尚不能勝之，七個長老，只有兩個回來……」

梁斗頷首道：「那就是章殘金、萬碎玉兩位前輩，今據說不但是貴幫長老，亦是朱大天王之護法。」

柔水神君苦笑道：「章、萬二位長老，是生死同心，才能免去燕狂徒致命之擊，但亦身受重傷；至於其他五位長老，都以身殉職了！」

梁斗動容道：「燕狂徒武功之高，人所共知，據說他十歲那年，已自創絕藝；十三歲那年，已儼然尊主。廿歲那年，已名震江湖。當日朱大天王命七大長老圍攻，顯然勢在必得，爲何卻……」

柔水神君歎了一聲道：「這都是因爲燕狂徒武功委實太高了。不過在七大長老圍攻之下，燕狂徒也筋疲力盡，後來朱大天王朱舜水先生也去了，趁此把他擊傷，卻仍給他逃逸而去……而朱大天王亦因此役而元氣大傷，武林中統領之寶座漸而被李沉舟那一伙人所竊據。」

梁斗沉聲道：「武林是非成敗，如日昇月落，起伏不定，浮沉的事，今日未成定局，他日也殊爲難說。……只不知此事與閣下蒞臨丹霞，以及烈火神君竟未一道，又有何關聯呢？」

柔水神君沉吟了一會，道，「今日我們共患難，禦強敵，對梁大俠的人格品德，又素爲敬慕，故亦盡心腹之言……我們此番六人上山，乃得知長江四條柴的訊息，五位殉職長老中，唯獨邵流淚長老卻依然……」

梁斗一驚道：「是卅年前名震江湖的『別人流淚他傷心，自己流淚人斷腸』的邵流淚邵老前輩？」

柔水神君一笑道：「其實也不算『老前輩』。『前輩』確是沒錯，他出道極早，廿三歲已名聞江湖，二十八歲就當上了敝幫『長老』，三十歲就逢燕狂徒之役，迄今不到五十歲，跟我們年紀不差太遠而已，不過邵流淚長者和岑傷心長老，昔日在武林中被稱『天地二絕』，亦名決無虛……可惜，可惜岑傷心卻死於燕狂徒之手……」

梁斗一蹙眉道：「聽雍兄口氣說來，敢情是邵流淚未死了!?」

這時圍牆外又傳來更急劇的擊打聲，乃是以掌擊牆，好人胡福皺了皺眉，忍不住道：「盛江北好掌力！」

柔水神君呷了一口酒，長長吁了一口氣，方才道：「不但未死，而且還據悉得了一顆『無極先丹』！」

這時傳來「轟隆」一聲，一片圍牆倒下，石灰飛揚，眾人凝視，卻無人影衝入院來。

梁斗道：「權力幫出動到炸藥了。」

柔水神君道：「他自擾亂心神，我自飲酒談天。」

梁斗一笑舉杯道：「我敬你。」

柔水神君亦淡然道：「今日我們齊困於此，亦算患難之交，來來來，我敬大家。」眾一口乾盡，自不理會外面的戰雲密佈。

梁斗笑了一下，道：「適才神君談及『無極先丹』，我真爲之一震。這『無極先丹』，原是武林至寶，稱爲『無極先丹』。燕狂徒之所以在廿五歲便能冠絕武林，乃因吞服『無極先丹』之『陽極丸』、『陰極丸』共六顆，方能有此功力；『無極先丹』在世間乃以珍異藥物所製成，已不能有再行製作的成料，……」

柔水神君點頭道：「『無極先丹』不過十二顆，而燕狂徒盡得，並吞食六顆。……『無極先丹』不但助長功力，『陰極』、『陽極』吞食，每兩顆一對吞服即可增一甲子內力修爲，爲武林至寶。『無極先丹』亦有起死回生之能……邵長老之能不死，亦因於此！」

梁斗動容道：「哦。那麼說，邵長老得有一嘗『無極先丹』之奇遇了。」

這是蕭秋水見梁斗第二次動容。梁斗淡泊名利，但對燕狂徒、忘情天書、無極先丹卻似十分關注，敢情是因爲這三樣事物，對武學中人來說，是無比動人心魄的原故吧。其實蕭秋水不知道，若在十五年前提起這三件寶物，這些在一起的人，先得要打上一場鮮血遍地的仗不可了。

柔水神君頷首道：「必然如此。因爲在十五年前武夷山之役，邵長老確是被燕狂徒劈中一掌，被腳踢中左太陽穴，加上反手一劍，劍貫腹腔，受如此重創，邵長老是必死無疑。……這都是章、萬二位長老親眼目睹的。」

梁斗奇道：「若『無極先丹』確有起死回生之能，邵長老能活在世上，並不足爲奇了。……只是此事相隔一十五年，神君又從何得知邵前輩仍然活著？」

柔水神君道：「是『長江四棍』在廣東附近，遇上邵長老了。邵長老不但沒死，而且武功精進，長江四傑一問之下，才知道邵長老是喫了一粒『無極先丹』，才得以保存性命。」

梁斗問道：「但『無極仙丹』不是在燕狂徒手裡麼？」

柔水神君道：「當年燕狂徒力戰七大長老，已殲其四，但亦筋疲力盡，朱大天王趕至，合攻之下，擊傷燕狂徒，邵長老求功心切，自後撲上攻殺之，卻給燕狂徒回身一劍，貫穿腹腔，再回身而出手，擊中邵長老一掌一腳，大眾還想格殺之，燕狂徒飛身而起，落入原先他所備的馬車之中，策馬狂奔，就此逃去……」

梁斗讚歎道：「燕狂徒在八大高手圍攻之下，居然還能逃脫，而且不回身便給予武功精奇的邵長老三道重創，實是英雄蓋世，了不起。」

燭光閃熠，照得大殿上三個龐大雍容的三世金佛閃動不已，光黯有致。

柔水神君靦然道：「不是我往他人臉上貼金，據章長老說，那燕狂徒劍仍嵌入邵長老身上，居然不拔出來，背著邵長老，一掠五丈，直入馬車，馬即長嘯，長驅而去，大家都追不上……單憑這份輕功，真是……」

梁斗點頭道：「真是驚世羨艷。燕狂徒一生行徑過於偏戾，但智慧武功，膽魄勇氣，俱一時之選。」

柔水神君接道：「邵長老之所以不死，可以說是燕狂徒救活的。自從武夷山一役後，江湖傳說紛紛，但燕狂徒一直未現江湖，有人說他受朱大天王所傷過重致死，亦有人傳言燕某日後受少林、武當所派十二大高手圍攻而亡，總之說法都不一樣，而燕狂徒亦始終未現武林，他唯一的徒弟李沉舟卻日露鋒芒。」

梁斗道：「莫非……莫非雍兄乃從『長江四條柴』處得悉，邵長老正在丹霞山上？」

柔水神君正色道：「正是。長江四傑巧遇邵長老，邵長老吩咐他們說，他正被極其厲害的高手所迫殺，事情無及細說，但卻有關『無極先丹』下落等重大事情，請『長江四棍』即通知朱大天王，派人來援，他有重要事物奉獻幫主……」

梁斗道：「所以神君就來了？」

柔水神君道：「不只我，大家都來了，為了要拖住權力幫兵力，烈火神君已發動向權力幫之攻擊。」

梁斗奇道：「長江七十二水道要對權力幫下手？」

柔水神君道：「邵流淚倉促交待，他將藏身於丹霞別傳寺、南華古剎其中之一，試圖避開煞星，請朱大天王趕快派人來援。朱大天王一得知這項消息，據蛛絲馬跡，斷定只有權力幫敢與我們為敵，故令烈火神君出兵權力幫，佯作攻擊，其實是吸引住權力幫主力，以便救援邵長老。朱大天王親赴南華古剎，章、萬二位長老及我與五劍，則赴丹霞……」

這時外面的聲音驟然同時止歇。燭火暈黃，不住晃動。眾人屏息、靜聆。

柔水神君又道：「我們在丹霞途中，又得知邵流淚長老出現在淨慧寺（「六榕寺」）附近，萬碎玉、章殘金兩位長老即赴淨慧救援，我則與五劍續赴丹霞別傳寺。來到這裡……」柔水神君喝了一杯酒又道：

「找不到邵長老，連大印、玉璽法師也不見了。我本想撤走，但回心一想，大印、玉璽都是有道高僧，鮮少與人結怨，而一身武藝，也扎手得很，常人絕不是其敵手，怎會失蹤？而別傳寺又是欽定學士潛修聖地，怎會一個隱居的讀書人皆無？我便在此略作逗留，果然發現異樣，即行提防，才免遭權力幫暗算之毒手！」

梁斗「哦」了一聲道：「那末說，權力幫已先你們而至麼？」

柔水神君道：「其實他們，早就來了；大概也是找遍了丹霞，不見邵流淚，便在這兒伏擊我們，爲的是『八大天王』中的『火王』親至，還有一夥權力幫衆，今早我請五劍叟去山腰打出一條血路看看，他們殺到一半，見對方埋伏太多，故只得退回山上。」

梁斗沉吟道：「那末說，邵前輩身懷瑰寶的事，權力幫也是知道的了。」

外面靜寂得驚人。

夜深沉。

山雨欲來風滿樓。

柔水神君道：「知道是必然的了，不過他們不太可能加派人手來。因爲他們已夠忙了。」

——烈火神君攻權力幫，朱大天王在南華，萬碎玉、章殘金在淨慧，加上浣花劍派、廣西浣花、四川唐門等一鬧，權力幫也真夠應付的了。

梁斗想了想，道：「難怪『劍王』一路上都不發動主力攻擊了。原來他是見我們往奔丹霞一路，敢情是以爲我們也是爲『無極先丹』而來，乾脆困我們在別傳寺中，看我們能否找到邵流淚，再一網打盡。」

柔水神君點了點頭，道：「想必如此，是以『火王』、『劍王』聯手，開始我見你們來，亦不敢確定是否權力幫中人，一直待他們向你們發動攻擊，才敢判定。」

梁斗笑道：「這也難怪，所謂知人知面不知心，就連名滿兩廣的『威鎮陽朔』屈寒山也為權力幫所用，諸位自不得不小心一些。」

柔水神君苦笑道：「梁大俠等見諒，兄弟自是心感……但別傳寺中，皆無邵長老下落，屈寒山等勞師動眾，迫你們上山，展開包圍，死纏不放，卻又何堪？」

梁斗一時無法作答。蕭秋水在旁低聲道：「不知……我……」

梁斗笑道：「秋水，有話快說。」

蕭秋水道：「我有些看法，不知該不該說？」

梁斗道：「快說，快說，我們都是患難中人，有什麼不可說的。」

蕭秋水躬身道：「謝前輩……」

梁斗截道：「有什麼前輩不前輩的，而今大敵當前，誰死誰活，何人依仗何人，尚不得知，憑你智慧、膽色，日後必是一方之尊，你再客氣。就看不起我區區梁斗！來來來，喝酒，說話。」說著一口把酒乾盡，又倒另一杯酒。

梁斗這一番話，聽得蕭秋水熱血上衝，朗聲道：「在下認為屈寒山所以領兵衝上山來，是受『長江四條柴』之影響。」

這一下，柔水神君與梁斗俱出乎意料之外，齊齊「哦」了一聲，望向蕭秋水。

蕭秋水舔了舔乾唇，把受屈寒山等危崖迫墜，與唐、鐵、邱等分散，落入江中，再被長江四棍所俘，而後在高要鎮又為屈寒山等所制，並說出「劍王」鬥「四棍」的始末……

蕭秋水接道：「以屈寒山武功，長江四棍自不是敵手……」說著望了望柔水神君，柔水神君不由得點了點頭，蕭秋水道：「長江四棍大概失手被擒，為求生計，希望距離最近的閣下能出手救之，故意說出丹霞山乃邵長老真正現身所在，誘『劍王』等上來與神君火拚，以望從中得救。殊不知神君早已受『火王』所圍，劍王見梁大俠上山，以為長江四棍所說有理，所以集中火力攻此地，一面必已遣人通知權力幫……」

大肚和尚道：「那末說，這兒不宜久守，權力幫再應付不過來，也會派援軍到此了。」

瘋女這時一點瘋態都沒有，沉聲道：「『無極先丹』是武林中人夢寐以求的仙丹，權力幫一旦得知，絕不放過。」

柔水神君卻道：「這樣說來，長江四棍已落在『劍王』手裡了？」

蕭秋水遲疑道：「這都只是猜測而已。」

梁斗撫髯歎道：「不過猜測得十分有理。」

柔水神君苦笑道：「可惜這兒既無邵長老，亦缺『無極先丹』，只有我們苦守在這裡，跟權力幫對上了。」

外邊一片死寂，殿火燭火，映照在大殿三座金佛之上；香火早斷，佛笑依然，居然帶點曖昧和猙獰。

九　客敲月下門

寂靜得可怕。

夜深深。

外面一片死寂。

悶熱。

李黑強笑道：「哈！你猜他們在外邊做什麼？」

唯獨梁斗斟酒，酒盈盈，梁斗盛杯向黑夜圍牆外朗聲笑道：

「諸位在外面餵蚊、喫風，在下等卻在溫暖室之中，煮酒論英雄，失敬怠慢之處，尚請見諒，在下僅以一杯水酒，以饗諸君。」

說著一乾而盡…

夜沉沉。

寂無聲。

月已過中天，正是：

午夜時分。

午夜・火光沖天

空氣躁悶至極。

萬籟無聲。

忽然「噓」地一聲，四壁燭火火焰忽然變綠，吐長，眾人臉色轉青。

辛辣之味襲鼻而至。

柔水神君叱：「不好，放火！」

語音未畢，牆外火光沖天而起。

一時間，圍牆外四處無一不起火。

火光照亮天黑，月黯無芒。

在火光閃動中，佛像深沉而詭祕。

眾人在極端燥熱中臉色更閃動不定。

梁斗悄聲問道：「神君可否以水剋火？」

柔水神君望向外面火光沖天，聲勢之雄，實是驚人。沉聲道：「不行。」

眾人驚異地望向柔水神君。

柔水神君搖首道：「我可引水熄火，但必須要有水可引，而今他們先在牆外放火，斷了水路，我無法可施。」

火愈燒愈熾，卻未燒進門牆來。

蕭秋水忽道：「火不可能燒進來。」

阿水和殺仔不耐煩地急問道：

「有什麼理由嘛？」

「權力幫還跟我們顧念親情不成？」

蕭秋水道：「權力幫困住我們，是要奪『無極先丹』；不敢衝進來，是怕邵前輩在，他們非其敵手。」

勞九沒好氣地道：「這又跟火燒進不進來有何關係？」

梁斗卻微笑道：「他說得對。火若燒得進來，縱燒死我們，『無極先丹』也沒了。」

柔水神君望著火舌也頷首道：「不錯，火勢不是向內，而是向外的；」隨而讚歎道：

「這種巧妙的火，也只有『火王』祖金殿才放得出來！」

吳財如釋重負，道：「那我們才不怕這火哪。」

柔水神君卻臉色森然，道：「火王放這把火，有什麼目的，我到現在還弄不清楚。不過至少有一個目的，是要我們致命。」

大肚和尚奇道：「他還是要燒死我們？」

柔水神君冷冷道：「不是。」

大肚和尚瞪眼道：「那還怕什麼？」

柔水神君冷然道：「他想使我們窒息。」看了看不解的眾人，又道：「他把別傳寺四週放火，會造成處於中央的我們悶死，因爲強烈的四面火舌會把中間的空氣燃燒精光，這不用火燒上身，亦會致命的。」

洪華鐵著臉色道：「那……我們怎麼辦？……」

大肚和尚吆喝：「不如衝出去！」

梁斗一揚手道：「且慢。看來神君胸有成竹。」

柔水神君微微一笑：「成竹不敢當。但要不窒息，這還不難，這裡雖水力不夠；」柔水神君目注金佛像前左七步之遙，注視地上緩緩道：「往那兒直掘七尺，既有泉水湧上，讓身淋濕，即可換取清新空氣，雖不可久，但對方也無法維持久燃，至少還悶不死咱們。」說著目光含笑道：「在這硬地掘七尺深，憑諸位的功力，還難不倒咱們，對不？」

半夜．不速之客

火焰愈來愈黯淡，變綠，轉青，終於全熄。

四壁的燭火因空氣回復，而恢復原狀，火光淡黃，火舌穩定。

四周唯濃煙甚薰，但已無剛才悶熱。

羅海牛忽發奇想道：「其實趁適才大火之際，權力幫中人也必退避三舍，咱們正好可衝出去，攻他個措手不及——」

蕭秋水不同意道：「你衝出去，他們正好在半山截殺，我們一方面要防火，一方面要防敵，實在太不划算。」

大俠梁斗同意道：「何況烈火耀眼，山腰黝暗，敵在暗，我在明，如此衝出去，則必敗無疑。」

柔水神君笑道：「若是烈火神君在，那倒好了，我知道他的脾氣，一定以毒攻毒，借火用火，我反而可以藉火勢反攻，鬥他個硬碰硬！」

火苗全熄，外面又一片寂靜，焦辣之氣更襲鼻而來。

李黑問道：「現在我們該怎麼辦？」

梁斗笑道：「這要看他們先怎麼辦了。」

柔水神君道：「便是。」

胡福等了老半晌，笑道：「看來權力幫還是在按兵不動中。」

李黑反笑道：「不如我們先闖出去惹惹他們。」

其實誰都看得出來，大家心中都不免被這「山雨欲來風滿樓」的局勢所震撼，而緊張。

就在這時，梁斗忽道：「有人。」

柔水神君立即側耳傾聽，幾乎是在同時間，寺門有人輕敲。

有人在問：「有人在家嗎？」

再敲了敲，那人竟唱道：

「敲敲門，你在不在，有人說你拉了柴……」

「拉了柴」在當地俚語有「翹了辮子」、「噓了氣」的意思。

梁斗笑道：「有人來了。」

柔水神君也笑道：「大火故人來。」

梁斗道：「不能怠慢客人。」忽見蕭秋水凝望神像，目光有異，問道：

「你怎麼了？」

蕭秋水一醒，忙道：「沒……沒什麼。」

梁斗道：「沒什麼就好。大敵當前哦。」

第三次敲門聲又響起，只聽那人悠聲道：

「有人在家嗎？要是沒人，我要進來囉。」

梁斗笑著長身而出，笑道：「慢著慢著，有人在家，你可不能不請自進，我這就開門來了。」

那人笑道：「半夜來訪，有擾清夢，實抱歉之至！」

梁斗大笑道：「莫非不速之客，盍興來乎？」隨即低聲向眾人道：

「來者不善，善者不來，他既敢來，必有所恃，我去應付。」隨而疾向柔水神君道：「敢勞雍兄替我掠陣。」

柔水神君誠摯地道：「這個一定。」

梁斗向柔水神君一抱拳，回身大步向前走去，一面朗聲道：「客敲月下門。在下等還在推敲之中，現刻即來迎駕了！」

門「咿呀」地開了，一個人寬容笑臉的走了進來。

一見那人，柔水神君臉色就變了。

變得很難看的鐵青色，好像一個人上了擂台，卻發現對手比自己還強的那種難堪，但又不能馬上走下擂台的樣子。

那人真見梁斗，笑著一揖道：「晚來天欲雪，能飲一杯無？」

梁斗笑道：「才見大火，哪來白雪，不過稀客來會，卻是酒逢知己千杯少？只不知尊駕是不是知己？」

那人很高興地笑道：「是不是知己，大俠飲了便知？」

大俠梁斗笑道：「可惜沒有酒。不如請移尊到裡邊去喝。」

那人卻用手指按住嘴唇，「噓」了一聲，靜悄悄自衣袖裡掏出一隻小酒壺，悄聲道：「酒在這裡。」

梁斗皺眉道：「什麼酒？」

那人高興地道：「好酒。」往前一送。

梁斗一手按住，酒壺另一頭，拎在那人手裡。

兩人就頓在那裡，動也不動。

兩人依然笑嘻嘻的，像老朋友初見面親暱的握手一般樣子。

然而柔水神君的臉色卻變了，剎白一片，甚是難看。

蕭秋水禁不住問道：「來人是誰？」

這時柔水神君卻不禁「呀」了一聲。

大家望去，只見梁斗與那人依然笑著，兩人俱執著酒壺，一推一送，外表不能察覺什麼，但仔細看去，兩人身外都有一層極難看得出來的綠芒。

這綠芒撲得兩人異常的笑臉十分恐怖。

但兩人依舊笑嘻嘻，拏著酒壺，好像在送禮、勸酒。

柔水神君失聲叫道：「藥王！藥王！藥王來了！」

「藥王」兩個字，在「權力幫」來說，無疑就是「毒王」：「用毒之王」，毒王莫非冤！

兩廣十虎、長江五劍叟齊失聲道：

「藥王!?」

——藥王來了，加上火王、劍王，聲勢大增，這裡如何能守得住？

——權力幫的後援果然來了。

這時綠芒愈來愈盛，兩人臉色、衣色愈來愈妖異，柔水神君駭然道：「隔山毒牛：潛毒！」

內功中有「隔山打牛」者，乃借力打力，藉物打物，而用毒中更有藉使媒體者，傳播毒性，用毒高手中，更有隨意使用物件，達成藉物毒人之手段。

柔水神君急得跺足道：「梁大俠實不該用手去觸摸那酒壺的。」

大肚和尚道：「可能梁大俠一開始並不知道他就是『藥王』呢。」

蕭秋水道：「我看是梁大俠想藉撫物力，先把對手震傷，卻不料對方施毒，梁大俠正用內力苦拚不下。」

柔水神君瞪了蕭秋水一眼，心裡暗暗佩服這少年有見識；這時李黑道：

「我們何不去助梁大俠一臂？」

柔水神君斷然道：「不可。」

這時在綠芒中，梁斗額上已隱然佈滿汗珠。

柔水神君道：「萬萬不可。此刻梁大俠之內力，與藥王之毒性，鬥得正酣，有誰一旦闖入，此兩種毒力一定朝第三者排山倒海壓來，神仙難活。」

眾人歎息聲中，羅海牛又道：「我們可以過去，分散藥王心神也好。」

柔水神君長歎道：「可是我們一出現，權力幫自會派人增援，如此地鬥下去，反而讓對方知悉我們裡面並沒有邵長老，邵長老一旦不在，以他們實力來說，再也不必顧忌了。」柔水神君又道：

「他們這次先遣藥王莫非冤來，是作投石問路之效。」

這時大俠梁斗的身體卻已抖哆了起來。

梁斗的內力，也漸剋制不住藥王的毒力。

沒有人知道，蕭秋水心中在想什麼。

——其實蕭秋水也沒想什麼，只不過他決定了一件事。

他要救梁斗，不惜身死。

他喜歡梁斗，敬佩梁斗，覺得梁斗死，不如他代死。

所以他立意要出去，闖破梁斗與藥王的拚鬥圈。

這時梁斗的身子顫抖愈劇。

蕭秋水忽然就掠了下去。

眾人一驚，無及阻攔，蕭秋水已在場中。

蕭秋水雙掌平推而出，撞向酒壺。

他不願到藥王身後去暗算他。

見蕭秋水雙掌拍來，居然放開酒壺，向蕭秋水拜倒道：「幫主……」

莫非冤一見蕭秋水，卻臉色大變。

這一來，壓力頓去，梁斗搶得酒壺，但發力太急無法收回，一口氣退了七八步，才立住椿子，手指不覺運上了力，「波」地一聲，酒壺頓碎，酒濺潑而出。

藥王一身功力，非同凡響，居然說放就放，原來武林高手拚鬥真力，一旦交上手，任何一方若先撤手，很容易被對方勁力追迫，或被自己回收勁道所傷，莫非冤卻說收就收，反令梁斗把持不住。

莫非冤跪下拜倒，蕭秋水雙掌拍空，卻如丈八金剛，摸不著腦袋。

這一下子急遽直下，眾人爲之愕然。

蕭秋水奇道：「你……我又不是……」

莫非冤一聽聲音，猛抬頭，怒叱道：「你不是幫主！」

蕭秋水以爲一掌推出，自忖必死，卻不料有此局面，苦笑道：「我幾時是你幫主來著！」

那「藥王」大吼一聲，臉色倏變，這時只聽梁斗一聲輕呼，他的雙手已變成陰綠色。

莫非冤本來怒極，見梁斗如此，反而笑道：「哈！你假冒幫主來救他，不過，現在他還是中了我酒中毒，鶴頂紅，紅上變綠！哈哈哈哈……」

蕭秋水忽道：「你——！」

梁斗喘息、掙扎、走近，忽然撲倒，蕭秋水趕忙扶住，梁斗怒指「藥王」，嘶聲道：

「你是『毒中毒』，莫非冤!?」

莫非冤冷然趨前，傲笑道：

「我是藥王。」

梁斗忽然道：

「見鬼的藥王！」

突然刀光一閃。

刀快如電！

莫非冤臉色變了，變臉同時，他身形已動了，身形動時，身上已飆出了鮮血。

鮮血飆出時，刀光已不見。

刀光不見時，莫非冤已倒飛退出去。

他一面退，一面捂住傷口，一臉都是怨毒之色。

刀光不見了，刀芒回到鞘中。

然後梁斗就倒了下去。

蕭秋水竭力扶著，只見梁斗臉有綠氣，喘氣急促。

只聽梁斗疾聲道：「扶我回去，我要迫毒。」

蕭秋水即刻扶著梁斗回奔——

這時蕭秋水想起唐大。

——在浣花劍廬中，被「百毒神魔」毒倒的唐大。

蕭秋水忽然覺得手心冒冷汗。

——這裡不能再有一個暗殺唐大的辛虎丘或康出漁。

康出漁出現了。

他是扶著莫非冤退走的。

無疑康出漁並不是一個勇者，但莫非冤卻是「藥王」。

「藥王」是「八大天王」中之一，而且還是李沉舟的親信。

單憑這個，想要立功的康出漁，再危險也會趕來救援。

其實以「藥王」所受的傷，無他救援也絕沒有問題。梁斗當時已中毒，他那一刀發出，雖夠快，但已失卻準頭，何況那莫非冤也閃得夠迅速。

康出漁退走了，四周又寂靜了下來。

三更・焦土攻勢

梁斗的喘氣已漸平息，他雙眸深深地望著蕭秋水，誰都看得出來眼中的深深感激之色：

「我出道以來，向不欠人恩，卻欠你的情。」

「你今日不顧性命救我，他日我也可以爲你不顧生死。」

梁斗的功力非同小可，不一會，額頂白煙裊裊升起，雙手暗綠，已逐漸退去，現出了緋紅色。

李黑喃喃道：「不行，不行。」

勞九跺足道：「這樣打下去，權力幫不斷增援，怎麼行！」

施月毅然道：「還是不顧一切，衝出去好。」

梁斗喘息歎道：「唉，只怕不能衝了。」

羅海牛禁不住問道：「為什麼？」

柔水神君冷冷地道：「你上圍牆去看看就知道了。」

羅海牛沉吟了一下，跟李黑招呼了一下，這兩個興緻勃勃的小子，一齊往外奔去。

梁斗禁不住叫道：「要小心一些。」

李黑、羅海牛兩人奔至圍牆下，對望一眼，聳肩，縱身，落在圍牆上，兩人的身影都僵住了。

然後兩人急奔回來。

殺仔忍不住大聲問道：「什麼事？」

李黑黯然道：「那大火……」

羅海牛怔怔道：「焦土！」

殺仔和阿水都問道：「什麼焦土！」

柔水神君在遠處冷冷地道：「焦土攻勢！片甲不留！那『火王』祖金殿放的火，把我們方圓十丈內的事物燒得一乾二淨，我們一出去，就成了……」

梁斗這時居然還笑得出來：「箭靶、刀靶、暗器靶……」

柔水神君冷冷道：「所以我們現在更不能外衝，只有死守！」

瘋女激動地問道：「那要守到什麼時候？」

柔水神君道：「守到他們衝進來的時候。」

瘋女再問：「那他們真要是衝進來，我們該怎麼辦？」

梁斗忽然道：「他們已衝進來了。」

說著，三個人就走了進來。

這三個人，是用三種不同的方式「走」進來的。

「哄」地一聲，一團火燒了進來。

然後火光變綠，黯淡下來，才知道這團火，好像是「長」在一個人的身上。

這人穿大紅袈裟，頭頂光亮，牛山濯濯一毛不長。

這人就是李沉舟手下，「八大天王」中的「火王」祖金殿。

另一人是一道劍光。

淡青而至湛藍，窗櫺粉碎，一人掠了進來。

劍芒一沒，這人手上又變得沒有任何劍器。

那人三綹長鬚，居然還道骨仙風，臉含微笑。

那人就是屈寒山，既是武林中的「威震陽朔」，也是「權力幫」中的「劍王」。

第三個人是慢慢扶著門柱，「走」進來的。

因爲他自左腿到小腹，由下而上有一道長長的刀傷。

這一刀，當然就是梁斗砍的。

當然他就是「藥王」莫非冤。

這三個人此刻一齊出來，就好似判決了梁斗等人的死刑。

「火王」祖金殿用兩根手指，敲了敲門，那門就「轟」地燒起來了，祖金殿卻問道：

「梁大俠死了沒有？」

梁斗居然挺身笑道：「足感盛情，在下未死。」

祖金殿也居然咋舌道：「嘩，受『藥王』之毒尚不死的，好像沒幾個；中毒後還能斬中莫兄一刀的，恐怕只有你一個。」

說完後，居然得意洋洋地望向莫非冤。

莫非冤倚牆而立，眼中卻似要噴出火來。

柔水神君忽然現身道：「今天傍晚，我還替你洗了一個澡，沒料你現在又來替人煽風煽火的。」

祖金殿轉頭盯住柔水神君，這次是他眼中，好像噴出熔岩。

屈寒山和氣地笑道：「祖兄若光火了，柔水神君就要變成開水啦。至於梁大俠的快刀，我是領教過了，不過莫兄的毒可是百步殺人向不失手的。」

屈寒山這一番話是挑撥離間。

他知道柔水神君不好對付，又吃過梁斗的虧，所以他希望祖金殿和莫非冤先出手，他就可以坐收漁人之利。

偏偏「火王」、「藥王」雖動怒，但卻知道他的企圖。莫非冤冷哼道：「聽說屈劍王對梁大俠有宿怨，若然如此，我還是讓給劍王先了恩仇。」

屈寒山哈哈笑道：「笑話，笑話，我和梁大俠，一在廣東，一在廣西，偶相聞問，哪有什麼怨仇。」

莫非冤初上山來援，亦被屈、祖兩人哄入寺中，以爲點子並不扎手，結果就當堂掛了彩，所以心中十分懷恨，知道「劍王」，「火王」有意要他打前鋒，刺探邵流淚有沒有在廟裡，幾乎使他犧牲當堂！

當下他沉著臉，沒有再說話。

祖金殿卻冷冷地道：「水火相剋相生，屈兄知我不便，柔水神君就交你了。」

屈寒山神色不變，道：「什麼?祖兄的火，不是正好剋水麼?如果不是火忌於水，還是祖兄親自出手的好！」

兩廣十虎見他們三人討論來、討論去的，好像自己等人已是他們囊中物一般，氣得發抖。

梁斗依然笑道：「你們這般互相禮讓，我看天都快亮了。」

屈寒山聽得一笑道：「梁兄不必躁急，閻王注定三更死，誰敢留人到五更呢?」

「藥王」忽道：「既然如此，乾脆我們三人一齊上好了。」

瘋女怒極叱道：「好！這才痛快！」

「火王」冷笑道：「那我們就給妳個痛快。」

就在這時，柔水神君突然出了手。

柔水神君一動，「火王」就迎上了他。

兩人身形一閃，再閃，蕭秋水這邊的人，只覺燥熱如炙，屈寒山那邊的人，忽覺全身透濕。

然後「藥王」就撲了上去。

「藥王」身形一展，梁斗便飛了下去。

但是屈寒山立即加入了戰團！

「劍王」一旦加入戰團，梁斗與柔水神君敗象立現。

這時兩廣十虎，不管受傷的，或未受傷的，都掠了過去。

但在同時間，一群人湧入別傳寺。

杜絕、康出漁迎上胡福、李黑、羅海牛、吳財，打了起來。

盛江北一雙鐵掌，力拚殺仔。

康劫生、鍾無離、柳有孔，三人合戰瘋女。

「獅公」、「虎婆」卻大戰阿水和施月。

洪華和勞九，正苦鬥「一洞神魔」左常生。

大肚和尚狂吼一聲，雙掌一分，撲了下來。

但他立即被人截住，此人猶如一片血影，正是血影魔僧。

長天五劍五劍交織，交合成一道劍網，衝了進來。

長江五劍亦呼喝一聲，編成五道霧彩，截殺起來。

眾人正殺得難分難解，旗鼓相當，而梁斗與柔水神君卻險象環生：

只要這邊的柔水神君、梁斗一倒，別的戰團縱打得再好，也沒有用了。

但是蕭秋水呢？

眾人在捨死忘生的激戰時，他在哪裡？

——蕭秋水在做些什麼？

蕭秋水只做了一件事。

他居然跳到大殿中間的那座大金佛像上。

然後一腳就踩下去。

他這樣做，只有一個原因：

——因爲他在無意間瞥見佛像流淚。

子夜・一張淚流滿腮的臉

天快要亮了。

曙光一線，加上燭火微明，照在碎裂的佛像。

佛像裡跌出一個人。

一個流著淚的人。

那人流著淚，但不能說話：

——蕭秋水馬上發現他「啞穴」被封。

更可怕的，蕭秋水隨即發現，此人身上至少有卅道穴道被封。

蕭秋水立即解穴，但居然沒用。

點穴的人之手法，是蕭秋水平生未見。

就在這時，那流淚的人眼中忽現焦惶之色。

蕭秋水那種特別敏銳的感覺又起來了——他即刻一閃，「砰」一聲，一記掌風掃中了他，他跌了出去。

暗算的人是屈寒山。

屈寒山一直恨蕭秋水入骨。

蕭秋水中掌，往前一跌，把心一橫，竟藉屈寒山之掌力，借力轉注在掌中，「砰」一地撞向那流淚的人之啞穴！

那人「呀」了一聲，啞穴已然解了。

但是那流淚的人身上至少還有二十九道穴未解，那人啞穴一解，即急叫道：

「你內力不成！打我『百會穴』！」

要知道「百會」是人身重大死穴之一，蕭秋水一時不知應否下手，屈寒山又倒轉回來了。

那人吼道：「你再不——！」

蕭秋水把心一狠，一掌拍下去，屈寒山卻已到了，一劍刺出，蕭秋水竭力一閃，但屈寒山一劍變三劍，「霍霍霍」把蕭秋水逼退三步。

換作蕭秋水平時，早死於屈寒山劍下，但蕭秋水近日得大俠梁斗指點，再有杜月山「雙分劍法」參照，武功大進，居然避過屈寒山五次攻勢。

屈寒山見蕭秋水武功如此急進，更怒不可遏，劍法一緊，蕭秋水這才知道什麼是劍法——

這劍網簡直令他看不透、穿不過，甚至呼不過氣來。

就在這時，劍網忽然都沒了。

千萬點劍鋒都不見了。

只剩下一劍。

劍快而急、準。

蕭秋水發覺時，已避不開。

劍至咽喉。

這一劍，無疑是屈寒山立意要取蕭秋水的命。

十 大家早、大家好

就在這時，屈寒山發現眼前一花，多了一個人。

就在他發現多了一人時，這人已雙掌上下一拍，掌心挾住了他的長劍。

屈寒山號稱「劍王」，他的劍幾時被人捉住過？

屈寒山此驚非同小可，隨而他就看到了一張臉：

——一張淚流滿腮的臉。

屈寒山禁不住失聲呼道：

「邵流淚！」

然後他就倒飛出去，淚流滿臉。

因爲邵流淚一拳就打在他鼻樑上，他飛了出去。

他的淚腺已失卻控制，未到地時已淚落如雨。

因爲屈寒山這一聲驚叫，大家都震詫地止住了手。

「邵流淚。」

——邵流淚!?

十五年前追殺武林第一異人的生還者邵流淚，竟在此地出現了？

近日江湖傳聞中唯一吞食「無極先丹」的高手邵流淚，真的在這兒？

——那麼燕狂徒呢？忘情天書呢？還有那無極先丹呢？

這是武林中人人渴望的至寶！江湖上人人欲得的聖典！

邵流淚站在神桌上，沒有說話，用手指了一指權力幫的人，再用手指了指大門，他的用意很簡單，只有兩個字：

「出去！」

但是「火王」、「藥王」卻一起撲了過來。

屈寒山也一彈而起，因爲他知道，成敗在此一舉！

只准成功，不准失敗。

祖金殿一揚手，「砰」地一聲，神前檀木大檯居然給炸了開來！

梁斗臉色變了。

他看得出來祖金殿用的是江南霹靂堂之火藥。

江南霹靂堂向是四川唐門的至友，霹靂堂的火器居然落在「權力幫」的「火王」手上，蜀中唐家只怕也大勢已去！

爆炸碎片中，邵流淚的身法卻比激飛的碎片還快。

他掠起，藥王迎住了他。

「蓬」，漫天一團粉末遽起！

眾人驚呼、怒叱，藥王施毒，竟不顧眾人生死安危，包括權力幫在場徒眾。

邵流淚一場袖，綠粉就神奇般消失了。

屈寒山突然出現，一劍就刺了出去。

邵流淚居然雙掌一拍，再度挾住劍身。

這幾下此起彼落，迅快無倫。

就在這時，祖金殿又到了邵流淚背後，打出一條綠色火焰。

邵流淚突然一矮身，火焰變成向屈寒山臉門捲到。

屈寒山大叫一聲，飛快疾退，手中長劍，只得放棄。

屈寒山退得太急，竟破窗而出，但莫非冤又掠了上來。

他一撲，就看見閃電般一道劍光。

邵流淚出劍，竟絕對不比屈寒山慢。

莫非冤急閃，邵流淚一劍甩手掟來，莫非冤用力一提，劍是拿住了，但一股無匹大力撞來，把莫非冤撞出七尺，撞破石牆，跌出寺外！

這是何等巨力！

祖金殿發出「陰火」卻反而只迫退「劍王」，正想再發，猛見邵流淚回頭：

一張淚流滿臉的臉。

然後邵流淚就一揚袖，祖金殿只見一團綿紗，迎臉罩來。

祖金殿此驚非同小可，他知道這是莫非冤的「毒砂」，他見過一個權力幫徒不小心用指頭沾到一點，結果潰爛了三個月，到了第四個月，他全身都像一隻放了半年的柿子，又臭又爛。

「火王」怪叫一聲，急退而出，砰地撞碎了他原先燒焦而不倒的寺門！

「八大天王」中的三大天王與邵流淚交手比劃。「火王」、「藥王」、「劍王」三大高手，俱被迫出殿外！

蕭秋水這才知道什麼叫做：「別人流淚他傷心，自己流淚人斷腸」！邵流淚！

月兔西沉。子夜已逝。

凌晨一片淒冷。

天色濛濛光。

屈寒山、祖金殿、莫非冤三人一齊出手，他們斷未料到，三人出手之後，竟然都在殿外會合的。

晨曦中，只見廟朝東時，背景一片漆黑，雲起風動，像一頭欲飛的龍。屈、祖、莫三人縱橫江湖，征戰連番，竟無勇氣進去再戰。

這時晨曦初現，他們三人忽聽到一個清晰如銀鈴般的聲音笑道：

「大家早。大家好。」

聲音是從晨曦初透那邊傳出來的。

火王、藥王、劍王立時變了色，三人一齊露出尊敬之態，竟揖拜下去，就朝著晨曦微明的方向。

凌晨・紅衣宋明珠

邵流淚數個照面間，把「八大天王」其中三人齊迫出寺門，使權力幫人大驚、嘩然。

柔水神君喜道：「邵長老，你武功又有精進！」

——原來當日之時，邵流淚武功雖高，最多也只能以一戰一，勉強能擊退「八大天王」中任一人，但萬萬不能以一敵三，何況如今還獲全勝！

邵流淚卻臉色森然，道：「救我的小友請過來。」

蕭秋水莫名其妙，依言走了過去。

邵流淚道：「我快不行——了」話未說完，忽然寺門紅影一閃，一亮如風鈴般的笑聲呼喚道：

「眾家早，眾家好。」

權力幫的人一聽，有些已跪倒下去，邵流淚的臉色卻變了，臉上，也沒有淚了。

一件紅得焦辣，動人心魄的勁裝，卻裹著黑腰帶、黑長筒馬靴、黑蝴蝶扣的女子，清爽如晨風一般地，掠了進來。

這女子卻如雪一般白皙。

眼眸如明珠一般的亮。

這女子的美艷吸引住了全場。

這女子卻似落落大方，笑道：

「我來了，誰是邵流淚？」

這女子看來不過廿多左右，一雙黑白分明的明眸，分明的亮。邵流淚不再流淚，沉聲道：

「我是。」說罷瞳孔收縮，道：

「妳是趙師容？」

邵流淚此語一出，全場震懾。

——趙師容？

——李沉舟的女孩趙師容!?

——權力幫的女主人趙師容!?

那紅衣女子婉然笑道：「哪裡，我怎會是容姊姊？我怎有資格當師容姐姐呢？」

說著笑得花枝亂墜，宛若落花隨風：

「哎呀，怎麼會把我當作趙姊呢？我有那麼福份就好咯！」說著竟無限委婉。

這女子風緻親楚，竟把吳財、羅海牛、胡福等人看得極爲陶醉，眼睛都直了。

邵流淚一聽之下，臉色卻顯然放鬆下來了，仍舊厲聲道：「那妳是誰？」

那女子笑了，正色若紅顏，亮著明眸道：「我是李幫主的弟子，柳五公子的人。」

邵流淚變色道：「柳隨風的『雙翅．一殺．三鳳凰』，妳是誰!?」

那女子悅顏道：「我叫宋明珠。」

蕭秋水只見柔水神君與梁斗臉色齊齊大變。

邵流淚又開始流淚了：「妳是『紅鳳凰』宋明珠？」

邵流淚流淚就要殺人。

人人都不禁爲宋明珠這小女孩耽心。

那女子卻認真地點點秀頷道：「是呀，我就是『紅鳳凰』，不是『白鳳凰』，也不是『紫鳳凰』。」

邵流淚瞳孔收縮，淚已掉落。

江湖傳說：他落淚就要動手，就得殺人。

宋明珠居然盈盈走向前來。

這時忽然閃出兩人來。

這兩人就是「廣西五虎」中的躬背勞九和「廣東五虎」中的揭陽吳財！揭陽吳財，頗自命風流，見宋明珠過來，頓生憐香惜玉之心，他曾見邵流淚出手，連三大天王都招架不住，這弱質女子又如何支撐呢？

另一位勞九，雖生得醜陋，其實心腸最好，怕宋明珠遭毒手，即刻攔阻。

宋明珠見兩人出來，眨著大眼睛道：「你們……？」

吳財有禮地一欠身道：「請姑娘留步。」

勞九則已吆喝道：「回去！」

宋明珠貝齒如珠，嫣然笑道：「我不回去！」

勞九怒道：「不回也得回！」

吳財正想說話，忽然紅影一閃。

然後事情就發生了。

勞九狂吼一聲，左右太陽穴竟都插了一根金釵，全嵌入腦，竟近在腦門會師！

吳財驚駭無已，立時一手扶住勞九，一手劈向宋明珠！

就在同時間，吳財也發出了一聲慘叫。

吳財倒下，勞九倒下，吳財一手仍抓住勞九；胡福、羅海牛閃電撲出，扶吳財、勞九掠回，兩人滿目是淚，激動得全身發抖。

阿殺厲聲問道：「怎麼了!?」

因爲事情發生得大快，大家都不曉得是發生了什麼事。

只聽羅海牛顫聲道：「勞九……勞九死……死了！」悲不成聲。

胡福悲鳴一聲，說不出一個字。

誰都看得出吳財除了拚死抓住勞九的一隻手外，其他一手兩腿，全都給廢了。

吳財和勞九為了宋明珠的安危，居然落得一死一殘廢的下場，出手之毒，令人不寒而慄。

眾俠紛紛震怒，兩廣八虎尤其手足精深，悲憤至極，都要動手，邵流淚大喝一聲：「住手！」

宋明珠明亮地露出一排貝齒，笑道：「嗨，他叫你們住手唄。」

眾人怒叱，大喝，尤其兩廣八虎，還是衝了出去，就在這時，「潑喇喇」一陣聲響，邵流淚掠眾人頭頂而退，邵長老落在眾人身前。

宋明珠笑著招呼：「你好。」

邵流淚道：「我知道妳向人叫好，就是要殺人。」

宋明珠笑道：「可是你不好，你在流淚。」

邵流淚冷然道：「我是為快死的人流淚。」

一句話說完，他立即就出了手。

他一出手，四壁燭光全滅。

眾人一陣嘩然，宋明珠已不見了。

她清亮如風鈴般的笑聲已到了寺外。

邵流淚立即到了寺外：寺外一片曠野。

原先的雜草、灌木、密林，全被燒個清光。

邵流淚一到外面，才知道是天亮了。

清晨大霧，沁涼入體。

突然兩道勁風襲來，邵流淚雙手一抓，抓住兩件清亮如晨露的東西，仔細一看，原來是兩枚明珠！

清晨．霧中的決鬥

邵流淚正欲扔掉，但兩度寒流，竟從手心襲入，邵流淚猛打了一個冷顫，紅衣一閃，宋明珠已到！

兩支金釵，閃電般奪邵流淚雙目。

邵流淚一出手，以明珠接住兩枚金釵，金釵刺在明珠上，明珠碎裂。

碎片向宋明珠射去。

宋明粉臉也變了變，她的身子已急退去，不見於大霧之中。

但幾乎在同時間，邵流淚背後急風又起！

兩枚金釵！

左刺「陶道」，右刺「魂門」！

宋明珠竟又到了邵流淚背後！

邵流淚猛回頭，雙掌陡拍出去！

凌厲的掌風，摧散了大自然的濃霧。

身法詭異的宋明珠竟又到了邵流淚的背後。

這兩釵刺出，邵流淚已不及回首！

他想也不想，雙掌往後反撞過去！

就在這時，他只覺雙肩一疼，已給刺中。

但是他也感覺到，掌沿觸及一人身軀，但那人立時掠了出去。

可是他還是擊中了對方。

然後他覺得天旋地轉，要倒下去了……

要倒下，早就倒下了……

但他強提一口氣，體內「無極先丹」真氣尙有餘息，猛地激盪起來，使他勉強立住身子。

只聽見那本來如銀鈴一般的聲音恨恨地說：

「我們走！」

那本來充滿笑意的聲音，而今也不笑了，竟還有些微的脆弱。

然後權力幫的人進了濃霧。

濃霧消散了，因陽光已昇起。

旭陽驅散了晨霧。

四周景象清晰起來的時候，邵流淚便倒了下去。

倒在一片焦土上。

早上·朝陽升起來的時候

邵流淚再醒來的時候，朝陽已經昇起來了。

然而他的生命永不朝陽了。

邵流淚知道他要把握時間講話，不然，他永不能說話了：

「他們走了沒有？」

「走了。」柔水神君道。誰都看得出邵流淚已然回天乏術了。

邵流淚勉強笑道：「你見到天王，要替我跟他老人家說，我萬水千山逃出來，就是要送點東西給他老人家作壽禮，但是……」

柔水神君不禁垂淚道：「我知道，我知道……」

邵流淚苦笑道：「要告訴天王，那次圍殺燕狂徒，我們有辱使命了……」

柔水神君不住點頭道：「天王知道。那次天王也曾趕赴，不及救你，他老人家也很難過……」

邵流淚強提真氣道：「我邵流淚之所以有今天，全仗天王栽培……日後要靠你們侍奉他老人家了……」

柔水神君及長江五劍叟垂淚應道，「是，是……」」蕭秋水等都不禁爲之惻然。

邵流淚又道：「宋明珠等之所以退走，乃以爲我中她兩記金釵而不倒，功力遠在她之上，她才不敢留待，殊不知我已是強弩之末，本就憑『無極先丹』餘力一氣撐住，而今早已潰散，加上她的兩釵戳中要害，我，我活不長了……」說著又苦笑了一下。

「其實，我早該在十五年前就死了。」

柔水神君看見邵流淚已是出氣多，入氣少，急問道：「邵長老，還有什麼東西要交代？」

邵流淚大力喘息了幾下，道：「十五年前，我原死於燕狂徒之手，但他又把我救活了，用了一顆『無極先丹』。他把我救活的原因是見我在眾人之中，是敢拚命的一個，他說這世上不怕他的人太少了，既然無意中把我帶上馬車，就不願看我就此死去。……就這樣，我賴死賴活的在他身邊，侍奉了一十五年，到了上月，我等到他完全信任我的情形下，才抓住機會，迷倒了他，刺了他兩劍劈了他三掌，他居然不死，反手給了我一指……」

「燕狂徒未死！」這消息使人人都變了臉色。

獨有蕭秋水覺得毛骨悚然。邵流淚如此忍辱負重，挨過了一十五年，竟對救活他的命的人下如此毒手，難道武林中的恩怨都是這樣的嗎？

——要在江湖上成名都要這樣的嗎？

——這就是「無毒不丈夫」嗎？這就是「唯大英雄能本色」嗎？

——可是他和「神州結義」的弟兄們並不是這樣的。

——問題是：他們也是江湖人，人在江湖，會不會被江湖同化？

——尤其像蕭秋水他自己這樣的人，智慧、聰悟、志向、能力、有魄力的人，一旦沆瀣一氣，就會變得比誰都心狠手辣。

邵流淚緩緩閉上雙目，疲倦地道：「是。燕狂徒未死。」然後歎了一聲道：「我給予他致命的攻擊，他還是死不了……然而我卻要死了。」

忽然睜開雙目，道：「你們知道，宋明珠這一走，隨時還會倒回來的，說不定她還會把李沉舟的得力助手——柳隨風帶來，你們為何還不走!?」

眾人呆了一呆，邵流淚又「哦」了一聲，道：「我還是先把『無極先丹』交給你們……我打傷了燕狂徒，以為他死了，去搜他衣襟，找出其餘五顆，正欲離去，他就突然轉醒過來，給了我一指……我中了一記，還是逃了出來……」

說到這裡，邵流淚嘴角已溢血，柔水神君禁不住問道：「那……那先丹呢？」

邵流淚勉力掏出五顆藥丸。

五顆藥丸，三顆暗紅，兩顆亮紅。

柔水神君顫抖著手接過，長江五劍叟都引頸來望，柔水神君迅速把手指一闔，顫聲道：「這……這就是無極先丹……!?」

邵流淚疲倦地道：「是……」又道：「這是我捨命搶回來的，不要忘記……獻給天王。」

柔水神君喃喃地道：「這個當然。這個當然。……」忽又道：「權力幫隨時還會過來，我們馬上便要離開。」

邵流淚緩緩閉上雙目，道：「你們走吧，帶我累贅。……我……快不行了。」

柔水神君一咬牙，即道：「是。」霍然站起，向梁斗諸人一拱手，道：「這次丹霞之聚，蒙諸位出力不少，日後江湖相見，再作酬謝，這就別了。」

大肚和尚急道：「我們如此分散下山，不怕中權力幫之伏麼？」

柔水神君冷笑道：「丹霞群峰，路徑無數，他們是潰敗而逃已無攔阻之勇，況也攔我們不住。」說著帶長江五劍叟迅速離去，

邵流淚苦笑，緩緩瞑目，不知死活。

梁斗探了探他的鼻息，苦笑著搖了搖頭。

邵流淚竟是含笑而逝的。

梁斗注視蕭秋水，道：「蕭老弟，你要到何處去？」

這一句問話，使蕭秋水頓覺天涯茫茫，莫可適從，一時如丹霞雲海，不知置身何

處，只知日正當中，上午的陽光好亮。

哎，這生死一髮、風雲詭變的一天。

蕭秋水沉聲道：「我還是要去廣西，找我哥哥他們，再回援成都。」蕭秋水說著，望望天，長天雲海無盡，但陽光還是好刺眼，好亮。

蕭秋水揩拭眼眶中的淚。「我出來，本就爲了要回去的。」

梁斗凝視著他，過了一會，拍了拍蕭秋水的肩膀，道：「兄弟，我是想跟你一道去。但是現在我不能——」

蕭秋水望著這個竟稱他爲「兄弟」的一代大俠。他等他說下去：——

「我現在即上少林、武當，稟告天正大師、太禪真人，江湖上如此危局，十六大門派非要聯成一氣不可了。……要滅權力幫，非齊心合力不可！」梁斗深深地望住蕭秋水，一字一字地道：

「不過天涯海角，我都要找到你的。」

梁斗平靜地道：「就算天正、太禪不管這事，我只盡力而已，不管他們怎麼決定，我都要去找你。」梁斗笑了一笑，真誠地道：

「如果你不嫌棄，我倒有一議，你我結爲兄弟，不分先後、長幼，好不好？」梁斗又道：

「你或會覺得長幼有序，而且武功目前不如我，但是以你的人品、能力、德行，有一天你名聲會比我大，武功會比我高。現在跟你稱兄道弟，也是沾你的光。你就不要推辭了，好不好？」

蕭秋水緊緊的握著拳頭。

他看住梁斗，沒說別的話，只說了一個字：

「好。」

梁斗一抱拳，即回身道：

「兄弟就此別過。」

蕭秋水也一拱手道：

「後會有期。」

他們沒有再多說一句話。風大，衣袂飛飄，梁斗開始往下山的路走去。

好人胡福也向蕭秋水一拱手，道：「我們在成都見面。」

蕭秋水恍惚道：「你們……」

胡福長歎道：「勞九死了，吳財殘廢，我們兩廣十虎一條心，現在也沒別的話好說。我們會跟蕭兄弟在一起，共闖江湖的。可是……」

施月接道：「我們先要分別赴兩廣，安頓家小，才去跟你替天行道，除強扶弱。」

殺仔凝視蕭秋水，在風中大聲道，「蕭兄弟，我們還是會再見面的！」

他們一拱手，羅海牛含淚背起勞九，胡福扶著吳財，在日正當中下了山。

剩下在山上怔怔的：大肚和尚和蕭秋水。

大肚和尚和蕭秋水好久沒有說話。

白雲飛。

大肚和尚看見蕭秋水背負雙手，手指握著，又張開，大肚和尚忽然感覺到蕭秋水心裡是寂寞的。

好像一位老將軍，見吒叱風雲的戰士們，飲馬悲歌的英雄們，都一一散去，失去下落。

大肚和尚暗自歎了一聲，他與這「大哥」相交近十年，知道他生性好玩喜動，但其實胸懷百萬兵甲，志凌寰宇萬象的。

只不知他知不知道英雄寂寞，高處寒。

大肚和尚輕聲，終於道：「我們一起下山吧。」

蕭秋水眼神遙遠不可及，道：「你要到哪兒去？」

大肚和尚道：「我們現在碰上權力幫，還是不夠他鬥，不如先去中山會合林公子，憑他武功，至少可以與那宋明珠絆絆。」

蕭秋水平靜地道：「我身爲人子，不得不先去浣花，你應先下東海，請林公子出來。」

大肚和尚躊躇了一下，道：「我們還是一道兒吧，免得權力幫遇上時還少了個照應。」

蕭秋水寧靜地道：「你找到林公子，趕快來援，這才是正事，何況我還要去找老鐵小顧他們……」蕭秋水講到這裡，悠然神往：

「他們都是如你一般過癮的兄弟……」

大肚和尚高興起來了，哈哈笑道：「我們會聚時，又有得熱鬧了！」

蕭秋水也高興起來，興高采烈地道：「哈哈，你若是給老鐵見到，他就會給你一拳，上次……」

那笑聲在寂寞的山谷裡激起細微的一兩聲回響。

雲飄在山谷。

山在虛無飄渺間。

蕭秋水笑了一下，又停止了，再笑一下。

山遠遠那邊，有亮麗的雲霞，不知是個怎麼樣清遠的世界。

蕭秋水停止了笑，道：「你還是先走吧。」

大肚和尚沒有答腔。

蕭秋水望了望地上的屍體，道：「至少我要在未走前，先埋了他。」

他指的當然就是邵流淚。

大肚和尚怔了半晌，然後一拂僧袍，就走。

蕭秋水一直看著他鶉衣百結，又髒又爛，但色彩鮮麗的僧袍遠去，不見後，然後才緩緩收回目光。

然後愣立了好半晌，才歎了一聲。

再回到剛才的地方，找到了一處適合的地方，就開始掘地，掘了一個深深的窟窿。

然後他就是搬動邵流淚。

邵流淚顯然死了，但身體比他意料中重多了。

他用雙手去攙，就在這時，一件驚人的事情發生了。

蕭秋水的脖子給人扼住了。

他馬上覺得窒息。

捏住他的人是邵流淚。

捏住他的人竟是邵流淚。

稿於一九七九年

在台灣「神州社」發起社友到各地、各校、民間、市井去推廣我們自己撰寫、自行出版的作品和文集（我個人著作例外），與讀者直接交流、交

心，雖然大家都辛苦了，但卻獲得超乎一般只寫作不問世事作家們的心得與成就感

修訂於一九九八年六月中至八月底

因LAE,FUK之匿名信函，使溫靜何梁方與余儀念孫等理事更添樂趣、離奇，更增信任、信心，明明是禍心，在我手上，轉化為莫大消遣，一樂也

十一　無極先丹

捏住他的人就是邵流淚。

邵流淚原來沒有死。

邵流淚沒有哭，反而微笑地看著他。

蕭秋水冷冷地看著他，甚至沒有鬆手。

邵流淚笑道：「你是留下來替我收屍的？」

蕭秋水平靜地道：「我不知道你沒死。」

邵流淚眼中略有一絲感動之色，點點頭道：「我在金佛中，看見你救人奮不顧身的事，這點我相信你。」

邵流淚笑似一隻狡猾的狐狸，道：「不過你也精得很，定得很；」說著又沒了笑容。

「幸虧你武功不高。……奇怪我竟有些兒怕你。」邵流淚冷冷地道：

「你知道我一用力就可以殺了你嗎？」

蕭秋水冷冷地道：「你殺吧。」

邵流淚奇道：「你不怕死？」

蕭秋水淡淡地道：「怕得要死。」

邵流淚笑道：「那看不出來。」

蕭秋水靜靜地道：「怕還是要死。」

邵流淚道：「我可以叫你不死。」

蕭秋水冷笑道：「那是在你。」

邵流淚凝視了半天，道：「有種！」說完放開了手。

蕭秋水也鬆開扶持的手，摸了摸咽喉，道：「我不明白。」

邵流淚笑道：「你知道我爲什麼要詐死？」

蕭秋水沒有答話，雖然這句話他正想問。

邵流淚繼續道：「因爲我真的快要死了。但我要在死前殺幾個人，」邵流淚臉色一沉，切齒道：

「第一個就是朱大天王！」

蕭秋水倒是聽得一驚。

邵流淚悲恨道：「十五年前武夷山上那一戰，是他從背後把我一推，撞向燕狂徒，燕狂徒爲了要應付我，才中了他一掌，但卻把我殺得重傷，順便帶上車中……你想，我恨不恨他？我該不該恨朱大天王!?」

蕭秋水忍不住道：「那你又把『無極先丹』送給他作甚？」

邵流淚喋喋笑道：「那是毒藥；」說著手掌一翻，掌心竟有五顆跟他交給柔水神君完全一樣的藥丸，邵流淚嘿嘿笑道：

「這才是真貨。」

蕭秋水失聲道：「你真要毒死朱大天王!?」

邵流淚狠狠地道：「我們爲他拚死賣命做事，他卻爲奪其寶物取仇敵之命，把我們的性命來犧牲！我苟活了一十五年，最大的願望就是殺他！」

蕭秋水道：「那麼你並沒有殺傷燕狂徒了？」

邵流淚恨恨地道：「燕狂徒之所以沒有殺我，也是因爲知道我恨絕朱大天王，絕不會爲朱大天王做事，而我武功他也不放在眼內……所以他以一粒『陽極先丹』保住了我的虛元，留住了我的性命。」他臉色又一變道：

「但我還是要殺他！他是我第二個要殺的人！」

蕭秋水又吃了一驚，他斷未料到這邵流淚爲人竟如許絕、如許狠！

邵流淚彷彿看穿蕭秋水心中所想，當下狠聲道：「我要殺他！你知道我這十五年來，過的是什麼日子!?做他的奴僕！而他給我服食的只是『陽極先丹』！沒有『陰極先丹』相配，你知道我忍受多大的痛苦!?你知道『陽極先丹』純剛之氣發作時，我如何消解!?我怎麼辦!?他仍是不給我服『陰極先丹』！光點我幾處穴道來制住！你知道我要忍受多大的苦痛！」

蕭秋水看著邵流淚激動的神情，不覺茫然。

邵流淚好一會才平復道：「你知道這痛苦是怎樣的麼？」他雙手慢慢地伸出去，按著一棵大槭樹幹上。

這原本是生氣蓬勃的綠樹，邵流淚的雙掌按下去，也沒有用力，這樹就似忽然枯萎了一般，枝葉都垂落了下來。

邵流淚冷笑道：「我是爲朱大天王而苦戰燕狂徒的，然而朱大天王卻爲了要殺他，奪得寶丹和天書，便犧牲我……十五年後我自稱已得到了仙丹，他就派人來『救』了，等到我把仙丹一口交給『柔水神君』，他們就走之不迭。哈哈……幸虧我給的是假的仙丹，真正可以使朱大天王羽化登仙的『仙丹』……他們這些人反不如小兄弟你，還替我掘個墳，不讓野狼惡犬來喫我屍……」說罷不勝傷感。

蕭秋水苦笑道：「我……我以爲你真的死了……」

忽然幾片落葉飄下，竟枯黃一片，似早已萎死多日，蕭秋水猛抬頭，只見那槭樹已如被燒灼過一般的乾涸而死。

邵流淚看著吃驚中的蕭秋水，冷笑道：「你想一想，我每天體內就有這種極剛之氣來摧毀著身子，沒有『陰極先丹』的滋潤，『陽極先丹』雖可促進我一甲子的功力，但也讓我求生不得，求死不能。體內的精力、欲望、燥熱，都要發洩，燕狂徒每次見我要瘋、要自毀，而且失去控制，他就用重手法點住我全身要穴，就讓我在那兒受盡體內的煎熬……」

邵流淚說著，目光之怨毒，使蕭秋水不寒而慄。

邵流淚又道：「後來我暗算了他，奪了五顆仙丹就逃，我知道未能在那時殺得了他，他必定會找到我，又不知用什麼方法來整我了……所以我先要殺他，先除掉我所痛恨的人，所以我告訴『長江四棍』，讓朱大天王派人來找我，也激起權力幫與朱大天王實力的相鬥……」

蕭秋水忽然道：「你既已得仙丹，爲何不服『陰極先丹』以解除『陽極先丹』之熱毒？」

邵流淚苦笑搖道：「『陰陽先丹』必須在三日內併食，若逾越這時限，分別服下去，陰寒與陽剛交雜，更爲痛苦，定會致命。我服食『陽極先丹』已十餘載，它雖折磨得我死去活來，但卻仍是它保住了我一口氣。我當然要服食，要把這歷盡辛苦艱難始獲得的五顆仙丹，都吞下去……哈哈哈……」

邵流淚愈說愈得意，但笑到一半，雙腳疼痛，臉色頓時刹白，大汗涔涔而下：「媽的……那妖女的金釵……認穴刺到……好厲害……」忽又長吸一口氣，臉頰登時回復些少紅潤之色，道：

「你知道我爲什麼別處不走，卻來丹霞？」

蕭秋水搖首茫然道：「不知道。」

邵流淚喋喋笑道：「丹霞是特殊地形，我據悉丹霞幽谷裡有產一種極其陰寒的『操蟲』，中原人又稱爲『天蠶』，這不是醫藥裡的『蟲草』，是真的蟲，我只要得到牠們多量的唾液而食之，就可解原先在體內的『陽極先丹』燥熱之氣，然後再服食

『陰極先丹』，即可復原，哈哈哈……」

邵流淚仰天大笑：「還有兩對『無極先丹』，我再吃下去，功力可是兩、三倍於現在，這還得了？就算燕狂徒我打不過，對付朱大天王和李沉舟，我總沒有問題了吧！」

蕭秋水見此人如此瘋癲，心中真有些悸懼，當下問道：「既然是你引大家去別傳寺，爲何又被困在金佛之中，穴道全封？是不是燕狂徒追上了你……」

邵流淚臉色一變道：「燕狂徒要是追上了我，我焉有命在!?我佈下南華古刹、廣州淨慧等疑筆，就是要他追錯了地方！……我的穴道是自封的！」

蕭秋水搖搖頭，表示不明白。

邵流淚哈哈笑道：「你當然不會明白的！『陽極先丹』每次發作時，我都狀若癲狂，燕狂徒既不想殺我，也不願見我死，所以每次就封我穴道，……每次我穴道被封後，的確會好過一些，但久而久之，每次發作，就算沒人閉我的穴道，我的要穴也會自行塞閉，來減免痛苦，而如果無人替我解開穴道，那就要等一二天，甚至三五天不等，這種苦痛，你想一想，有多……今天我的藥性又發作，因怕朱大天王及權力幫的人找上門來，所以就先藏到佛肚裡去，穴道封閉後，我本就無動彈之力，幸得你看出來，踢破佛像，再擊我『百會穴』，解了穴道之危，……只不知你是怎麼看出來我在佛像之中？」

蕭秋水不好意思地道：「我是看到佛像有兩行淚，正是納悶，想到……你的大名，所以就猜是你在裡邊……」

邵流淚呵呵一輪笑，似震及脅部傷口，眉頭一皺，苦笑道：「我殺人前，總會流淚。見到柔水神君，我就想到朱大天王之仇；看見『火王』，我就想起李沉舟之仇。……那時我體內戾逆之氣已納入正道，正想大殺一番，卻來了個宋明珠，跟她鬥得個兩敗俱傷，這婆娘……好厲害，我喫過『陽極先丹』，尚且未必是她之敵，所以我把心一橫，逐走宋明珠之後，乾脆詐死，讓柔水神君上當，毒死朱大天王，朱大天王的人也必定會殺掉柔水神君報仇的，哈哈哈！如此才是借刀殺人，一石二鳥！」

蕭秋水忍不住道：「權力幫又跟你有什麼怨仇了？」

邵流淚沒好氣地瞪著他道：「當然有仇！我以前是朱大天王的人，早跟他們有不共戴天之仇！後來在攻殺燕狂徒之役……」

蕭秋水失聲道：「攻殺燕狂徒之役，權力幫也有參加!?」

邵流淚沒好氣道：「當然！你以為燕狂徒那末好對付的呀！那天的圍殺，光憑朱大天王的七大長老，豈是他之敵手!?權力幫也自然全力出動，『四大護法』經過那一役後，『九手神魔』孫金猿被打得肋骨全碎，口噴鮮血，『翻天蛟』沈潛龍身首異處，血染武夷，現在仍活著的『東一劍、西一劍』兩人，也不敢再涉足江湖，你可想而知，當日武夷一戰的慘烈……」

蕭秋水真是呆住了，他眼前不禁出現了萬夫莫匹，傲視天下的燕狂徒，在武夷之頂，與群豪搏殺的情形。

邵流淚見他怔怔不語，笑道：「你一定不明白攻殺燕狂徒，又與我和權力幫之仇有何關係？其實關係可大著呢！那次不只是要搏殺燕狂徒。燕狂徒一旦被殺重傷，大家都志在必得……別忘了，他身上有寶物呀，所以大家又一團混戰起來，權力幫眾大戰朱大天王的人，十六大門派也拚個你死我活……」

蕭秋水失聲道：「連十六大門派也去了!?」

——對付一個燕狂徒啊？

邵流淚嗤之以鼻道：「殺人，他們倒不一定到；奪寶，他們怎會落人之後！連綠林中三山五嶽都到了，似華山、崑崙、峨嵋怎會不到!?」

蕭秋水道：「胡說！十六大門派，都是正道中人……」

邵流淚哈哈大笑道：「正道中人！哈哈！正道中人……!?」

邵流淚竟似笑得東倒西歪，連眼淚都笑出來了。

邵流淚笑得忍不住彎下身去，撫腹狂笑。

他前面是樹叢。

他突然如箭一般地飆了出去。

他飆出去的同時，雙手已抓了出去。

就在這時，紅影一閃。

邵流淚右手抓住一塊石子，石頭粉碎。

邵流淚左手抓的是一隻靴子。

黑色長筒靴子。

只聽場中一個銀鈴一般的笑聲嬌嗔道：

「你出奇不意地抓掉我一隻鞋子，幹什麼嘛你！」

邵流淚甚至不用回頭去看，已知來的是紅衣宋明珠。

宋明珠盈盈地站在那裡，一雙明眸宛若明珠，仍像一個珍貴娃娃一般，兩頰白裡透紅，在丹霞絕頂上，簡直就是絕色。

連蕭秋水也看得有些發痴。

——這女子如此珍貴、可愛，但手段恁地毒辣！

她一出手就殺了勞九，廢了吳財，蕭秋水一想到這點，心都冷了。

邵流淚眼光收縮，道：「你知道我沒死？」

宋明珠笑盈盈道：「你打我那兩掌，所用的力道，恰到好處，瀕死的人怎能發出這種掌力？」

邵流淚瞇著眼睛道：「哦？」

宋明珠又笑道：「所以我不但回來了，而且，」她笑得好可愛地道：

「還聽完了你說的話，那真精彩啊。」

邵流淚沒有流淚，卻陰陰一笑道：「妳都聽到了？」

宋明珠認真地應：「嗄。」

邵流淚用眼睛斜看著她：「妳知道我服過『陽極先丹』？」

宋明珠嫣然道：「我還知道你手中有五顆未食的。」

邵流淚怪笑道：「妳知道我吃了先丹的後果？」

宋明珠臉色開始有些不自然了：「你說什麼？」

邵流淚淫笑道：「我是說，我光吃『陽極先丹』，需要陰性調和，需要發洩！」

宋明珠臉色有些變了。

邵流淚嘿嘿笑了起來。

蕭秋水覺得簡直不堪入耳，既想走開，因自己也沒本事調解兩人，但又不願離開，要看結果如何。

邵流淚怪氣地道：「怎樣？考慮過沒有？」

宋明珠臉色刹白，她沒有似想像中那末沉得住氣。

邵流淚「哈哈」笑道：「妳生氣的時候，更是好看，我真想……」

宋明珠忽道：「你知道我是誰？」

邵流淚一怔道：「紅鳳凰，雙劍雙鉤雙釵，紅衣黑靴小鳳凰，宋明珠呀。」

宋明珠冷笑道：「那我是什麼人的人？」

邵流淚冷笑道：「我不嫌二手貨。」

宋明珠臉色殺氣陡現：「我是柳隨風的人。」

邵流淚哼了一聲道：「柳隨風又怎樣!?」

宋明珠道：「柳五公子是人傑，當代第一梟雄是李幫主，但第一人傑就是柳五，」宋明珠恨聲道：「有人多看了我一眼，柳公子不喜歡，他就一生人不再是男人。你當然知道我在說什麼——」

邵流淚當然知道。

只有一種男人不是男人。

宋明珠冷笑一聲繼續道：「那個人是西北七十三總局總鏢頭『九戟將軍』彭築城，這人你知道吧——」

邵流淚當然知道。

在二十年前，彭築城武功會不會比他高不知道，但名聲比他亮多了。

而且邵流淚心裡也承認，柳五確是人傑。

——若非人傑，怎麼連當年之時，邵流淚最心儀敬慕的一代輕功之王，絕代輕功高手左天德也收服於身旁呢？

想到這裡，邵流淚是有些心寒。

——武夷山大戰中，各門各派的領袖都出動了，但權力幫萬眾之尊的幫主不但沒有出現，連幫中總管，亦即掌持生殺大權的柳五公子，也從未現過身。

——除了武當、少林兩派，誰有這等雲停嶽峙的氣派？

宋明珠冷冷地道：「今日你說了這些話，你一生都會後悔的。」

邵流淚臉色一變，忽然大笑一聲道：「我事後殺了妳，不是沒人知道了！」

蕭秋水實在無法忍受了，跳出來吼道：「還有我在這裡！」

邵流淚哈哈笑道：「那我連你一塊兒殺了，把你衣服剝掉，就當作是你做的！」

這一下，蕭秋水再也忍耐不住，吼了一聲，就衝了過去！

——就算是天王老子，他也要去拚一拚！

可惜他的武功跟邵流淚的武功相比，實在太過懸殊。

他一衝過去，就被一股大力，捲得飛了起來。

然後他無處著力之際，卻看見了邵流淚的手掌。

這手掌離他的胸膛不到兩寸。

蕭秋水想到那棵枯萎了的槭樹。

就在這時候，憑空多了一隻手。

一隻如玉琢般的小手，啪地交擊了一掌。

然後兩隻手突然不見，蕭秋水蓬然落地。

蕭秋水跌在地上，腰脊雖然疼痛，但一個翻身，又飆了起來。

他看見紅衣宋明珠微微輕息，而邵流淚額上，佈滿了豆大的汗珠。

宋明珠輕輕喘息，黑髮有一些微凌亂，擱在珍秀的額上，樣子極是媚美，道：

「你的內傷不輕，而且氣海穴又被我戳傷，你支持不久了。」

邵流淚臉色極其難看，但居然笑道：「可惜要論內力，妳仍非我之敵。」

宋明珠手中精光一閃，忽然用了兩柄銀光閃閃的刀。

兩柄柳葉刀飛舞。

邵流淚的身子也飛舞。

然後只見刀光、不見邵流淚。

就在此時，邵流淚沖天而起。

宋明珠的雙刀也沖天而起。

邵流淚的身影立即又不見了。

他的身影已沒入一片銀色刀光之中。

蕭秋水從來沒有見過這種武功、刀法。

這刀法簡直如水銀披地，無孔不入。

紅衣宋明珠在兩片刀光中，宛然一對銀翅的紅蜻蜓，飛、飄、點、落，曼妙無盡。

但是邵流淚又破刀網而出，落到地上。

刀如銀翼，霎時一變，隨即如斜飛一般，已到了地上，刀光又捲住了邵流淚。

邵流淚第三度沒入刀光之中。

就在這時，凌厲的砂土飛起，敢情是邵流淚無止的內力虛擊於地。

沙揚起，邵流淚又破刀網而出。

這是邵流淚第三度破刀而出。

宋明珠心裡一沉：她知道雙刀已制不住他。

邵流淚立即反擊，狂飆一般的掌風狂捲而出。

宋明珠把心一橫，雙刀脫手飛出。

兩柄刀精厲的光芒，一剎那間蓋過了邵流淚雙目的凌厲。

噗、噗，雙刀嵌入邵流淚左右兩肋，同時間，邵流淚雙掌也擊中了宋明珠。

宋明珠飛起、又落下。

那嬌美的紅衣勁裝，在風中，竟有一種從所未有的嬌弱；蕭秋水心頭一震，也不知怎的，心裡明知她是權力幫的人，卻不希望她死，不希望她被殺死。

邵流淚踉蹌了一幾步，目中流淚。

邵流淚流淚就要殺人。

蕭秋水攔住，「呼」地劈了一掌。

邵流淚悶哼一聲，揚手擋過一掌，臉色死灰，臉容猙獰，一出手，就抓住了蕭秋水。

就在這時，突又兩道金光一閃。

兩把金鉤，已插入邵流淚小腹之中。

邵流淚大吼一聲，淚濺湧出，一揮手，把蕭秋水擊飛出去。

宋明珠是趁蕭秋水攔住邵流淚一瞬間施暗狙的。

她前後共被邵流淚擊中四掌，奇經百脈皆欲裂，已失去了戰鬥能力。

她知道再不把握時機，一舉擊殺邵流淚，她已無能力再作抗拒，連蕭秋水都未必敵得過，更何況邵流淚！

所以她發出了雙鉤。

邵流淚中鉤，居然未死。

蕭秋水一旦被掃了出去，她便等於跟邵流淚面對而立。

她想避退，但一陣昏眩，邵流淚已出掌。

六道重創下的邵流淚，掌力依然巨強！

宋明珠如斷線風箏般飛了出去、飛了出去。

一下子她沒有依憑，沒了力氣，如同凡家女子一樣，當她落跌時，落在一個男子的身上，那就是蕭秋水。

蕭秋水接下了宋明珠，這時陽光很亮，山上很涼，枯枝、樹叢在不遠方，蕭秋水看到這張白得玉生生的臉，黑而秀的眉毛，溢血而怯弱的唇，那亮紅的衣飾如血，蕭秋水知道自己一定得要救她，她只是個弱質女子。

可是他一抬頭，陽光頓暗，出現在他面前的，是渾身浴血、巍巍顫顫，恐怖猙獰的邵流淚。

邵流淚忽然笑起來，鋪天蓋地的，嘿嘿怪笑起來。

蕭秋水道：「你笑什麼？」

邵流淚血流不停，淚流不止：「我笑你。」

蕭秋水道：「我有什麼好笑？」

邵流淚怪有趣地望著蕭秋水，「你知道你抱著的人是誰？」

蕭秋水道：「紅鳳凰。」

邵流淚怪有趣地望著蕭秋水：「你知道她的姘夫是誰？」

蕭秋水沒有回答。

邵流淚一面笑，一面流血，一面流淚：

「你知道柳五是誰!?他是當今之世，最可怕也最殘毒的一個人！要是你玷污了他的情婦，那就有好戲可瞧了，你一生有得受了……」

蕭秋水怒道：「胡說！」

邵流淚像笑得喘不過氣來：「不是胡說，而是真的！」人隨聲至，一掌拍向蕭秋水。

蕭秋水急忙放下宋明珠，閃躲已遲，只好硬接一掌。

邵流淚雖身負重傷，但內力依然十分強大，一擊之下，蕭秋水連退出七八步，身子晃搖不停，邵流淚閃電般欺身而上，封住了他的穴道。

蕭秋水倒下，就倒在昏迷的宋明珠之身邊。

蕭秋水啞穴未閉，怒叱：「你——」

邵流淚哈哈大笑，笑聲突然停頓，口裡咯出一口鮮血。

蕭秋水怒道：「你快要死了，還不自保——！」

邵流淚又流淚了：「自重？我本已身罹重傷，又經此創，沒有『無極先丹』那一股元氣，我早就死了。」

蕭秋水急道：「那你可以把其他五顆先丹都吃了下去，求個保命呀。」

邵流淚笑道：「我吞服『陽極先丹』已久，首先得要有天下至陰的『操蟲』才能剋住，壓制後才可服其他丹藥，否則極陰盛陽，必死無疑……」

又歪著頭看蕭秋水，邪笑道：「你倒是好心，我就讓你享享福吧。哈哈哈……」

蕭秋水心知不妙，道：「你要作甚!?」

邵流淚有趣地看著蕭秋水道：「這女娃兒好標緻，又傷我這麼重，我要毀掉她，讓她在柳五面前，做不成人。……我傷在下腹，已不行了，你行……」

蕭秋水此驚非同小可，急道：「你……休想得逞，大丈夫可殺……」

邵流淚大笑道：「你想死？可沒那末容易！我也要她求生不得、求死不能，且心甘情願跟你……哈哈哈，我只要給你服一顆『陽極先丹』，餵她一顆『陰極先丹』，你倆就乾柴烈火，非要相互撫慰，才能保住性命不可……事後必倦極，我再封鎖你們穴道，拋你們到街上，赤條條的，不鬧開來才怪——！」

蕭秋水怒急攻心，滿臉通紅：「你——！」

邵流淚流著淚道：「你可怪不了我。這女娃不錯，要不是傷重，我也求之不得，給你享盡艷福，還多虧我，這也算是我謝你相救之情。俗語說：『牡丹花下死，做鬼也風流』，怨不得我……哈哈哈……」

蕭秋水忽然平靜下來，從地上望過去，丹霞絕頂，白雲藍天，遠處有一縷煙，山上孤絕，山下人間人煙。

天地是無情的。

蕭秋水冷冷地說：「你是名動江湖的武林前輩，沒想到竟這般無恥！」

邵流淚倒是靜靜爲蕭秋水冷峻的語氣而一呆，隨即哈哈道：「我原是朱大天王手下的人，你有聽說過朱大天王的人有不無恥的嗎？」

邵流淚慘笑道：「我給你們喫先丹，無寧是增加了你們的功力，但也受受我這十數年來所捱之苦。……這以後，我若還能活命，找到『操蟲』，自可把另三顆先丹服下，這位紅鳳凰亦不足懼……而那時你們，恐怕早已窮於應付柳五之追殺。」

蕭秋水沒有再說話。

遠山漸漸清晰，陽光想必已照到那邊了吧，然而這邊卻愈漸的涼。

他忽然感覺到喉管一裂，一顆圓丸已彈入喉中，口腔一熱，竟已融化吞落。

然後他看見邵流淚邪笑著扳開宋明珠的皓齒紅唇。

就在這時，他只覺一股熱力上沖，這潛力之大、後勁之強，勢無所匹，一下子，他全身骨骼都彈動不已。

他緊咬牙關，沒有呻吟。

邵流淚把藥丸給宋明珠吞服了之後，他身上的血往她身上滴。

宋明珠艷若牡丹，血滴在秀氣白皙的肌膚上，更是艷厲。

邵流淚用力拔出兩柄短匕，全身一震，用力把匕首扔在地上，忍痛捂傷蹲地，好一會才喘息道：

「這女娃子這般美……讓我自己來享受算了……」

又要用力拔除嵌入腹中的金鉤。

這時在地上的蕭秋水，忽覺體內真氣游走，一股大力，幾乎要化成鮮血噴去，身上穴道，盡為所解，蕭秋水一彈而起。

邵流淚原背向蕭秋水，他不知蕭秋水已躍起。

他不知「無極先丹」之力比他想像中還鉅大。

當年他服「陽極先丹」後亦曾被人封制，但點穴的人是武林第一奇人燕狂徒。

燕狂徒的功力豈是邵流淚能及！

「陽極先丹」已衝破蕭秋水的穴道，他一躍而起，奇經百脈，全賁血欲噴！

蕭秋水大喝一聲，宛若焦雷！

他不能讓邵流淚毀了宋明珠！

但他也不能從背後暗殺邵流淚！

所以他大吼一聲，吼聲一起，他已反手抄起地上的雙刃。

邵流淚是喫了一驚，他立即回過身來。

他一回身，金鉤原拔至一半，鉤嘴倒刺，奇痛攻心，雙脅傷口血湧而出，全身一顫，雙肩原先中戳金釵之處又一辣，腦門全黑，就在這一瞬間，慢了一慢。

然後他就看見兩道白色的光芒，到了眼前。

忽然白芒不見。

然後他就看見胸前兩把刀柄。

邵流淚雙手抓住刀柄，眼睛睜得老大，不住地流淚。

他至死猶不柏信，他竟死於一個比他晚出道數十年、武功差他不可以道里計的年輕人手裡。

邵流淚是流著淚死去的。

這連蕭秋水自己也不相信。

不相信自己出刀會那末快，下手會那末有勁，動作會那麼完美！

但他已沒有辦法再震訝：他覺得渾身體內一陣熱，自丹田間湧起一陣躁悶，心頭一躁，太陽好大，宛若在頭頂上綻放一團又一團金黑。

他竭力咬住嘴唇，希望以痛苦遏制自己的慾念，但他的精神已不知跌落到哪裡，心裡也不知想到那裡去了。

但他卻看著宋明珠。宋明珠那鮮紅的衣服。

地上的宋明珠已蠕動著，漸漸甦醒。

「陰極先丹」的內勁，也貫注在她血液裡，使她初醒，即覺心冷，需要溫熱。

蕭秋水只覺喉頭發乾，臉上發熱，宋明珠又美如明珠，尤其此刻，更有說不出來的美媚。

他不能在這關頭做這種事！他不能無恥！

他一下下敲擊自己的腦袋！

他不能如此！他不能如此！

但心中慾念難禁！啊唐方唐方妳在哪裡？

天地似一張網，灰而無情，那紅艷的麗影是唯一的慰藉。

蕭秋水把嘴唇都咬出了血，他不知道，這一下他殺了邵流淚，連制住他們穴道的人都沒有了，在男女極端縱情與縱慾下，他們會樂而不疲，直至脫精而歿。

換作凡人，在情慾如此沖擊下，早已禁受不住，作出荒唐的事來，然而蕭秋水的定力是驚人的，他拚死苦忍，然而體內的衝動，如四面八方湧來的狂潮，愈來愈使他無從立足，無存身之地。

他全力抑制自己，但意念已不知有多少幻想，多少慾念，而他又是個感情極豐的男子，精壯剽悍，這更叫他欲死不能！

就在這時，宋明珠受傷而玉白的面頰，竟呈現了緋紅之色，她雲鬢微亂的髮，以手輕按額側，「嚶嚀」一聲，起了身來，弱不勝衣地走了幾步，竟一個踉蹌，跌沾向蕭秋水身上來。

宋明珠呵氣若蘭，氣息咻咻，蕭秋水一沾，即如觸蛇般跳了起來，猛向後退，叫道：

「妳不要過來，不要過來……」

聲音在半途嘶竭。要知宋明珠艷麗明媚，武林中、江湖上不知有多少人朝思暮想，渴切成其入幕之賓，但因其武功高絕，而且心高氣傲，又有黑道上第一辣手難纏的人柳隨風在旁，有誰敢惹？

宋明珠雖非正派中人，但也非水性楊花之女子，在黑白兩道，名聲奇大，又本領極高，平日對男子難得青睞，今日與蕭秋水會上了面，對這敢作敢爲，英明真誠的漢子，亦頗有好感，而今在勢無可挽的「陰極先丹」柔勁催衝下，頓失矜持。

蕭秋水更是性情中人，他平時豁達多情，也決不拘這種俗禮，但此時因慾火燒身，只要一個把持不住，便崩堤狂瀉，遏止不住，所以趁仍有一線清明，他全神自制，力挽意馬心猿。

原服「陰極先丹」或「陽極先丹」其中之一者，必須縱慾方能壓制突增之內勁，若無藥力調和難免饜慾致歿；如不得洩慾，亦會傷害己身，或真氣亂走無處可洩而死。若要保住性命，至少也有當日邵流淚之功力，再加上有燕狂徒的導引，或可逃脫身亡虛脫之厄。

如今蕭秋水、宋明珠，在此丹霞絕境，可說是沒有第二條路可走！

（我不能毀了人家女子！我不能毀了這女子！）

但立即又想起宋明珠在自己身上那一觸，那尖細的柔荑，那燠熱的胴體，那誘麗的紅唇……

蕭秋水愈來愈不能控制自己。

再無法自抑，不如求死……

宋明珠又如酒醉般走來，山頂的風，吹得她勁裝貼身，好動人的腰身！

蕭秋水原想退，卻進了一步。

宋明珠就抱住了他，秀頰埋在他腹間。

蕭秋水只覺天旋地轉，全身一熱，血脈跳動至極點，他竭力一推，卻推在最不該推的地方。

蕭秋水這下再不能約制自己，他只有毀掉自己。

他推不開宋明珠，本來他的功力，現已激進一甲子，但宋明珠體內真力也是急進，所以蕭秋水根本掙脫不開。

蕭秋水大喝一聲，往後翻去。

後面是萬丈懸崖。

崖下不再是滔滔江水。

蕭秋水原想以一死以免喪德敗行，但不料宋明珠猶自緊抱著他。

兩人一起往崖下落去……

十二　一百三十四條好漢

瀟湘江上、古嚴關旁，蕭秋水墜崖落江，蕭易人、蕭開雁、唐猛諸高手趕到，救了唐方、唐朋、馬竟終、歐陽珊一、邱南顧，終於返回了桂林浣花劍派分局。

桂林浣花，非同泛泛，氣象之大，人手之多，儼然在成都浣花之上：事實上，近幾年來，浣花劍派之掌門蕭西樓，確要把主力及實力都移到桂林分局去，也就是說，逐漸地把分局變成總局，而蕭西樓自己也覺得老了，要退休了，要封劍歸隱了，所以安排了接班人和後路。

另一方面，蕭西樓也有恃無恐，成都總部有蕭夫人孫慧珊，蕭東廣諸高手在，他也放心把劍術上「青出於藍，猶勝於藍」的蕭易人派往廣西，連同蕭雪魚蕭開雁也囑托於師弟孟相逢，去開創廣西局面。

蕭易人等一回到桂林，即把事情向孟相逢報告。

孟相逢立即決定以下的措施：

第一、他和鄧玉平，即赴武當、少林請援，如有這兩派精銳出動，權力幫應不敢造次。

第二、遣蕭易人、蕭雪魚兄妹到十六大門派請援，以蕭易人武林地位及人面之熟，大可以聯合正道高手，聲討權力幫。

第三、囑唐猛領唐方、唐朋、鐵星月、邱南顧、左丘超然、歐陽珊一、馬竟終，一行八人，即先行趕返成都救助，並力戰苦守以待援軍到來。

第四、唐剛與蕭開雁，則主掌桂林浣花。若有敵來犯，要避鋒游戰，以圖分散權力幫對總局的壓力，也對權力幫展開消耗戰及拉鋸戰，直至蕭易人、孟相逢等回援為期。

這四路人馬確定之後，孟相逢飛鴿傳書，卻召來了一個人。

這個人，遠來自關東，但只要孟相逢有難，定不辭晝夜趕到，相同的孟相逢也對他如此；這人不是誰，正是與孟相逢並列「東刀西劍」的「天涯分手，相見寶刀」孔別離。

於是孔別離加入了第二隊——與蕭易人原來的位置對換，而且以孔別離的武功、經驗、人情，都足喚起武林同道的響應與支持。

他們一個早上即決定了分配，中午立即出發。

蕭易人成了第三隊——也就是即赴四川回援的大隊中的領導人。

這一隊主要人共有九人。

還有其他的人：

一百三十四人。

一百三十四名浣花劍派中的精銳。一百三十四位蕭易人的幹部。一百三十四條好漢。一百三十四個桂林劍門浣花分局的子弟。

這一百三十四人，幾乎就是浣花劍派這數十年來的全部！

有一首歌，其中有一段這樣地唱：

情與義，值千金
刀山去地獄去
有何憾！為知心
犧牲有何憾!?

這一百三十四個浣花子弟，就是這樣的人。

他們可以為浣花劍派死，為蕭易人而戰。

因為有他們，所以蕭易人在江湖上名頭愈來愈響亮。

但也令蕭易人心頭沉重、手心發汗！

這一百三十四人，就是他的重擔。

他帶的這一隊無疑是浣花劍派的精兵，亦是劍派中的希望；他不能有所失。

他外表依然沉冷、鎮定、氣度平然，其實心裡比誰都緊張！

權力幫若要滅浣花劍派，恐怕首要滅的是這一百三十四條好漢。

而今他就帶著這一百三十四人，遠走廣西，出征四川，途中萬一有什麼……

但他也知道，若不攜帶這一百三十四條好漢，這次拯救，就難有成效可言。

他多希望蕭秋水在，因為秋水雖然看來不懂事、急進易怒，但他卻絕對服從命令，不單如此，他還把指令做得比任何人都好！

而且有他在一起，跟兄弟們玩、鬧、嬉笑一團，一旦有事，又警醒過人、反應異常。

總之有他在一起，就有新鮮的點子，絕沒有冷場。

從前蕭秋水在的時候，蕭易人卻很少感覺出這一點，而今他已強烈地感覺出來了：

——莫非是因為蕭秋水已永遠不在？

不管怎麼樣，——這個擔子是吃定了。

蕭易人知道這一戰，可能就是他一生中最重要的一戰。

無論是誰，有能力、或有機會跟權力幫決一死戰，都是足以光宗耀祖。

蕭易人知道要從廣西赴四川，一路上都有伏擊：鐵星月等人就在四川、貴州、廣西都遇上權力幫的伏兵。

所以蕭易人決定寧取道雲南！

寧繞遠路，保存實力，方可與權力幫決一死戰。這一百三十四條好漢，快而無畏，只要不遇上伏狙，腳程之快，是不會把這一段漫長路程放在眼裡的。

蕭易人決定繞遠道——權力幫勢力阻攔不到的路徑。

他要取直宜山，經紅水河，再西進百色，入雲南省路南石林，過滇池、進洱海，由下關過怒江入上關，再轉入西康、過渡河轉瀘定，才到峨嵋。

他們也真的辦到了。

他們僅花了數天時間，已從桂林到了百色。

百色的僮人與傜族部落，是浣花劍派在廣西最後一個分站，代號叫「綠島」。

那兒只有十一個浣花劍派的弟子。

六月初一。

蕭易人等人經過百色。

那百色鎮中十一名子弟幾曾見過如此場面，真是一時忙了手腳，也慌了手腳，才勉力接待過去。

六月初二。

蕭易人一行人已進入雲南，晚上到了廣南。

廣南是浣花劍派分支在雲南的第一個站，代號是「綠湖」。

此處已非浣花劍派勢力範圍，故此站不僅人少，而且亦是浣花劍派在雲南唯一的一站。

這小站原有四個夷族子弟，一個漢人叫陳定康的，就是那兒的頭領。

蕭易人趕到廣南，廣南站的子弟沒有來接。

蕭易人善於嚴密控制，發現陳定康等不在，立即追蹤至「綠湖」站，敲門，沒有人應，踢開了門，連陳定康在內，以及三男一女夷族子弟，盡皆被殺。

蕭易人臉色不變，馬上在聯絡站落定，一揮手，十名浣花子弟無聲無息地退走。

他們迅速地掩至百色，去通知那十一名弟子與頭領何獅光，「綠湖」已遇伏，要多加小心。

他們行動迅速、了無痕跡，兩個時辰之內，已掩至百色的「綠湖」站。

他們敲門，沒有人應，踢開了門，人都死了。

死的人都跟廣南一樣：眉心一點紅，臉帶詭異的微笑，全身傷痕。

十名浣花子弟即起返廣南，報告蕭易人。

蕭易人這才臉色有點變了。

但那也只是一瞬間的事，蕭易人在武林中素以難聞、沉著稱著。

他立即率眾離開廣南。

天色微明時，已經趕到了師宗，即將進入路南。

千態萬狀的雲南石林！

離開師宗的時候，一百三十四名子弟都捲起了左手邊的袖口，露出筋肉賁凸的臂肉：

然後就用尖利的匕首刺下去。

刺了一個字。

殺！

鮮血淋淋，染滿了手臂。

一百三十四個好漢卻無動於色，彷彿血不是他們的。

血不是他們的，而是浣花劍派的。

亦是爲正義而流的。

更是爲死去的兄弟而流的。

他們一見百色、廣南的兄弟被殺，他們已不準備活著。

要是活著，就爲了報仇。

浣花劍派能成爲武林三大劍派之首，就是有這股豪情和勁！

雲南有石林！

這兒的地質因受到二億八千萬年前流水不斷侵蝕，形成奇觀，大小形狀各異，形成爲絕好風景。

連石成林。在石與石，林與林之間，奇岩峻崗，很容易一失足成千古恨。

一百三十四條好漢，以及蕭易人、唐方、唐朋、鐵星月、邱南顧、左丘超然、歐陽珊一、馬竟終等人，走到那兒，就遇上了強敵。

在這天險、絕地裡，他們很快地就給權力幫的人包圍。

權力幫也不知派出了多少人，石林每一個轉角處，匿伏處，都是兵器和人。

蕭易人一發現有埋伏，便佇立不動。

他不動，一百三十四條好漢也就不動。

有人跳上石林之上大聲講話：

「我是飛腿天魔顧環青，想活的就跪下來，想死的就抵抗。」

鐵星月氣呼呼地想答話，蕭易人一手按住了他。

顧環青尖嘯一聲，至少有一百個權力幫的人已從匿伏處出來，亮著兵器，包圍他們。

顧環青呼叫：「你們是降是戰，快快回答。」

沒有人回答。

一百三十四個捲左袖的好漢，動也不動。

氣氛完全僵住。

太陽炙熱，汗水如雨。

——待一會兒流的是汗，還是血？

忽又有一人站在「石林」題刻之下，攘臂大嚷：

「我是長刀天魔孫人屠，你們是啞巴是不是？」

一百三十四條好漢還是沒有作響。

連一絲動靜和聲息都沒有。

他們彷彿凝結在太陽底下。

孫人屠怪笑道：

「你們不作聲，我就要殺人了！」

突然四名浣花劍派子弟所站立處，湧現權力幫的人：刀快、劍急、兵器晃，四名浣花子弟濺血、倒地，至死未發過一聲。

一百三十條好漢的眼圈都紅了，眼睜得若銅鈴般大。

孫人屠怪笑，一揮手，在暗處又湧現十餘權力幫眾，砍瓜切菜般又殺了五名浣花子弟。

浣花子弟還是沒有動。

鐵星月幾乎忍不住要對蕭易人破口大罵起來，歐陽珊一直想嘔吐。

一百餘名好漢額上汗在流，臂肌上血在流。

蕭易人卻連眼都不眨一下。

顧環青瞧得過癮，嗞嗞怪笑，一揮手，又出現數十名權力幫眾。

站得靠近的三名浣花子弟，立時被殺。

血飛濺，屍身跌落石上，至死未哼一聲。

唐方已不忍再看。

孫人屠大笑：「原來都是送死來的。」

蕭易人道：「不錯，我們是來送死的。」

孫人屠：「都出來吧。」

瞬間又有近百名權力幫傾巢而出，要毀掉浣花劍派的主力。

百餘名好漢，呼息急促，全身爲汗水濕透。

顧環青狂笑道：「統統給我死！」

蕭易人突然低聲說了一個字：

「殺。」

這字一出口，百餘名大漢一齊湧了過去。

快，而無聲；有力，出手狠毒。

而且乾淨俐落、配合無間。

百餘名大漢掩殺過去，無一人是退的。

受了傷的、以一敵數的，都是前進的。

蕭易人同時已掠了出去。

他一縱一落，足尖點石，又一起一伏，已躍向目瞪口呆的孫人屠處。

孫人屠猛拔刀。

刀長七尺三寸。

刀要封鎖蕭易人攻勢，可是蕭易人不見了。

左丘超然卻到了。

他一雙手，纏住了長刀。

鐵星月衝入，他一向是最勇敢的。

孫人屠卻仍有短刀。

短刀是長刀人魔的殺手鐧。

但短刀被邱南顧一手捉住。

邱南顧一向最機警刁鑽。

鐵星月就一拳揍過去。

孫人屠痛得哈了腰，口水眼淚鼻涕齊洩。

他一向屠人，這次卻爲人所屠。

他掙扎道：「你們……你們這樣對我，『蛇王』……『蛇王』會報……仇……的。……」

鐵星月沒好氣道：

「什麼『蛇王』，頂不上我一個『屁王』！」

邱南顧也點頭正色道：

「我們『神州結義』也有『八大天王』，潮州『屁王』是第一大王！」

孫人屠正想答話，卻已聽到顧環青的慘叫聲。

「飛腿天魔」顧環青最厲害的，當然是一雙腿。

唐朋、唐猛、唐方卻照準他的雙腿下手。

顧環青勉力閃躲，但兩三個照面間，他腿上已中了三針四鏢五彈了。

最可怕的，是左膝被唐猛用一隻石擔子打碎。

然後蕭易人就來了。

蕭易人沒讓他說話，亦未讓他喘息，一劍就了結了他的性命。

顧環青慘叫一聲，屍身已從石林之上，落入水中，但水中早已一片血紅。

沒有打鬥聲，敵人都在水裡，所以石林上也沒有權力幫的人。

只有百餘名浣花子弟，除了原先束手就斃的好漢外，連一個人都沒有折損。

權力幫眾卻死亡殆盡。

浣花劍派的子弟，死得瞑目，因爲他們都知道，那些手臂上刻有「殺」字的兄弟，一定會爲他們報仇的。

他們現在果然報了仇。

迅速、準確、且不留活口。

然後他們都跪下來，祭拜已亡的弟兄。

孫人屠負痛看見這種情景，才知道已絕望。

他奮力一掙，一腳踢開鐵星月，雙刀揮舞，迫退左丘超然和邱南顧，才衝沒幾步，馬竟終和歐陽珊一又攔住了他。

他長歎一聲，反手把七尺三寸的長刀、和一尺二寸的短刀，都刺進自己的胸腹間，當堂身亡。

蕭易人點數人數，還有一百一十八人。

蕭易人很滿意。

他覺得他在拉弓，弦張滿了，目標瞄準了，勁道運足了，才射，一射，就中。

這次他拉了一張很滿意的弓，射了一次很好的箭。

然而唐方沒有作聲。

她知道若蕭秋水在，絕不會如此做。

蕭秋水不會把弟兄當靶子，隨便犧牲掉。

蕭易人率人離開了石林：石林這一仗，會使浣花劍派和他，名動武林。

他再領著人深入腹地，卻再也沒有人暗襲。

——敢情是因爲石林一役太著名罷？

六月初四。

他們已到了滇池一帶。

滇池周三百里，鮮花遍峰，景色絕秀，大觀樓面池而立，可盡覽滇池勝景。

滇池乃由碧雞、金馬兩名山來護，所謂「滇池三百里芙蓉」，其實又何止於芙蓉，簡直什麼樣式的花都有。單止茶花一類，就有七百多種。

在洱海一帶的大理縣，卻有氣勢蒼宏的點蒼山。

點蒼山在大理縣西，盤亙三百餘里，共十九峰。

點蒼山之南門有唐時建之古塔，四角十六層，大二百三十尺。

點蒼因產大理石著名於世，又稱點蒼石，可供製造石屏風及碁子石之用。點蒼本來氣魄恢宏，再有大理特色，各種異迥之色澤，更有詭祕幻奇之美。

當時武林除少林、武當外的十四大門派，其中一派，正是點蒼。

點蒼派掌門林傖夫，一支專打人身三十六死穴七十二要穴一百另八小穴的判官筆，在塞外號稱「點蒼一筆」，弟子雖不多，但都是硬腳色。

點蒼派原有弟子近百名，大半都散佈雲南各地，在中原亦有廣佈，住在點蒼派總壇內，不過三十餘人。

這三十餘人，都是極扎手的角色。

譬方說其中一個，叫做湯錦堂，他外號只有一個字：

「死。」

他殺人不眨眼。

他殺人不用刀劍。

他殺人甚至不用看人。

點蒼並非名門正派，他，湯錦堂也不是好人。

他要一個人「死」，那個人就只有「死」給他看。

他就是林倉夫最得意的愛徒之一。

林倉夫雖不鼓勵他去殺人，但也不反對他去殺人。

湯錦堂對他的師父的意思明白得很。

林倉夫身爲點蒼掌門，殺人，是有些不便。

他弟子殺就不同的。

別人垢病時，他也佯作斥罵一下；別人翹起拇指讚好時，他撫髯微笑，好像在說：他行，他師父，當然更行了。

尤其當湯錦堂殺的是惡名昭彰的歹徒時，林倉夫更是臉有得色。

殺壞人來揚名立萬，又可落得個名門正派、主持正義之名，何樂而不爲也！

所以湯錦堂也很得意。

他立志要坐最快的馬、找最漂亮的女人、殺最難殺的人。

當然，他沒有碰到過「難殺」的人。

更沒有遇見過能「殺他」的人。

他一生人中只殺人，不怕爲人所殺。

六月初四。正午。

他拖著疲乏的步履，往點蒼南門走去。

南門古塔，正是點蒼派的重地。

他每天必要去拜謁林傖夫一次，向他請個安也好，或者耳提面命，每天至少要唯唯諾諾一番。

他心裡清楚得很，若沒有林傖夫頂陣，他在武林中橫行，可就沒那麼容易。要林傖夫支持他，首先要懂得討師父的「歡心」。

所以他昨日雖酒色過度，卻依然到古塔來一趟。

可是他現在又眼睛一亮。

一個賣花的女孩。

一籃子都是花：藍的、黃的、紅的，甚至還有紫的、綠的，莫不是最嬌艷的顏色。

花美，還不及人美。

花嬌，人卻欲滴。

這女孩子笑得好甜，呢聲問他道：

「公子，你要不要花？」

湯錦堂左望一下，右望一下，心裡如獲至寶，怕給師兄弟發現，搶走這飛來艷福。

他心裡也有些納悶，怎麼放著這般標致的美人兒，他好色的師兄弟卻沒發覺？他決定要好好跟她樂一樂，反正來這裡賣花的，也不見得是什麼好女子：他決定先把她帶走。

那女子又嬌聲道：

「你到底買不買嘛？」

湯錦堂上了一個自以為風流倜儻的笑容：

「花買，人也買。」

他一手拿了一錠銀子，一手搭上那女子的美肩。

那女子一側，隨手自籃裡拾出一朵藍花，塞到他手上，道：

「花給了你，錢拿過來！」

一手就把銀子搶過來。

湯錦堂心中啞然失笑，暗忖這女子好大的胃口，一朵花竟要一兩銀子？當下把花隨手一揉，往旁一扔，笑道：「銀子付了，人……」

正要摟過去，突覺掌心一痛。

一痛之後就是一麻。

湯錦堂張口欲呼，竟已發不出一點聲音來。

他扔棄的藍花，正游出一條極小極細的極微極幻的藍色小蛇。

蛇一竄，鑽入女孩衣袖，消失不見。

湯錦堂目眥盡裂，「啞啞」作不出聲，全身都麻了，呼吸也沒有了，只見那女子微微伸出舌尖，舔了舔嬌紅潤濕的嘴唇，媚笑道：

「愛花的人，就不該摧花。摧花，花是有刺的。」

然後她突做了一件事。

一件殘忍的事。

她挖掉了湯錦堂的眼睛，只是在一揚手間。

然後她尖細般的手，搽滿了指甲鳳仙花汁的紅，把兩顆眼珠子，往嘴裡一送，竟吞了下去。

湯錦堂只能呼叫，唯有呼叫才能略表此刻他內心的畏怖。

林倉夫在第十六層樓。

他跟他的師弟金維多正在商量點蒼派財務的事。

守在第十六層塔口的是兩名點蒼派的護法。

這兩名護法從來沒有離開過林倉夫半步。

林倉夫要他們看著一樣東西，要是沒有林倉夫的命令，這兩人就算火燒到眼前也不會離開塔內半步。

林倉夫卻覺得自己很偉大，他從來沒叫他們被火燒死，只是有一次，也是十幾年前的一次，在守候的當兒，其中一名護法忍不住去了小解，在他回來的時候，林倉夫刺了他一筆，到現在那護法一條腿還是跛的。

之後這兩個護法再也不敢離開半步。

爲了這點，林倉夫愈想愈得意。

午間的陽光照進來，連他的師弟金維多也感覺到他掌門師兄的得意之色。

金維多外號「鬼斧神工」，他左手鑿、右手錘，也不知鑿炸了多少敵手的頭顱。

所以當武林中人以爲他只能替林倉夫算賬管賬時，他心裡是何等不悅。

他實在不明白他師兄爲何笑得那末得意。

他正想著時，外面忽然傳來「碰碰」二聲。

林倉夫、金維多久歷江湖，一聽就知道是人體倒地聲。

他倆迅速地對望了一眼，立即分左右掠了出去。

然後一腳踢開了門，稍等了一下，再撲了出去。

外面沒有人。

那兩個護法不在。

林倉夫和金維多對望了一眼，不勝驚詫。

然後他們掠下第十五層樓。

接著他們都怔了。

第十五層塔內，三個死人。

三個都是點蒼派的高手，卻無聲無息地死去。

三人帶微笑死亡，眉心一點紅，全身無傷痕。

第十四層石塔，有兩個死人。

不但死狀一樣，連死相也無兩樣。

其間十三層石塔，都是一樣。

總共十五層石塔，死了廿七名點蒼派的高手。

然後林傖夫、金維多就看見死在最底層石塔門外堅硬石地上的兩人，正是那兩名護法。

這兩人顯然是被殺後拋下來的。

林傖夫和金維多臉色變了：兩人竄出塔門，只見遙遠的草地上，死的是湯錦堂，眼珠子被人挖去，血流得滿臉都是。

有兩個人，就站在屍體不遠處。

一老一少兩個人。

少的是少女，老的是慈祥的老人。

少女拿著一籃子鮮花，盈盈嬌態。

老的挽著個魚簍，看見林傖夫和金維多，就慈祥得像看見自己的兒孫一樣。

十三　老人與少女

金維多、林倉夫表面不動聲色。

數十年的對敵經驗使他們深知，愈是處於下風時，慌亂愈無生機。

無論今天這面前的一老一少是誰，能在瞬息間殺掉點蒼派那麼多名好手的，絕對不是好惹到哪裡去！

金維多忽然覺得他自己應該退隱——在點蒼派裡，他自覺只是林倉夫的附庸，在武林中，又惹了不少殺孽，真是該休隱了。

只要他能活得過今天。

只要他能活得了這一遭。

所以他立刻就衝過去，連話也不想發：

——江湖上就是這樣，不是你死，就是我亡。

既然對方已找上他了，自然不是三兩句話就可以擺平的，所以只有流血。

流血的代價最大，但收獲也最快。

他一衝過去，左手鑿，右手鎚，「工隆」一聲，像雷公電母一般，炸了過去。

他衝向的是老人。

他一看就知道，老人遠比少女難應付多了。

他一招過去，老人一閃就避開了。

老人的雙眸仍慈祥地看著他。

就像看著自己的孫子一樣。

金維多心頭一凜，又一鑿震了過去，老人又是一閃，金維多又擊了個空。

就在這時，金維多目光一瞟，只見林倉夫已潛到老人的背後：

「對付黑道中人，是不必講江湖道義、武林規矩的！」

——這是林倉夫所說的話。

所以點蒼一派，常有群毆事件，不管對象是不是「黑道中人」。

林倉夫自己當然也不例外。

他那支「點蒼一筆」，一開一闔，隱有北派山水畫的蒼宏，已封殺了老人的退路。

金維多即刻出手——全力出了手。

這是勢在必得之一掌，這一擊若尚不得手，那就是說點子大扎手，他們師兄弟倆就要「扯呼」了。

金維多這一擊宛若雷霆，但突覺腰間一麻，他的招就發不下去了。

那嬌美而眼睛裡盡是淡淡的問號的女孩子對他笑：

「怎麼你不打我？」

金維多想答話，卻發現自己沒了聲音。

那女孩有點豐腴，卻白得緋紅。

「這些人都是我殺的，你要找就該找我。」

金維多張口欲呼，少女好像知道他心事：

「你想問我是誰是不是？」

金維多拚命點頭，少女嬌憨地笑道：

「這裡是雲南，我就是雲南的蛇王。」

少女一講完了這句話，林傖夫就出了手。

他一筆打碎了金維多的天靈蓋。

筆毫是軟的，人的頭骨蓋是硬的，林傖夫卻一筆戳碎了金維多的頭骨蓋。

少女「哦」了一聲，道：「你不替你師弟報仇，反而殺了他，卻是爲什麼？」

林傖夫「噗咚」一聲跪了下去，以筆點地，阿諛笑道：「在下點蒼掌門林傖夫，早有爲權力幫效忠之意，唯敝派人多眾雜，阻撓極多，在下雖有此心卻無法如願：現幸得蛇王神威，去除障礙，弟子先行搏殺金維多，以示效忠之心。」

少女「噗嗤」一笑，道：「哦。」

林傖夫跪地道：「只要權力幫肯以收容，敝派無不全力以赴。」

少女笑臉如花，甜笑道：「好，就這麼辦，你先起來。」

林傖夫叩頭謝道：「感謝蛇王盛情，感謝蛇王盛情……」突然人飛飆而出，手中筆點打少女身上十二大要穴！

這一下，急起直變，林傖夫平地掠起，但半空中忽然一挫，身子直落了下去，然後他用筆支地，吃力地回頭，瞪著那慈祥的老人，道：

「你……你……」

老人慈藹地道：「你不必勉強說話了，這樣會更辛苦的，我用蛇在你背後咬一口，那蛇叫『青龍子』，你知道，在雲南被『青龍子』咬過的，是沒有救的。」

林傖夫喉管咯咯有聲，臉色發黑：「我……我……解藥……」

那少女嬌笑道：「你一定奇怪，是不是？我是蛇王，他也是蛇王啊。蛇王本就有兩個。」

那老人微笑道：「你攻她時，我就是蛇王；你攻我時，她就是蛇王。」

林傖夫全身不住地抖，終於一筆打在自己的天靈蓋上，同樣地打死了自己。

在十六層古塔夕陽下，那一老一少的身影給拉得長長的，有一種說不出的詭祕。

滇池三百里的芙蓉雖美，蕭易人等卻無心久留。

滇池一帶，單止已知名的藥材就有四百多類，僅杜鵑花就三百多種，美得如詩如畫。

這裡的人，更是喜歡穿鮮花般多彩多姿的衣服，「趕街子」、「叫鞍」、「踢騍」。

美麗的風俗、嬌媚的女孩子、彩麗的花樹、靈秀的山水……滇池風光美麗如詩，蕭易人卻帶領他的一百一十八人，直上大觀樓。

大觀樓與岳陽樓、謫仙樓並稱，外觀雄偉，爲滇境第一樓；然而蕭易人此來並非要看樓的。

他是要藉樓看人的。

大觀樓可以俯瞰滇池全境。

蕭易人感覺到被人跟蹤是昨天的事，但他一直找不出誰是跟蹤者，甚至不知道跟蹤者有幾個人。

所以他要經滇池，上大觀樓，俯察敵人。

他一上大觀樓，三百里的芙蓉花雖美如仙境，他卻倒抽了一口涼氣：

都是敵人。

滇池三百里都是敵人，無論是裝扮成遊人、商人、漁夫或居民、婦孺，他們裝扮雖然巧妙，但蕭易人還是一眼就看得出來。

蕭易人畢竟是蕭易人，他能獲得武林後起一輩的領袖之稱，決非浪得虛名。

他很快地瞥過一眼，唐方忽然用水蔥般的手指往前指道：「你看。」

一團火走了過來；他身後跟著三個人。

三個手裡拿著棍子的人。

點蒼塔影西斜，蒼雁撞天而泣。

山意蒼涼，輝宏的山壁已漸漸淡入暮中。

老人負手看著山色，道：「妳知道李幫主現在在哪裡？」

少女道：「不知道。」

老人瞇著眼睛看夕陽，蛇王沒眨過眼，彷彿在瞬間夕照便會像他生命一般的消逝無蹤。

少女抬頭問，「李幫主現在在什麼地方？」

老人搖道：「他老人家神龍見首不見尾……據說燕狂徒未死，幫主正是找他去。」

少女失聲道：「燕狂徒原是李幫主授業恩師，燕狂徒又恨李幫主入骨，李幫主這下去找他，豈不……」

老人呵呵笑了：「妳幾時聽幫主怕過人來？」

少女失笑道：「不過，我猜幫主並不是要找燕狂徒。」

老人道：「哦？」

少女道：「他佈下毀浣花劍派之計，誘武林中人注視成都風雲色變，絕不可能只爲了浣花一脈。」

老人道：「這個當然。」

少女道：「若爲了燕狂徒，也風馬牛不相及。」

老人道：「那麼爲了誰？」

少女道：「你說呢？」

老人沉吟道：「峨嵋、武當、華山、少林。滅了這四大派以及丐幫，天下就是權力幫的天下。引其傾巢而出，再乘虛而入，直搗黃龍，正是幫主當日滅黃山派之作風。」

少女搖首道：「我認爲他是去對付朱大天王。」

老人一震道：「朱大天王？」

少女正色道：「李朱兩立，權力鬥天王。武林中這一戰勢無可免。」

老人想了一會，失笑道，「反正不管幫主如何，我們現在要解決的是蕭家的人。」

少女嬌笑道：「我們就在這裡等蕭易人。」

夕陽已經要落了，周遭因山氣而空濛一片，彷彿這太陽不是這時候才落夕的，而是幾千年幾百年前的夕照餘暉殘黏上去一般，點映得蒼穹一片淒惘。

走過來的第一人好似一團火。

火一般的衣袍，火一般的鬍鬚，火一般的禿頭，火一般的容貌。

簡直就是一團移動中的火焰：那人走過來。

蕭易人孔瞳收縮，他不認識這個人。

但他一眼看出這人絕不比屈寒山好對付。

他卻認得後面三個人。

那三個拿棍子的人。

長江四棍之三。

那火一般的人拾步走上來，鐵星月感覺到那人就像火舌般「燒」上來的。

鐵星月偏偏就有一副天不怕、地不怕的膽子，他剛覺得有點可怕，就一步搶了過去：

「你是誰？」

那人瞪著他：「你又是誰？」

鐵星月只覺臉上、脖子一陣熱辣辣的痛，那人對著他說話，噴出來的口氣就像火舌一般好大的「口氣」。

鐵星月正想說話，邱南顧已掩了過來。

「他叫鐵星月，破銅爛鐵的鐵，森林大猩猩的猩少了左邊，還有月黑風高的月，鐵星月，嘿！」

那「火團」一瞪目：

「滾開！」

突然兩道火焰一長，鐵星月、邱南顧二人左右一閃，那人已上得石階，鐵、邱二人相顧一眼，正要動手，蕭易人身形一長，已到了那人面前，長揖道：

「晚輩蕭易人，拜見老前輩。」

那人哼了一聲，道：「你是蕭易人？」

蕭易人恭聲道，「在下正是。」

那人說話的聲音猶如火笑：「你被包圍了。」

蕭易人恭身道：「在下知道。」

那人冷笑的聲音也像火焚枯木：「你知道？」

蕭易人道：「老前輩包圍的部屬，喬裝的有一百三十七位，未易容的七十三位。」

那人頓了一頓，重新打量了蕭易人，呼吸沉重如焰顫：「蕭易人果然名不虛傳。」

蕭易人垂首道：「前輩過獎。」

那人冷哼道：「你可知我背後是誰？」

蕭易人抱拳道：「長江四棍之三。」

那人又哼了一聲：「你可知長江四棍是誰？」

蕭易人道：「長江七十二水道總瓢把子：朱大天王有得力愛將『三英四棍、五劍六掌、雙神君』，他們就是其中『四棍』。」

那人口噴熱焰，厲聲道：「你可知老夫爲何而來!?」

蕭易人低聲道：「在下不知。」

那人口如火盆：「老夫就是爲他們而來的！」

蕭易人道：「請前輩明示。」

那人厲聲道：「蕭秋水何在？」

蕭易人一震，道：「舍弟不在此地。」

那人迫問道：「他在何處!?」

蕭易人長歎道：「已在古嚴關、灘江前，爲屈寒山所殺。」

那人倒是一怔，口中熱焰一收，道：「你弟弟和幾個傢伙，殺了三英，又在高要江口，唆使屈寒山殺傷『四棍』，屈寒山又怎會殺蕭秋水？」

蕭易人道：「因爲屈寒山就是權力幫中的『劍王』。」

那人一震，好一會喃喃自語，他低語時垂首，階上的花朵即時盡皆焚毀：

「蕭秋水亦曾搏殺過權力幫十九個老鬼中的溥天義等，這點老夫倒是聽過。」

蕭易人即道：「在下此趟來滇，就是想繞道四川，與權力幫決一死戰。」

那人不再說話。良久。就像一團靜止的火焰，但一旦噴發，即如火山熔岩，不可匹比。

蕭易人道：「晚輩字字確實。」

那人猛抬頭，目中烈焰大盛：「你知道我是誰？」

蕭易人道：「在下不敢妄加猜測，但論前輩風範、武功及氣勢，莫非就是名震武林、朱大天王麾下雙重將中名列第一的『烈火神君』蔡泣神蔡老前輩。」

「千穿萬穿，馬屁不穿」，烈火神君的目中，怒意已不那末旺盛，忽然道：

「你們要去對付權力幫？」

般。

蕭易人平靜地道：「是。」

對付權力幫本就是一件不可能的事，但蕭易人毅然地說出口，好像已成爲定局一般。

烈火神君點點頭道：「好志氣，但你們不行。」

蕭易人淡淡地道：「目前是不行，但我們先去救人，等結合武林同道，才一舉攻殺權力幫。」

烈火神君瞇著眼睛，烈焰似從那一線尖縫中吐出來：「有日你們這些所謂白道中人，也會這樣對付我們吧？」

蕭易人笑笑，不置可否。

烈火神君還是搖搖頭：「你們不行。」

蕭易人道，「爲什麼？」

烈火神君冷笑道：「就算你們去救人，憑你們也拚不過『鬼王』。」

蕭易人動容道：「鬼王在四川？」

烈火神君怪眼一翻：「而且在成都。」

蕭易人只覺手心發冷，烈火神君道：「既然蕭秋水爲劍王所殺，你們又要找權力幫拚命，我也不爲難你們，但你們此去浣花，是沒有希望的！還是折回去的好。」

蕭易人沉默。

烈火神君端詳了半晌，道：「鬼王的武功，絕不在老夫之下，你們不是他的對手。」

蕭易人抬頭道：「我知道老前輩阻止我們此去，是好意。」

烈火神君在等他說下去。

蕭易人就說了下去，「可是我們不回去，」

烈火神君一揚火燒般的眉毛：「哦？」

蕭易人一字一句地道：「因爲我們不是來打架的，也不是來對付人的。」

頓了一頓，蕭易人又加了一句：

「我們是來拚命的。」

滇池正黃昏。

蒼山雁落。

天地彷彿也被這雄偉的山勢鎮住，夕陽在這裡久留不落。

老人又輕微地歎了一聲：「他們是來拚命的。」

少女輕輕「嗯」了一聲：「你說蕭易人他們？」

老人道：「是的。」

少女問：「那又有什麼不同？」

老人斬釘截鐵地道：「不同。」

隨後仰望蒼穹，看晚霞把天空奇異地粉飾。

「來拚命的人沒有自己，只有敵人。他不要命，敵人就沒有命。」

少女想了一想，又問道：「蕭秋水不在，他兄弟們沒有了他，會有人為蕭家拚命嗎？」

老人沉吟道：「蕭秋水不在，他們是缺乏了一股興起的力量，但他們有『十年會』在。」

少女奇道：「『十年會』？」

老人看著夕暉，竟似痴了，「是的，十年，不過，無論如何，我們會，在，這裡，等，他們，來。」

滇池已暮晚。

滿街滿樹的花，亦暮晚。

烈火神君看來，更似一團開在黑夜中的火花。

「拚命又怎樣？」

烈火神君一個字一個字地問。

在他來說，別人拚不拚命，也無多大的分別；他一把火就可以把拚命或不拚命的人燒殺。

蕭易人忽然冷靜地說了一聲：

「十年。」

他叫完這句話，天色已全晚，是個：無星無月的晚上。

蕭易人叫完了那句話，烈火神君驀然覺得緊張起來。

他感覺到夜色中有十個人已無聲無息地包圍了他。

他知道這裡有一百一十八名白衣大漢，而這十個人就是從這一百一十八人中閃出來的。

但一閃出來，已形成包圍，一旦形成包圍，殺氣大盛，當他驚覺殺氣大現之時，已衝不出去。

除非他殺人。

烈火神君眼厲如火，瞠目道：

「你要我殺人？」

他說著，眉一揚，鬍鬚都似烈火焚燒時的揚動起來。

蕭易人平靜地道：「不是。」

烈火神君瞇起了眼，就像火坑關起了風箱，赤焰仍在。「那你要找他們出手來試試？」

蕭易人平靜地搖首：「也不是。」

他一說完了這句話，即叫了十個人的名字：「樹林。」「陣風。」「海神。」

「穿心。」「白雲。」「美墳。」「彩衣。」「秋月。」「歸原。」「燕君。」

他叫得很慢。但他一叫到那人的名字，那人就動了起來，動得很快。

一下子，十個人都動了。

烈火神君全身突然變成了一團火。

幾乎變成了一團火。

他衣服都焚燒了起來。

點蒼山還是不能久留晚照。

漫天黑漆，山澗流水在古道，猿鳥啼泣在天際。

然而一老一少仍在塔上。

少的問：「『十年』是什麼？」

老的答：「『十年』是十個人。」

少的又問：「十個怎麼樣的人？」

老的又答：「十個被機智冷酷的蕭易人訓練，又加上沉著練達蕭開雁和再加上飛揚卓越的蕭秋水教導出來的人。」

少的吃吃笑道：「這些訓練的人也不見得怎麼出色。」

老的淡淡地道：「被訓練者更名不見經傳。」

少女再問：「那『十年』有什麼可怕？」

老的再答：「蕭易人僅是個角色而已，沒什麼可怕，蕭開雁穩而無功，蕭秋水武功不高，」老的忽然頓了一頓，瞇起眼睛問道：「你可知這三人加起來會怎樣？」

少女搖首。

老的一口氣道：「這三人性格、武功、智慧合加起來，就不得了，尤其是蕭家老大的深沉配合蕭家老二的穩重，而且蕭家老三更有讓人效死的力量，他們特別訓練出來的人，只有十人，卻整整訓練了十年，是稱『十年』。」

少女期期艾艾地道，「蕭家老三好大的年紀？」

老的呵呵笑了一聲：「他不比妳大一、二歲。」

少女「哦」了一聲，蒼穹無星，少女眼眸卻如星光：「有機會，我倒想一見。」

十個人愈動愈快，烈火神君身上火焰愈來愈熾。

這下子變得十分詭異：好似一群人圍著一團火，不住晃動一般。

但沒有人笑得出，就連鐵星月也笑不出來；每人熱汗直淌，連心跳都要停止。

烈火神君額頂光禿得像火團的中心。

火焰愈來愈張，人影愈晃愈快。

就在這時，蕭易人忽然一揚手。

晃動的人猝然停住，中央的火焰猝然「虎」地沖天而起，火芒直衝而上，「花」

地落出圈外來。

火團散去，只賸綠芒。

綠芒歸原，就是烈火神君。

烈火神君額上有汗，這火中之王，焰中之君，祝融化身，居然也流了汗。

蕭易人鎮靜地道：「我沒有叫他們出手。他們還沒有出手。」

烈火神君用袖揩汗：「但我也還沒有出手。」

蕭易人道：「是的。」

烈火神君威風依然：「我若全力出手，他們十人，無一能活。」

蕭易人平靜地道：「是。」

烈火神君望著蕭易人，忽然歎了一口氣，道：「但我縱全力出手，殺了這十人，餘力也不是其他一百零八人的對手。」

蕭易人沒有答腔。

烈火神君笑了一笑又說：「無論是誰有這股實力，都可以有資格向權力幫抗衡，向鬼王挑戰。」

蕭易人冷冷地望著烈火神君。

烈火神君抹抹汗滴又苦笑道：「天王曾告訴過我，江湖上有幾股莫可形容的實力，看似不強，但甚有潛力，深爲可虞，一是丐幫，一是唐門，另一是慕容世家，再一就是浣花劍派。」

烈火神君笑了笑，就像烈火展了展，又說：「而今老夫是見識了。」烈火神君冷笑道：

「原來浣花劍派的實力不在成都浣花，而在分局，在蕭老頭子的下一代。」

說完了，蔡泣神就走，頭也不回的就走了。臨走時還拋下了一句話：

「我不想殺你們。否則，單我一人，至少還可以殺掉一百零八人的一半。而且莫忘了這四周的伏兵都是我的人，而且還有長江四棍。我不想殺你們，所以我走。」

蕭易人冷冷地望著蔡泣神猶如燐火的身影，在黑暗中踽踽遠去。

然後其他的伏兵也都消失了。

蕭易人冷笑道：「不是他不殺我們，而是他縱殺得了我們，所付的代價也太大了。」蕭易人頓了一頓，又說：

「朱大天王的人從不做本多利少的生意。」

唐方冷笑道：「那他來幹什麼？」

蕭易人道：「他想秤秤我們的斤兩，好隔岸觀火，看權力幫如何收拾咱們。」

鐵星月忽道：「這就是老大訓練的『十年』嗎？」

「十年」的構想原始自於蕭秋水，遠在他未及十五歲時已著手安排，「十年」計劃中的「十人」，都是以前蕭秋水的老兄弟，好朋友，而且皆經過蕭秋水特別精選、祕密訓練，方才調歸蕭易人所部的。

邱南顧向一高瘦、剽悍的年輕人說：

「你就是老大常提的『陣風』嗎？」又向另一驕傲、精明的年輕人道：「那麼你就是足智多謀的『樹林』，」轉向另一臉白淨文雅的大漢道：「你是歸原？」

那三人一抱拳，沒有說話。

左丘超然道：「據悉『陣風』與老大初見面時曾交過手，後來由衷服了老大，又曾三進三出，離而復返，但老大對你仍念念不忘，足見你之舉足輕重。『樹林』更是老大口中常提及幹勁、耐力、機智皆屬上選的人物。『歸原』元氣足，人厚重，比其他人出道都要早，你們……你們可知道你們的老大怎麼了？」

馬竟終見三人依然沒有表情，忍不住加了一句：

「剛才的話是他們親耳聽到的了：蕭少主被權力幫劍王所殺。」

那三人雖目中噙有淚光，但仍然沒有人說話。

蕭易人卻說了一句話：

「三弟後來把他們交了給我，我要把他們訓練成不易動情的殺手，所以他們不會聽你們的——」

蕭易人又補充了一句：

「在這波濤險詭的江湖，要是易激動、講感情，就像三弟一樣，很難活得長了。」

蕭易人說完了這句話後，唐方就別過臉去。

她再也不願意看到那三人。

她希望永遠保持蕭秋水口中那三人的形象。

「我們一有難，『樹林』一定來救。無論去哪裡，『陣風』都會跟在我身邊，全力以赴，『歸原』都會辦妥，而不會動搖忠心。『海神』的武功是我教的，以後我要他比我更強。『秋月』……」

她看不見他們。

但在大地昏黑中，她只看見蕭秋水。

在烏江衝殺的蕭秋水。

在廣西決戰的蕭秋水。

永不屈服的蕭秋水。

天色漸明。

蒼山鳥語。

老人說：「他們快要來了。」

少女說：「來了就要去了。」

來去就像四時景序一般：

日出日落。

十四　蛇蠍美人

蒼山雪，洱海月，上關花，下關風。

這就是下關城。

下關爲滇邊重鎮，扼蒼洱尾閭，蒼山至此，山勢逆回，如游龍之掉尾，又名「龍尾關」。

洱海至此，折流轉西，以入漾樓江，負山阻水，爲昔年諸葛武侯擒孟獲之地，「公，天威也，南人不復反矣」，故有地名「天威遭」。

時：六月初六。

（該日亦爲蕭易人壽辰。）

地：下關天生橋附近。

（大理縣志云：「平地熱氣上升，十八漠冷氣塡補。又西南方四十箐之冷空氣，至下關而爲東山阻，由缺口以入平地。」）

人：蕭易人、唐朋、唐方、鐵星月、邱南顧、左丘超然、歐陽珊一、馬竟終、唐猛及「十年」及一百零八名浣花子弟。

（人心都一樣：闖過下關，渡過怒江，翻過怒山，到宣威以後，就可以入川，回到家鄉。）

下關之風，奇在風力勁而範圍小，終年由西向東吹，吹過下關，消失在洱海上空。每當冬春之交，其風撼山搖岳，聲震天地，轟然入耳，若百萬大兵鳴金喧天捲地，驚心動魄。

真正的下關風，是在下關西南五里之天生橋方可領略。蒼山海拔四千二百公尺，南盡於斜陽峰，山岩中斷，缺口天成。

下關風呼嘯狂吼，震耳欲聾，勁大無窮，但滴塵不揚，平時風力，亦可使常人仆跌。

天生橋水漫五六丈，兩山夾峙，中有深壑，有石樑橫置，讓人過渡，絕屬天然，故名「天生」。

天生橋已是蒼山範圍。

點蒼之要道，有一老，一少。

下關之風，可叫人站不住、立不穩，但不可能叫蕭易人與一百一十八條好漢把樁不住。

他們敞開衣襟，仰首挺身，大步往前走。

任風任雨，也退不了他們分毫。

這街上有很多很多的人。

賣布的、遊人、賣糧雜貨的、行人，各式各樣都有。

風雖大，大得令人睜不開眼，聽不到喊話，但趕街子的人還是很多，其中當然還有求討的乞丐。

風太強了，所以行人要抓住街邊的鐵索行走，有武功底子的，也得要把腳吸穩在大理石的街道上，緩緩移走。

就在這時，一部由木瓜水人駕御又破又爛的騾子車隊，可能因風力太大之故吧，忽然失去方向，衝落在幾家賣雜貨的店鋪上，石雕、粉盒、針線、餅乾、水果……諸如此類的東西，散落一地。

這時趕車人的呻吟，趕街子的吆罵，行人走避紛紛，亂成一團。

一百一十八名好漢沒有亂。

可是他們所步點蒼石板的街道，突然下陷。

下面不是地下；而是山，刀山。

明晃晃的刀鋒豎直在那兒，要飲盡人之血。

這些蓬車猝然盡皆掀開，又髒又亂的車裡居然一車有八人，每人一張弓、一弓搭三箭，只聽一聲斷喝，三箭齊發後，又三箭齊上弓。

那些賣貨物的人，十個人中有四個人突然變了樣。

他們手裡都有又毒又快的兵器，飛襲一百一十八條好漢。

其他的「貨真價實」的行人，呼嚷走避，亂作一團。原來他們的注意力是在看趕騾車者的意外，一下子他們卻變成意外事件中的人。

一百一十八名好漢，一個都沒有掉下去。

地板一被掀起，好漢也都躍起。

他們躍起時已拔出了刀，格掉了箭，然後有三分之一的人衝到箭手身前，手起刀落。

所以箭手都來不及放出第二排強矢。

「行人」拿武器衝過來時，另三分之一的好漢立即擋著，隨即喊殺連天。

另三分之一的好漢沒有動。

他們隨蕭易人等退避一處，凝神掠陣，沒有插手。

他們相信他們的同伴，很快可以安頓這個局面。

他們的同伴果然很快安定了這個局面。

不過也有人相當慘，尤其是無辜的路人，掀落到陷阱裡去，誤傷身亡的都有不少。

他們驚恐、傷心、憤怒或飲泣。

其中有一位年輕、瘦削、高顴骨的母親，本來正打開衣襟，餵嬰兒吃奶，而今嬰孩已不在，她衣襟敞開，已忘了遮掩。

她一直呆著，然後衝過來，扯著一名大漢的腿子，哭號：「你們還我孩子命來，還我孩子命來……」

那大漢無法應付，只好把她順手一帶，她就跌跌衝衝往蕭易人那兒撞來。

蕭易人沒有動。

那女人哭著、撕著、打著，露出白皙的乳房。「還我孩子命來，還我孩兒命來……」

猝然，那女人手上多了一把刀。

一把像彎月似的刀。

一彎眉月，卻急如電閃。

也快如閃電。

那女人一出手，蕭易人已抓住了她的手腕。

蕭易人出手如鐵，一抓就箍住她臂之七寸。

那女人吃了一驚，右手一鬆，彎刀跌落。

刀光又起。刀落在那女人左手裡。

她左手使刀比右手更快。

刀割蕭易人腰部。

蕭易人只得鬆手，退了半步，斷喝了一聲：

「中原彎月刀洗水清是妳什麼人!?」

那女人一臉凶狠，突然身退，退過一排騾馬，鐵星月與邱南顧已前後堵住了她，唐方嚷道：

「不必問了，她就是洗水清之師妹戚常戚。」

左丘超然臉色一沉：「『九天十地．十九人魔』之一的『暗殺人魔』戚常戚！」

他身形一動，便陡撲出。

——左丘超然有兩個師承，一是鷹爪王雷鋒，一是第一擒拿手項釋儒。

雷鋒厲辣，項釋儒淳厚。

項釋儒卻因宅心仁厚，故曾傷在戚常戚的暗算之下。

左丘超然敬慕他的師父，也恨絕了戚常戚。

他正要想找戚常戚報仇，一陣大風吹來，吹得他用前臂擋住眼睛，強風稍過時戚常戚已不見。

她就在騾馬間失了蹤。

這點蒼石的地板，無疑就像田鼠地下的甬道一般，錯綜複雜，而戚常戚就像地鼠一般，隨時可以不見影蹤。

蕭易人淡淡地道：「她的暗殺手段高明，技術卻不高明。」

鐵星月卻丈二金剛摸不著腦袋：「爲什麼？」

蕭易人冷冷地道：「一個母親失去了孩子，沒有理由不找孩子，先找人拚命，而且她還口口聲聲說孩子已送命，不像做娘的人。」

歐陽珊一莞爾：「那一定是因爲她未曾做過母親，不知道爲人母者的心情。」

鐵星月卻甚爲佩服蕭易人：「要是我，就覺察不出來。」

邱南顧冷冷調侃：「要是你，你只好死了。」

鐵星月反吼了一句：「你也不見得看得出來呀。」

邱南顧冷笑：「總比你眼睛往人家胸脯瞧的好！」

鐵星月一把扯住邱南顧：「你說！你說！你這七年八年臉上長不出一條汗毛的東西，我打死你！我打死你！」

邱南顧「哼嘿」反譏：「要打麼？你夠我打？打就打，怕你呀!?」

兩人相彆了起來，沒有人勸得住這兩個火爆脾氣。

——要是蕭秋水在就好了。

鐵星月、邱南顧都服蕭秋水，——他一定勸得住。

唐方想；唐方有淚。

有淚不輕流。

蕭易人忽道：「解開騾車，我們騎騾到怒山。」

解開騾子，騾子一共有十五頭。

蕭易人翻身就要上去坐，忽聽一聲斷喝：「坐不得！」一人霎時掠到，一出手，閃電般搭向蕭易人肩上。

蕭易人一沉肩，反手搭住那人的手。

來人一副笑嘻嘻，無所謂的樣子，原來是一名普普通通的乞丐。

不普通的是這乞丐腰間卻繫有七個破布袋。

蕭易人當然知道，在權力幫未崛起武林以前，當以丐幫為天下第一大幫，就算權力幫冒起之後，丐幫依然是白道中最人多勢眾的一個幫會。

而丐幫的弟子，腰繫一口袋的，已屬內圍子弟，腰繫六、七個口袋的，在丐幫身份已甚高，當今掌門，十袋高手，而長老有兩位，都是九袋的。

蕭易人即刻拱手：「丐幫？」

那乞丐即打拱道：「蕭大俠好。」

蕭易人問道：「未知閣下有何見教？」

乞丐正色道：「這騾兒坐不得。」

蕭易人奇道：「為什麼？」

乞丐道：「剛才『暗殺人魔』戚常戚匿於騾馬之間，已各在鞍上置下毒刺，」那乞丐用手小心翼翼一鉗，置於掌中，在陽光下一攤掌心，果有一根細如牛毛的藍汪汪小針，乞丐道：

「如果你剛才坐下去，恐怕再也站不起來了。」

蕭易人笑道：「那倒要感謝你救命之恩了。」

乞丐用手去拍蕭易人的肩膀，笑道：「四海之內皆兄弟也。何況見義勇為，是武林中該有的行止，尤其是浣花劍派亦是同道中人。」

蕭易人笑笑，忽然臉色倏變，大叫一聲，倒了下去。

左丘超然一個箭步，刁住那乞丐的手，用力一扳，只見那乞丐手心有一枝比那藍汪汪的小針更細微的，青碧碧的小刺。

左丘超然目眥欲裂，怒問：「你是誰？」

那人雙手一交一剪，手已抽了回來，退了三步，擺出了架勢，冷笑道：

「我叫梁消暑，外號人稱『佛口神魔』。」

日正當中。

蒼山塔，十六層，老人和少女還在。

老人忽然問道：「不知蕭家老大闖不闖得過戚常戚、梁消暑那一關？」

少女抿嘴笑道：「要是幫主所注意的浣花劍派最具實力的蕭易人和最有潛力的蕭秋水，以及一百三十四名效死的人，尙過不了梁、戚這關，那是幫主高估他們了。」

少女又嬌笑道：「你幾時見過幫主看錯人的？」

老人也莞爾：「幫主要是看錯，也不必如此勞師動眾佈署了，不過柳五公子還是要戚、梁二位試試。」

少女仍是吃吃地笑：「正好像我們一樣，要是讓他們過了這關，還算是權力幫『八大天王』的人嗎？」

老人呵呵笑：「『蛇王』豈有浪得虛名？」

一說完，突然弓弩之聲不絕。

七八十支箭矢，帶極強的勁道，飛射老人和少女。

可是老人和少女突然不見了。

然後塔下周圍不斷慘叫聲傳來。

慘叫聲到了一半便被切斷，二三十名大漢自草叢衝出到半路便倒下，第二度箭簇方才搭上便倒地。

這些大漢死的時候都是全無傷痕，眉心一點紅。如果仔細檢查，還可以發現在身體極不受人注意的地方，有兩道淡淡的齒印。

然後老人和少女又悠然出現在石塔上。

少女向下望望，下面已沒有一個活人。

「點蒼餘孽？」

「二十四人。」

「我殺十三個。」

「我殺十一個，但佟震北在內。」

「佟震北是誰？」

「林倉夫之師叔。」

少女嬌笑道：「那我沒話說。」

老人也笑道：「我們也可以再比一次，等蕭家的人來的時候。」

少女笑了：「只要浣花的人還能夠來。」

唐猛怒喝一聲，就要出手。

梁消暑怪笑一聲：「你別動手，你一動手，我即刻走。」他用手指一指地上，笑道：

「只要我用腳一跺，遁地就走，像戚常戚一樣，你們奈不了我何。」

鐵星月明明要衝過去，此刻只好也凍住。

只聽卡察一聲，長廊另一處冒出了一個頭來。

一個女人的頭。

戚常戚。

戚常戚道：「我們在下關截殺你們有兩批人馬，第一批敗了，我們還有第二批。」

梁消暑冷笑，雙掌一閤：「我們還是可以再拚拚。」

只要他這雙掌一闔，立即就會發出清脆的一聲響。

這輕微的一聲掌聲響起，四周、牆頭、屋宇、地下，都會冒出上百名權力幫高手來，跟浣花劍派的精銳再一決生死。

蕭易人已死，蛇無頭不能行，所以戚常戚、梁消暑很有信心。

可是梁消暑雙掌未合，本來已死的蕭易人卻似箭矢般彈起，一出手就封了梁消暑八處穴道。

蕭易人武功高，出手快，而且出人意料，又距離近，梁消暑自然來不及躲閃。

戚常戚一見風頭不對，立時鑽下洞去。

「篤、篤、篤、篤」，唐朋的暗器，打在地上。

板已關起，戚常戚已不見。

馬竟終突然撲出，一皺眉，選定一處，一拳猛打落。

「砰！」木板飛碎，一聲慘叫。

邱南顧三扒兩撥，掃清碎木，地下有個長狹而複雜的甬道。

甬道沒有人，卻有一灘血。

馬竟終外號「落地生根」，曾一拳擊斃綽號「暗椿三十六路」的「千手人魔」屠滾，遁地而逃的人遇著了他，正好像遇到了閻王爺。

蕭易人忽道：「不必追了。」

歐陽珊一也道：「我們已擒住梁消暑，教訓了戚常戚……」

——而且，權力幫那佈伏在此的第二批兵馬，也不能發動了。

主帥給擒的擒，逃的逃，傷的傷，那些伏兵也就只能「伏」著，而不能出「兵」了。

蕭易人對著瞠目怒視的梁消暑道：「你想知道我爲什麼中了你的『佛手牛毛刺』而不死？」

梁消暑已不能說話，不過也確想這樣問。

蕭易人忽然撕下一角衣服，裡面露出一截金燦的鐵片：「你聽說過浣花蕭家有三寶罷？」

梁消暑想點頭，但連頭都不能點，蕭易人的點穴法力勁入筋錯骨，梁消暑實在沒有辦法作任何表示。

蕭家三寶他是知道的：

——供奉在蕭家祠牌上的古劍。

——刀槍不入的「金甲鐵衣」。

——可使活人陷入假死狀態的三顆「逍遙丸」。

蕭易人身上穿著的就是「金甲鐵衣」。

——可是蕭易人怎有把握梁消暑會用「佛手牛毛刺」戳他的肩、胸，而不是刺他其他的部位，如：頭、手或腿呢？

蕭易人的話解答了他的疑問：「因爲我僅讓你刺到我的甲衣上。」

——我若不讓你刺，你就根本刺不到。

可是梁消暑不服，也不明白。

——蕭易人何以得知梁消暑要暗算他？

蕭易人的話又解答了梁消暑的難題：

「因爲丐幫的規矩五袋以上的弟子不能乞討，你裝扮成乞丐，爲了酷似，又哀又求又乞又討，所以了。」

蕭易人目光如刀：「馬鞍上的毒針，本就在你指縫間的，戚常戚身敗而逃，根本沒有餘裕布下毒物，你充作好人，必有所圖，我早就防你。」

梁消暑沒有話說，就算他穴道不被封住，他也說不出話來。

面對到蕭易人這種敵人，有時候真是會一句話也說不出來。

邱南顧、鐵星月、左丘超然等對蕭易人更加佩服，簡直佩服到五體投地。

老人悠然道：「他們要到四川，必定會繞過這裡，這裡就是他們命喪之處。」

少女道：「幫主的佈署呢？那人來了沒有？」

老人道：「幫主派來的人，一定會在他該來的時候來到的。」

少女忽然變了臉色，「今天是什麼日子？」

老人道：「六月初六。」

少女疾道：「我們預算他們什麼日子到此？」
老人道：「最快六月八，就算是神兵，也得在六月七。」
少女道：「可是他們今天已經來了。」
老人沉聲，緩緩地說：「是的，現在已經來了。」
少女的聲音也凝肅了起來：「不單是來了，而且已經在塔下了。」

點蒼派的人遇難了。
浣花劍派的人本就要經過石塔，一聽到這個傳言，蕭易人就立刻下令。
「到石塔去！」
權力幫在那裡等他，他就要先在那裡搗毀權力幫！
與其受到追殺，不如趁軍氣如虹時，先挫敵人雄兵！
所以蕭易人一行人來到了點蒼山腳下。
石塔前。

敵手是誰？
蕭易人不知道。
他只覺這敵人不好惹，可能是他這一次出征以來首遇的勁敵。
點蒼派的林傖夫、金維多、佟震北本就不好對付，也不好惹，可是他們都死了。

死在一個在塔裡的人之手裡。

塔裡的人是誰？

時已黃昏。

北雁向南飛。

已夕暮。

塔尖高聳，塔底有兩頭泥牛吃草。

塔影歪斜，有個女人的身影。

塔裡的是女人？

蕭易人再定睛望時，才發現有些錯誤：

是小女孩子，不是女人。

蕭易人有點爲自己過份緊張而靦然。

那小姑娘自塔裡探出頭來問：

「來的是不是名震江湖蕭易人蕭大俠，還有武林泰斗浣花劍派門下的英雄好漢？」

蕭易人沉聲道：「我是蕭易人。」

少女驚呼了一聲：「原來是你。」聲音欣喜無限：

「你等等，我立刻就來。」

只聽塔內階梯一陣亂響，顯然是少女要在塔上快步走下來。

鐵星月奇道：「她是誰？」

蕭易人搖搖頭：「不知道。」

他們才不過對了這麼一句話，總共六個字，小姑娘已經笑盈盈地走出來了，自十六層高的塔頂到了底層，而且已經盈盈地走出來了。

連氣也不喘，連髮也不亂。

少女笑問道：「我輕功是不是很好？」

蕭易人冷著臉：「妳是誰？」

少女凝睇了蕭易人一陣，嬌笑道：「你要知道我是誰？」

蕭易人仍然沉著臉：「妳是誰？」

少女欣笑道：「好，我告訴你……」

就在這剎那間，蕭易人突然感到一種從未有過的悚意，就在這時，少女輕盈的袖子一閃，一樣東西「颼」地飄了出來，還未看清，那東西又颼地收了回去，袖子還是袖子，少女還是少女，好像什麼事情都未發生過一樣。

蕭易人卻已在毛骨悚然的一瞬間，飛出十七八外，凌空三個翻身，落地時已全神戒備，鐵著臉，沉聲道：

「妳是蛇王？」

少女的臉色也似變了變，隨而嬌笑道：「蕭易人果是蕭易人，能避開我『靈蛇一擊』的人，確實太少了。」

眾人不禁退了數步，萬未料到這麼一個嬌滴滴的小姑娘，竟是名震天下，毒手無情的「蛇王」。

這時塔內又走出一位老人，面目慈祥的老人。

唐猛突然如旱雷震天，怒喝一聲：「他又是誰!?」

少女返頭，見唐猛如此威烈，也似喫了一驚：「你又是誰？」

唐猛怒道：「我是唐猛，唐門唐猛！」

少女冷笑道：「原來是蜀中唐門的高手！」

唐猛聲若暴雷：「妳想怎樣!?」

少女道：「據悉唐門暗器，天下無敵，不知夠不夠得上我的靈蛇快毒。」

唐猛喝道：「妳的蛇在哪裡!?」

少女笑著指一指袖子：「就在袖裡。」

唐猛瞪目道：「蛇王的蛇只有一條！」

少女冷笑道：「真正蛇中之王，只有一條。」

唐猛震天喝道：「那我就專殺那一條！」

唐猛驟然動手，一頭水牛就飛了過去！

牛本在塔邊吃草，唐猛一提，就把牠舉起，扔了過去！

唐猛雖猛，但並不笨，他不敢輕敵名震天下的「蛇王」。

所以他一上來就用極龐大的「暗器」，吃定了少女嬌弱的缺點。

少女的確沒有見過如此「鉅型」的暗器。

她確是花容失色，但她在花容失色的當兒，已間不容髮地閃了過去，已到了唐猛面前。

她一到了唐猛面前，袖子便一揚，「嗖」地一聲，一物閃電般飆不退反進了出來。

唐猛怒喝一聲，一手抓住。

他的大手，就不偏不倚扣在蛇七寸之上。

唐門本就是發暗器高手，會發暗器的人當然會收暗器，唐猛就把靈蛇當暗器來抓。

唐猛抓中蛇之七寸，但這條細小如線，其身如墨的蛇，卻閃電般咬中了唐猛的拳頭。

唐猛大喝，用力一楂，靈蛇雖細，居然還圖掙扎。

唐猛的另一隻手也閃電般伸了出去，全力一扯，蛇身頓成數段。

少女臉色變了：靈蛇的毒，居然傷不了唐猛。

她不知道唐猛帶有冰蠶繭製的手套，唐門的暗器，也有些含有劇毒的，唐猛為人雖然粗心，但還是隨時戴上了手套。

——唐家的毒，連唐門子弟也沾不得的。

但就在此時，唐猛雙目暴曝，嘴巴打開，悶吼半聲，全身骨骼格格作響，終於仰天倒下。

倒下時臉已全黑。眾人這才發現，他背後的那老人衣袖「嗖」地一聲，一件怪物迅快地收了回去。

唐朋飛起，把住唐猛。

唐猛已死，後頸有兩道淡紅的尖齒之印。

唐方踏前，迸淚喝道：「他是誰!?」

少女卻嬌笑道：「姊姊妳好美！」

蕭易人怕唐方會遭毒手，也飛踏向前，喝問：「他又是誰!?」

老人喋喋笑道：「告訴他我是誰？」

少女笑道：「他是『蛇王』！」

蕭易人雙眉一揚：「他又是『蛇王』!?」

老人居然仍一臉慈祥說：「蛇王本就有兩條。」

少女接著說：「蛇王本就夠『蛇』，唐猛聽信蛇王的活，就是給蛇王『蛇』了。我說蛇王只有一條，他就信了，一心只對付我，死了也是活該。」

唐方恨聲道：「那你們死了也是活該。」

正要動手，少女忽然提出一根竹蕭，吹了三下，又吹了三下。

然後到處都有爬動之聲，那聲音就像有一百條毒蛇潛行過來，而且是四面八方湧過來的聲音，令人不寒而慄。

眾人回首，真的是有蛇，而且不止是百條，簡直有近萬條，其中大部分的蛇滑行時連聲音也沒有。

無聲無息的蛇最毒。

這些蛇有花的、綠的、像海螺紋身的、令人噁心的、欲嘔吐的、粗巨如碗的、也有身細如指的……在樹梢上吊著來、在草叢中溜行著來、在枝葉間蕩搭著來……

歐陽珊一也不是沒有見過大陣仗的女子，但她已忍不住要吐。

蕭易人皺眉，但他說了一句話：

「去！」

動的只有九十個人。

九十個人在外圍成一個大圈，蕭易人和蛇王等就在圈內。

然後這九十名浣花劍派的弟子就動手，哪一條蛇越近這條封鎖線的，他們就砍殺下去。

因爲大家都一心不亂，他們就可以集中心神對付，因爲可以集中精神殺蛇，所以一條蛇都越不過來。

這千萬條蛇絕不如老人和少女適才袖中那一條蛇的靈便與迅速，浣花劍派的好漢們還是可以應付得來。

少女的臉色開始有些變了：她袖子中的蛇已被唐猛所毀，而其餘的蛇又過不來。

蕭易人踏前一步，少女退後了一步，老人卻迎著踏前一步。

蕭易人沒有動手，他冷冷地說了兩個字：

「十年。」

十年生死兩茫茫。

不思量，自難忘。

千裡孤墳，無處話淒涼。

十年出動了。

他們十個人，圍住了老人和少女，如他們在滇池江畔圍住了烈火神君蔡泣神一般。

老人和少女臉色再也不那末鎮定，他們發動了攻擊，可是令他們震訝的是，這十人是一體的，你攻一人，其餘九人就會把你分屍掉。

無論用什麼辦法，都不能把他們分開。

只要不能逐個擊敗，這十人加起來的力量，是堅不可破的。

這就是訓練了「十年」的結果。

老人和少女喘息已漸聞於耳。

他們不但要應付這十人奇異的兵器，還得提防唐朋、唐方的暗器，而且就算他們闖出重圍去，蕭易人、鐵星月、邱南顧、左丘超然、歐陽珊一、馬竟終等人也不會放過他們的。

塔影深沉，老人和少女在塔影下，心情沉若塔影。

蕭易人心情也沉重：

他知道「十年」縱殺了這一對「蛇王」，也勢必要付出代價。

蕭易人是勇於付出代價的，可是「十年」他卻付不起。

「十年」是他的精兵，而且也是蕭秋水留下來的一支雄兵，犧牲了「十年」，他就沒有了日後稱雄武林最雄厚的一筆本錢。

但到必要時，蕭易人還是會作出犧牲。

他親眼目睹唐猛的死，能殺掉「蛇王」，再大的犧牲也是值得的。

可是「十年」還是不能散，只要死了一個人，「十年」便有了缺口……

就在這時，忽聽一個如烈火焚燒的聲音喝道：

「住手，讓老夫來對付他們！」

十五　十年生死兩茫茫

來的人並不怎麼「老」，是穿火紅袈裟的光頭，一身如火，大步踏來。

蕭易人回頭的時候，只見他在圈外，地上的蛇，靠近他的都燒了起來，在地上掙扎，彈起又跳落。

蕭易人大喜過望，一揮手，浣花子弟就讓出一條路來，這人跨出一步，一步，就到了蕭易人面前來。

這人不是誰，正是蕭易人在大觀樓認識的烈火神君蔡泣神。

蔡泣神一揮手，道：

「蛇王，我們已包圍你了。」

老人冷笑，少女怒道：「朱大天王的走狗，你想怎樣？」

烈火神君沒有答她的話，卻轉頭對蕭易人道：「這對蛇王交給我，你們繼續走，不要耽誤。」

朱大天王的人和權力幫原本就是死敵。

烈火神君對蛇王，自是最好不過。

蕭易人打從心底裡也希望「十年」不必犧牲，而能假手他人，除掉勁敵。

蕭易人點點頭，「十年」讓出一個缺口。

老人目光收縮，少女雙眸怨毒。

烈火神君的衣飾又似焚燒起來，一步一步走前去。

老人道：「你來送死，最好不過。」

烈火神君道：「你準備死好了。」

少女道：「你現在就死吧。」

一說完，三人一齊出手。

烈火神君雙掌爆出兩團烈火，「彩衣」和「美墳」兩人，就成了火團，慘嚎之聲不絕於耳。

老人袖裡「嘯」地一聲，「燕君」就慘叫倒下去。

少女十指尖尖，已箍住「白雲」的咽喉，然後「白雲」的臉色就變了，變成青綠色。

少女指尖之毒，竟比毒蛇還毒。

「十年」一下子死了四個人。

其他的人發覺時，四個人已經氣絕。

烈火神君這時說了一句話。

話是對蕭易人說的。

「你的『十年』已被我破了。」

蕭易人臉色就像一塊鐵，人也鎮靜得似一塊鐵，目光卻是悲憤的：

「你不是烈火神君？」

那火團一般的人咧嘴笑道：

「我不是蔡泣神。」

少女笑道：「蛇王本來就夠『蛇』，饒你聰明似鬼精，還是讓蛇王給耍了。」

老人也慈藹地道：「其實我們跟你們的戰爭，早在滇池邊已經打了。」

那「火團」道：

「我那一仗是爲了讓你信任我就是『烈火神君』，朱大天王的人，你才會不防於我，才會讓我毀了你『十年大陣』。」

蕭易人咬牙切齒，一個字一個字地道：

「你，究，竟，是，誰!?」

那「火團」笑道：

「別忘了權力幫也有個火中之王。」

蕭易人目光冷如刀鋒：

「你是『火王』祖金殿!?」

祖金殿大笑如火：

「正是在下。」

蕭易人沒有話說。

他只覺得被騙者的恥辱，失敗者的侮辱。

祖金殿又笑道：「你們蕭家的人，都是角色，連蕭秋水這樣粗淺的武功，居然還在丹霞山逃得出我們的追殺，了不起！」

老人呵呵笑道：「可惜今日你卻走投無路。」

少女嬌笑道：「我們的人已封殺住你的退路。」

蕭易人在憤怒，他不斷告誡自己，要冷靜，要小心，對付這些毒如蛇蠍的人，一旦大意，一旦失去理智，就死無葬身之地。

祖金殿與蕭易人的對話，對唐方來說，卻無異如同一聲春雷乍響。

——蕭秋水去過丹霞!?

——蕭秋水鬥過「火王」!?

——蕭秋水沒有死!?

唐方知道蕭秋水在認識她之前，絕未去過丹霞，遇過火王，祖金殿這麼說，難道、難道：

——蕭秋水沒有死!?

唐方這樣想，正要問，然而那邊已經動手起來。

沒有動手之前，蕭易人還問了一句話：

「長江四棍爲何跟著你？」

因爲蕭易人認識「長江四棍」，所以才會誤信祖金殿是蔡泣神。

他被騙得實在不服氣，所以他也就忽略了蕭秋水的訊息。

「長江四棍在高要時早已被『劍王』殺了一人，所餘三人已交了給我，都已爲我所制，不得不跟在我身邊，也作聲不得，現在你都明白了沒有？」

蕭易人自牙縫中迸出了三個字：

「明白了。」

祖金殿全身又似焚燒了起來：

「那你可以死了。」

江湖上浣花劍派因這一役而覆沒。

武林中浣花劍派因此一戰而名震天下。

蕭秋水只覺腦門熱，身體涼颼颼的，才知道他繼續往懸崖落下去。

懸崖如此深邃，這次跌下去，焉有命在？

他感覺到腰間還貼伏著一個人……就在此時，「噗」地背部著了地。

既已落地，他理應腰背斷裂，粉身碎骨才對，但是蕭秋水背部沒有折傷，反而覺得很舒服。

但是再下來就很不舒服了。

宋明珠跟著也墮下來，「篷」地撞在蕭秋水的肚子裡。

饒是宋明珠如此嬌小，蕭秋水背部所壓直如厚毯，但這一撞，力道也非同小可。

蕭秋水痛得張大了口，眼淚也迸出來了。

「陽極先丹」的藥力，仍是至大至剛的，蕭秋水張大了口，腦裡卻昏昏沌沌的，鼻子裡吸得一股幽幽的香氣。

蕭秋水待痛稍過去，一闔口時，卻咬在一團軟軟的事物上，那東西還在蠕動著，但蕭秋水的強烈衝動，卻因這一口鮮汁的滲入齒間而登時好過許多。

蕭秋水功力還不及當年邵流淚被燕狂徒迫服「陽極先丹」，邵流淚昔年喫後尚如此痛苦，蕭秋水更加苦不堪言，他意志力大，克制力強，但也按抑不住，而今一種清液滲入口中，他迷迷糊糊，不管一切地吮吸起來。

他迷亂中開始覺得有些平息：雖然他不知道自己人在哪裡，也不知道自己在做些什麼。

十年生死兩茫茫。

唐方衝出來的時候，天黑如墨，她心裡正有這種感覺。

只有她一個人衝出來？

——她不知道。

她只知道祖金殿一說完那句話後，就喊殺震天。

至少有三百個以上的權力幫眾衝過來，那時她只有一個意念，這意念使她在血雨腥風中拚出了重圍：

——蕭秋水可能還未死、蕭秋水可能還在人世！

她想殺到火王面前問他，怎麼見到蕭秋水，可是她殺不到他身前，卻殺出了重圍。

——秋水，秋水，你在哪裡？

——我在這裡。

蕭秋水終於醒了。

也不知過了多久，他終於甦醒了。

醒來他才發現那一股衝動還在，不過已暫時潛蟄在小腹間，至少可以抑壓下來。

然後他終於知道自己在哪裡了，也明白了爲何自己摔不死，更清楚自己爲何壓制得住「陽極先丹」的藥力了。

他知道了心裡還是在發毛。

原來他臥在一堆草一般的蟲上。

這些蠕動著的蟲足足堆有七八層厚。

這些蟲如青苔般綠色，長得真如草一般，要不是會動，蕭秋水還不知道自己人在蟲中。

這些蟲都黏在這一塊小小的台地上，他剛才吸食的正是這些小蟲的液體。

這些小蟲的液體卻壓制住了他體內的衝動，這些小蟲豈非就是那邵流淚特來丹霞苦尋未獲的「操蟲」麼？

蕭秋水精神大振，忽聽有人「噗嗤」一笑：

「你傻楞楞作什麼？」

說話的人是宋明珠，她仍白皙如雪，朱唇更紅，但臉頰上的兩道嫣紅已然隱去。

蕭秋水呆呆道：「妳不是……」

宋明珠臉紅了紅，以齒咬了咬唇嘴，唇片呈現令人心動的白：

「操蟲堆裡長有一株『鐵心蘭』，我採它花心喫了；操蟲是至涼至陰的，鐵心蘭花卻是至烈至剛的，我功力比你好，捽下來沒暈倒，就擷來嚼食，鎮住了『陰極先丹』的藥力。」

蕭秋水「哦」了一聲，終於明白。

宋明珠咬了咬口唇又道：「你還發什麼呆！我看你人很好，那種時候也不會做出……我……我很感激你……」

蕭秋水一時也不知如何說是好，宋明珠也有些不好意思起來，跺足嘟腮道：

「你還不快多吸吮操蟲之汁，不然那藥力剋不住又發作，那就……那就不好了。」

蕭秋水如大夢初醒，忙道：「哦，哦……」隨手抓起幾條粗肥、透明、而不算太核突的操蟲，閉著眼睛一口咬下去……

唐朋一開始就決定要走。

不過他在走的時候，有幾件事要做。

他想抱走唐猛的屍身，也想把唐方同時救走。

可是他立時發現絕望了。

唐猛碩大的屍身已布滿了毒蛇，唐方已不見了。

唐朋立時決定走，而且立即決定如何走。

他往毒蛇最多的地方走去。

蛇多的地方連權力幫的人也不敢去。

「蛇王」之毒，連「火王」也不敢輕惹的。

但唐朋卻知道，他寧可惹毒蛇也不去與權力幫的人拚命。

在群蛇之中，反而變得最安全，而老人和少女不知跟什麼人纏住了，也分不出人手來對付他。

他的暗器不斷地發出去，終於殺出一條「蛇路」。

唐朋親歷過不少大風大浪，但點蒼山之役的慘烈，仍是唐朋畢生僅見。

這對唐朋來說，簡直如一場惡夢，他沒有見過比權力幫更毒辣殘酷的對手，也沒有見過比浣花子弟更勇敢無懼的漢子，更沒有見過比這慘厲的一戰。

連膽色過人如唐朋者，一開始居然也只有：逃！

逃！

這是唐朋的奇恥大辱，所以唐朋又回來了。

在天色微明的時候，他再回到點蒼石塔。

這一戰之慘，連唐朋也不願再說起，也不忍再目睹，但在屍體堆積如山的石塔前，他居然見到一個人。

唐方！

唐朋的心幾乎跳出了口腔。

唐方、唐方、唐方……

——唐方未死！

唐門清規極嚴，而唐方與唐朋只是表姊弟，唐朋一直都很喜歡這美麗、清秀而冰雪聰明的表姐。

他回來，其實心裡最主要的是爲了唐方。

唐方真的未死。

他真想歡呼大叫起來。

他看到唐方的同時，唐方也看見了他。

兩人的手同時都按到在鏢囊上，但都立即認出了對方；唐家的人總需要用暗器來辨識的！

兩人都欣喜無盡，唐方奔前，攬住唐朋的手臂，唐朋也興奮到說不出話來，然後唐方就說出一句話來，這話帶著微微的興奮說的，是唐方唐朋表姐弟劫後重逢的首句話：

「蕭秋水可能還未死，他還活著……」

唐朋的心冷了下去，笑容僵在唇邊。

蕭秋水也不知吃了幾條小蟲，宋明珠又笑了起來：

「你也不能光吃蟲呀，要是已壓制了下去……就可以停喫了……」

說到這裡，宋明珠也不禁臉紅了紅。

宋明珠自小浪盪江湖，什麼陣仗都見過，卻不曾對一個男子如此怦然心動過。

「已壓制下去……」壓抑些什麼？

宋明珠想到這裡，臉頰有些微兒發燒起來。

她雖大方俐落，但自從獻身給柳隨風後，卻從來沒有對別的男孩動過心，而今……莫非爲了今天的事：蕭秋水居然沒有趁人之危……

蕭秋水那邊也停止再吮吸操蟲的液汁，提氣一試，果覺體內那一股熱氣已不存在，蕭秋水吸食蟲液，早覺嫌惡，而今慌忙坐起。

這一下挺身而起，用力太大，居然躍起一丈多高，蕭秋水眼看就要翻落山崖，此事非同小可，忙提氣凝身，又飄然落了下來，身法控制之自如穩定，連蕭秋水自己都吃了一大驚：

怎麼自己的功力竟進步三倍有餘!?

他又隨即明白，這都是拜賜一枚「陽極先丹」之力，服食操蟲之後，已將先丹內力，盡爲所用，注入丹田、轉入百穴，使蕭秋水足足增進了武林中人夢寐以求的一甲子功力！

蕭秋水一時又驚又喜，宋明珠忍不住「噗嗤」笑道：

「傻子，你想點辦法呀？」

蕭秋水奇道：「想什麼辦法？」

宋明珠忍俊指指天空，又指指懸崖，笑道：「現在我們是上不著天，下不著地，只是山崖的中間一塊小小的拗地上不上下不下，你總要想個辦法上去，或想個法子下去呀。」

蕭秋水這才想起，抬頭一望，只見盡是懸崖峭壁，高聳入雲，岩石尖巨，滑不留手，下望則仍是雲霧茫茫，深不見底。

蕭秋水這才明白邵流淚爲何人到丹霞，而依然找不到操蟲，若不是向這山崖一躍，是絕不會落在此地，若不到此地，亦得不到「操蟲」和「鐵心蘭」，這真是一個奇遇啊。

但奇遇歸奇遇，在這滑不留手的大峭壁中，既上不去，也下不來，老死在這裡，再好的功力也是沒有用的。

鐵星月和邱南顧居然沒有死。

不過他們是從死人堆裡爬出來的。

爬出來的時候，滿天星斗，兩人見著對方，都以爲是一個死人。

後來知道未死，又發現對方是一個血人。

其實並沒有那麼嚴重，兩人身上的血，大部分是別人的血，濺到他們的身上、臉上、衣上、手上。

也有小部分是自己的血：鐵星月鼻子被打扁了，眼睛給打腫了，嘴巴卻給捶得像大白鯊，牙齒都齜了出來。

邱南顧也不好過，門牙少了兩顆，眼睛被打得一圈又一圈，筋骨斷了一根，屁股都燒焦了。

燒焦他屁股的是「火王」祖金殿。

要不是他立刻殺人，用敵人的鮮血來淋熄他臀部的火，他早都被燒死了。

他們倆都想不到對方還活著，更想不到自己也還活著，所以見到對方時，都嚇了一跳。

然後兩人彼此指著對方抱腹狂笑起來，高興到連痛楚也忘記了，興奮到手足舞蹈：

「老鐵，你還沒死呀!?」

「媽的兔崽子，你還想咒死我啊！」

兩人興興奮奮地拍著對方的肩膀，又握著對方的手，直到彼此都痛不可忍，才鬆開了手，靜了半晌，又急切地問起來：

「有沒有看見左丘？」

「沒有！馬生根呢？」

「也沒有，他老婆……」

「唐方呢？」

「……」

「我們對不起……」

「對不起老大……」

然後月亮昇起，月眉兒彎彎，然而鐵星月、邱南顧都垂下了頭，緘默，沒有說話。

良久，鐵星月抬頭，眸子在黑夜中發亮：

「不管如何，我們還是要去浣花溪……縱然螳臂，也要擋車！」

邱南顧也毅然道：

「老大不在，我們更捨命也要去一趟。」

天色又黯下來了，一彎眉月，高高掛天上，顯現出蒼穹之高遠。

蕭秋水和宋明珠卻在山拗的所在。

這上不接天、下不著地的地方，蕭、宋等武功再好，也攀登不上去。

宋明珠說話了，在天色微明間，蕭秋水抬頭，只覺煙霧瀰漫，這山間的露氣很濃，宋明珠明如秋水的雙眸望定著他，悠悠道：

「你是浣花劍派的人？」

她發現自己對這個既熟悉又陌生的男孩子，有許多的不了解。

「我是。」

宋明珠抿嘴笑笑：「蕭易人跟你怎樣稱呼？」

蕭秋水道：「他是我哥哥。」

宋明珠「哦」了一聲，不禁又「嘻」地一笑：

「你哥哥在武林中很有名氣，卻不料他弟弟竟那麼傻獃，人生短短數十荏苒，得歡樂時且歡樂，又何必太腐迂！」

蕭秋水臉紅了一紅，忽然想到唐方，長吸一口氣，又想起生死不知的家人和兄弟，心頭不禁凝重起來。

宋明珠也發覺了蕭秋水臉上的異色，道：「怎麼了？」

蕭秋水忽然沉聲道：「宋姑娘。」

宋明珠雙眸如夢：「嗯？」

蕭秋水輕咳了一聲：「我是浣花蕭家的人，而浣花劍派之所以有今天的急難，全係貴幫一手所賜……」

蕭秋水說到這裡，字字如劍鋒：

「何況妳殺勞九且傷吳財，他們都是我的好朋友，……今天的事，在下是很對妳不起，但到底沒有毀了姑娘的名節……此後的事，咱們恩怨兩分，姑娘若殺得了在下，儘殺無妨，我也沒有怨懟可言……」

宋明珠聽得臉色漸沉，霧氣漸漸擴張，瀰漫了天地，蕭秋水也看不清楚她：

「憑你的武功，也敢對我這樣說話。我要殺你，易如反掌……」

隔了一會，只聽宋明珠悠悠地說：

「這十餘年來，除了你，沒有第二個人敢對我這樣說話……」

宋明珠是懼敬柳五的，但柳隨風卻從來不會跟女孩子冷言冷色過，要是必須，他寧願殺了那女孩子，而不改變他的溫柔瀟灑。

至於李沉舟，是宋明珠的「幫主」，如父如兄，亦不似現刻她對蕭秋水生起的那種感覺。

宋明珠本來在霧色中已緩緩自髮髻取出了金釵，……終於又慢慢把金釵插入了烏髮裡去。

她不殺蕭秋水，自己也不知為了什麼。

她還忽然講了一句連自己也意想不到的話：

「要是柳五公子看見你和我共處在這裡，你這一生休想有好活的了。」

柳隨風心狠手辣，名瀰武林，知道權力幫的，無不知道權力幫中有這一號辣手人物，既是智囊，也是殺手，更是總管人材。江湖上沒有人不怕他的。

蕭秋水卻回了一句連宋明珠都不敢說的話：

「我要有一天叫柳五知道，這縱然是個事實，但他只好認了！」

宋明珠臉色刹白，竟有三分酷似唐方憤怒時的樣子：「誰說的!?」

蕭秋水定定地說：

「我，蕭秋水說的。」

一刹那，蕭秋水又回到了烏江殺敵的雄風與氣概，宋明珠揉揉眼睛，才不過一瞬間，蕭秋水臉色發出一種正氣之光，竟如霧氣氤氳一般，跟適才那呆獃的形象，竟完全不同了起來。

宋明珠彷彿也認不得這個人起來了。

就在這時，「簌」地一響，一條長索垂了下來。

這個時候，這個地方，居然還有人放下長索，難道是天放下來的？

蕭、宋抬頭望去，只見長索垂盪，高不見頂，真的好似係天庭上吊下來的。

十六　唐肥與林公子

從牛街、劍湖入川，可逕由白水、勝景關直入，無需經過界頭、騰衝，若一定要經過，就得經過怒山、怒江。

鐵星月、邱南顧卻經過怒山、怒江，再從錦綿山到普洱渡入川，那是因爲他們不懂得路，所以繞了遠道。

繞遠道也有一個好處，鐵、邱兩人一路上平安無事，也是因爲權力幫意想不到他們會走這條路。

這條路就不是入川營救的捷徑，反而恰巧是「蛇王」等往「火王」西康集合的瀾滄江路向同道。

「火王」祖金殿原紮據於西康。

這時鐵星月和邱南顧到了怒山怒江。

有一首歌，分男女對唱，叫做「怒山怒江」：

「怒山高高雪嶺寒，

怒江濤濤長河藍，

怒山哪、怒江哪，

山對山哪江對江……」

一些當地的傜家弟族，有男有女，萬花奔放，相對應唱，真是氣象恬好，又氣勢非完足，鐵星月、邱南顧看在眼裡，聽得心裡酸溜溜的。

想「神州結義」的兄弟們若果都在，即至少可以對唱一番，那該多好！

怒山、怒江不僅名字好，連氣勢也不得了，鐵星月、邱南顧終於折到了錦綿山下、雞足山一帶。

雞足山在貴州縣西北一百里，一嶺而三足，因而得名，而又以玉龍瀑布稱著。

雞足山山頂有迦葉石門洞天，俗傳乃佛弟子飲光迦葉，守佛衣以俟彌勒處。山間玉龍瀑布二百餘尺，似玉龍自天而降，氣勢浩壯。

雞足山有環境幽絕的祝聖寺和建於山巔的楞嚴塔。

鐵星月和邱南顧意圖越過雞足山，唯天色已晚，故借宿於祝聖寺。

祝聖寺附近，有人家住宿，多為樵夫獵戶，還有兩三家小食鋪，同時也賣酒菜，鐵、邱二人卻因囊空如洗，只好借住寺中，沒錢外出。

祝聖寺住宿處，全鋪台板，窗明几淨，門檽帘以拉轆開闔，紙窗透明，很有唐朝古風。

鐵星月癱在地上，卻一點古意都感覺不出來，只覺餓得要死。

餓死還好，偏偏就是餓不死。

鐵星月覺得難受極了，他拚命掏狠命挖，除了耳垢、鼻屎外，就是掏不出一個銅元來。

「媽呀！」鐵星月大叫了一聲，「我餓得好慘哇！」

「你少叫！」邱南顧皺著眉頭，一句就喝了回去！

鐵星月「虎」地跳起來，「你他媽的臭小子不餓是不是!?」

「不餓——」邱南顧漫聲道，「不餓都給你叫餓了——」一語未畢，隨即抱腹苦瓜臉地叫起來。

兩人又咿咿唉唉了老半天，邱南顧苦口苦臉道：「媽的，人家故事裡的大英雄、大俠士，有的是金子、銀子，還伴有名馬、美人，怎麼偏偏我們就如此命苦！我們看來也不狗熊哇，就是連一個銅板也沒有！」

鐵星月恨恨地說：「媽呀！這樣怎麼辦哪，沒料到好漢不是給人打死的，而是餓死的！」

邱南顧忽然跳起來：「嗨，我有妙計！」

鐵星月趨近道：「什麼奇計？」

邱南顧「噓」了一聲，悄聲道：「我們打劫去！」

鐵星月怪叫一聲：「打劫!!」

邱南顧慌忙一把按住鐵星月的大嘴，「噓」聲道：「你想死呀，這寺中的和尚見我們要借宿，又無香火錢，早就看得眼勾勾的，而今這麼大聲叫嚷，敢不成送我們到官府裡去，那就糟了！」

兩人本來天不怕、地不怕，而且膽大包天，連五品大官都揍過，而今因爲心術不正，一提起官府，連腳都軟了。

鐵星月貓著臉說：「不成，不成呀。」

邱南顧瞪目道：「什麼不成？」

鐵星月呱呱叫道：「不行呀！會死的呀！官府的板子好厲害的呀！一板打下去，哎唷……我以前小時候呀，隔壁那個陳壯風，就是因爲偷雞被打了瘸腿子啊……」

邱南顧想想也道：「萬一搞不好，送到京城去被那些什麼笑臉刑總抓起來，嚴刑峻罰，可不是玩的！」

兩人因心裡有鬼，畏怕官差，竟忘了自己也有一身武功，只嚇得個魂飛魄散。

「噯！」鐵星月忽然靈機一動：「等一下！」。

「又什麼來著！」邱南顧頭肚一起疼。

鐵星月笑得像一座大海：「嘀嘀，我想到了，像我們這種大仁大義大道大德的大俠，不可能去打劫，既然不可以去打搶，我們可以去——」

邱南顧瞇眼小聲道：「偷！」

「喝！」鐵星月一臉理直氣壯的樣子，「誰說去偷，我鐵星月堂堂潮州屁王，還用得著去偷咩！」

「那麼，」邱南顧在轉他的小腦筋，「去借！」

「借！」鐵星月雙目如銅鈴般大，「向誰借去！」

邱南顧摸摸未長鬍鬚的下頷：「問你小舅子。」

鐵星月怒罵：「去你媽的！狗嘴長不出象牙！」

「哈！」邱南顧倒好笑了，「你有種，你要得，那麼你狗嘴裡長出一根象牙來看看！」

鐵星月想了想，也黯然道：「要是我狗嘴裡真能長出一根象牙來，現在也不必那末窮了。」

邱南顧卻好奇起來了：「那你想到的是什麼鳥方法？」

「不鳥，不鳥，」鐵星月得意非凡地說，「我們不偷不搶，只是去——」

他笑得眼睛又細又小，跟河馬沒什麼兩樣，「我們去『劫富濟貧』！」

「劫，富，濟，貧!?」邱南顧聽不懂。

「對了，劫富濟貧！」鐵星月興高采烈，「把土豪劣紳的錢，全部拿過來，然後交給窮人，不就得了。」

鐵星月簡直說得口沫橫飛，噴得楞楞中的邱南顧一頭一臉是口水：

「許多傳奇故事中，大俠客都是劫富濟貧的英雄好漢，所以他們的錢都花不盡、美女看不厭。好馬騎不累、還有……飯也吃不完，嘻嘻……」

「劫富濟貧，」邱南顧也有些興趣了，「那麼，誰是『富』人呢？」

「這你都不懂！」鐵星月一副很「懂」的樣子，「我是老江湖了，要劫，就要刼爲『富』不仁的人。」

邱南顧東張西望：「那麼誰才是爲富不仁的人呢？」

「喔，這個……」鐵星月抓了老半天頭，忽然低聲趨近邱南顧耳邊道：「這裡的和尙，勢利眼，這寺又那麼大，一定是酒肉和尙，不是好人，我們劫他去。」

邱南顧也悄聲道：「那麼請問誰是『貧』的人呢？」

鐵星月「哈」地叫了一聲：「當然是咱們呀，咱們連飯都沒得吃，當然是窮人囉！」

邱南顧長長地「哦」了一聲，點點頭道：「這就叫做『劫富濟貧』呀？」

鐵星月簡直覺得自己是神仙下凡，絕頂聰明，「對了，傳奇中許多大英雄、大豪傑都是這樣子的！」

邱南顧倒光火了，「這叫『劫富濟貧』！哦！哈！嘿！拿了人家辛苦化緣的錢，以孝敬自己的肚皮，這就叫『劫、富、濟、貧』!?」邱南顧故意一個字一個字分開來說：

「你白住人家的地方，人家不收你錢，你還要劫富濟貧，赫！你這他媽的比搶的比偷的還沒出息，比盜賊還不如！這叫『劫富濟貧』！」

鐵星月一時耳根子陣紅陣綠，臉熱熱的說不出話來，期期艾艾地道：

「那你有什麼法子嘛，現在肚子餓得咕咕叫，不這樣，又怎樣？」

邱南顧一聽，本正大氣磅礡，但肚子實在餓，當時大氣頽然，道：

「我要死了我要死了我要死了我要死了……」

一連喃喃自語，說了幾十聲，鐵星月歎道：

「乾脆我們過去大吃一番，然後賒帳算了。」

邱南顧「得」地一彈大拇指道：「對了，大不了跟老板打雜，以工錢抵回算數！」

兩人想出了辦法，大是興奮，正想下樓去找小食店，忽聽紙門外有人敲門的聲音。

鐵星月沒好氣地大叫：

「誰呀？」

外面傳來一個如同朗誦一般甜膩的女音，細細聲回應道：

「我呀！」

鐵星月不耐性地過去，把門拉開，邊問：

「你是哪位狗屎橛子呀？」

他一拉開門，只見到半邊身子。

鐵星月揉了揉睡眼，又拉開另一片門，只見到另半邊身子。

鐵星月這才吃了一驚，他從來沒有見過那麼肥的人。

更何況來人是個女孩子。

只聽來人嬌聲嬌氣地說：

「我姓唐，名叫肥。」

邱南顧臉上也不禁變色道：

「唐肥!?」

那女子像捏著喉管子講話一般：

「對了，吃不完兜著走的唐肥，就是我。」

說完了，她就走進來，門窗檔檻突然都粉碎於無形，唐肥就踱了進來。

鐵星月、邱南顧簡直眼睛都直了。

鐵星月鼓著勇氣問：「妳……妳就是唐家最肥的……」

那胖女還是滿臉笑容地道：

「就是我唐肥。」

邱南顧歎了一口氣，他萬未料到這饑寒交迫之際，還來了號頭痛的人物：

「妳來幹什麼？」

唐肥道：「我來找唐方。」

邱南顧歎道：「唐方？我們也不知道她在哪裡。」

唐肥道：「那麼唐朋呢？」

鐵星月倒似對唐肥很有興趣，趨過來說：

「唐朋，我們也不知他下落。」

唐肥道：「還有唐猛……」

鐵星月笑嘻嘻地道：「也不知道，」忽然想起那天點蒼之戰，苦著臉道：

「哎，他死了。」

唐肥臉色變了變，終於道：「我是循著他們三人路上所留的暗記、標號尋來的，才找到了你們。」

唐肥說到這裡，頓了一頓，一字一句地道：「你們是他們的朋友，一路上我聽許多人說起；可是你們身為他們的朋友，既不知方姊、朋弟的下落，還讓猛哥獨死，你們還稱得上是他們的朋友？」唐肥說到這裡，臉色鐵青，雙目滾睜，冷笑道：

「很好，很好，你們這種朋友，可以死了。」

唐宋、唐肥、唐絕，都是近年來唐家最可怕的人物，也是江湖上，武林中惹不得，碰不得，沾不得的年輕一代的高手。

餓都快餓死了，還遇上這樣的人物，又不能吃！

鐵星月、邱南顧很沒好氣，可是兩人又不敢生氣。

因為唐肥所說有理。

鐵星月、邱南顧聽了唐肥的話，恨不得一頭撞死。唐肥兩頰嘟嘟，嘴唇又紅又小，紮兩道沖天辮子，睜大了銅鈴般眼珠望定他倆！

「你們要自殺，還是要我動手？」

鐵星月慘然道：「我不怕妳……但我們該死，妳殺我們好了。」

邱南顧也歎聲：「我們不能自殺，大丈夫寧願戰死，豈可自毀，我們的命是蕭秋水的，還要完成他遺志，到浣花劍派去救援……」

鐵星月頹然道：「不過我們也對不住你們唐家，妳動手好了……要我們自殺，卻是萬萬辦不到。」

邱南顧木然道：「人生自古誰無死……妳要殺我們可以，但最好讓我們了了心事。」

唐肥問：「什麼心事？」

邱南顧黯然道：「先救浣花派，盡一份力……」

唐肥默然。

鐵星月看看唐肥：「妳要是不肯，我們現在死也行……我們是自知理虧，妳要知道，我們並不是畏懼妳。」

唐肥雙目忽然變綠。

邱南顧是給唬了一跳，但堅持：「妳武功再高，咱們鐵嘴小邱和屁王老鐵，也不見得打妳不過……就算鬥你不過，論拚命妳還不夠咱們狠……咱們是欠唐方唐朋的命，所以才不跟妳拚命……」

唐肥忽然截道：「不用說了。」

鐵星月、邱南顧一怔，唐肥居然滾睜雙目，淌下兩行淚珠來，竟然拱手道：

「兩位一路來的義行，小女子亦有所聞，而今一試，方知二位義薄雲天，盡忠捨身，確是世間奇男……我唐肥最恨棄友忘義之輩，對二位則深爲感佩……適才小女子無禮之處，尙請二位見諒。」

邱南顧歎然道：「這……」

鐵星月愕然道：「那……」

唐肥決然道：「兩位既有志向，我們現在就走。」

「走？」「走去哪裡？」鐵星月、邱南顧茫然相顧，紛紛問道。

唐肥一笑道：「到浣花溪去，助蕭家一臂之力！」

鐵星月跳起來，翹起大拇指說：「好，好，有種，有種！一點也不娘娘腔的，過癮！過癮！」

邱南顧的眼睛都亮了，只問了一句：

「妳有沒錢？」

唐肥茫然，點了點頭。

邱南顧「胡嘯」一聲飛躍起來，呱呱叫道：

「好啊，咱們吃飯去！」

「吃飯？」鐵星月一喜忘了形，「砰」地放了個屁，「我們有飯吃了！」話未說完，唐肥已滾下了樓梯，一面道：「吃飯，我比任何人都快。」一剎那間她已「滾」到了門口，咧開大嘴笑道：

「我餓死了。」說著竟也放了個屁，居然比鐵星月放的還大聲。

鐵星月睜著雙眼，真沒想到這人比他還會放，而且還是個女的，鐵星月喃喃道：

「我的媽呀……」

邱南顧也在發怔發呆：

「老鐵，這肥女跟你倒是天生一……」

「對你媽的！」鐵星月一肘就撞了出去，把邱南顧撞下了樓梯。

不過他們還是乖乖地跟唐肥出去了：

此妹雖不好纏，但無疑填肚子更重要。

麻索開始時是微微晃，然後貼在石壁上，終於靜止不動了。

蕭秋水想攀上去，宋明珠阻止。

「看有沒有人攀下來。」

沒有，等了良久，麻索依然止靜。

「我總覺不對勁。」宋明珠說，「萬一我們上到半途，被人切斷了繩索，摔下來……」

忽然崖頂有人說話，聲如洪鍾：

「兩個小兔崽子，還不快點上來，真要待在崖底等死不成！」

一時間蕭秋水和宋明珠都呆住了。

一、崖頂有人，而且是陌生人。

二、這山拗離山頂至少數百丈，山上的人居然把他們所講的話聽得一清二楚，足見內力驚人。

三、山上的人講話這裡也清清楚楚，但不覺說者費力，足見來人內勁充沛，簡直到了可怕的地步。

忽又有一個聲音響起，聲量不大，但其餘勢猶如排山倒海：

「你們還猶豫什麼，我們要害死你們兩個小鬼，留你們在山拗不就得了，幹嗎要吊索讓你們上來!?」

這人功力絕不在前者之下。

山頂上至少有兩個人。

兩個功力絕高的人。

宋明珠和蕭秋水對望了一眼，不管上面是什麼，他們都決定上去瞧瞧。

山崖深，山澗冷，山霧森，山氣濃。

蕭秋水和宋明珠，一點一點地往上攀去。

蕭秋水和宋明珠之所以能不斷的攀爬，尤其蕭秋水吸收了「無極先丹」的藥力，一口真氣似用不完般的，慢慢接近了崖頂。

漸漸地看見了兩個人，兩個白衣人。

好菜！

一道蓮子鴨，蓮子黃黃，鴨子焦焦，味道清香撲鼻醉人。

一道乾扁四季豆，那烤乾的香味，和著蝦米，未吃已垂涎。

一道宮保雞丁，雞的嫩和著辣椒的刺激，鐵星月、邱南顧簡直等不到湯送上來，便已動手。

他們真沒料到這樣的小地方、小飯店，居然能燒出這樣的好菜，使他們想起幾個月前，他們曾到浣花劍派作客，喫過蕭夫人親手做的風味無窮的小菜！

可是他們不管了，就算是第九流的菜，他們已快餓扁了，所以他們拚命地吃，一下子，連湯還未送上來，鐵星月已吃了八碗飯，邱南顧也吃了七大碗，回頭看唐肥：——

卻見她已扒完了第十四碗。

十四碗！

我的媽！

鐵星月瞪目瞪著唐肥愈漸滾圓的大肚子，吞了一口口水，艱難地問：

「喂……」

唐肥停住扒飯：「嗯？」

鐵星月指指唐肥的身子：「妳還能吃呀？」

唐肥卻不明白，看看自己高山滾鼓般的大肚皮：「能吃呀！」

邱南顧在一旁忍不住道：「妳——」話未說完，「砰」地這小食肆的門被震開，一個光頭大和尚和一個白衣人闖了進來。

鐵星月、邱南顧二人一見光頭就討厭。

「火王」祖金殿就是光頭的，他騙得他們好慘。

血影大師也是光頭的，鐵、邱二人恨之入骨。

而今一見光頭，鐵星月以爲又是權力幫，大喝一聲：「老子吃飽了，拚就拚吧！」

說著吼著：「虎」地跳上了桌子，「乒另砰冷」，把東西掃了一地，只聽邱南顧「嘩哩花啦」折斷了幾張板凳幾張桌椅的腿，喝道：

「豬皮蛋！來吧！咱們拚就拚，你們權力幫有什麼詭計，快快放馬過來！」

「放豬過來也可以！」

那光頭和尙慢慢抬目道：

「你是鐵星月？」

鐵星月鼻孔一仰道：「正是我潮州屁王鐵大俠！」

那肚子鼓鼓的和尙又緩緩望向邱南顧道：

「那你是邱南顧了？」

邱南顧「哈」了一聲道：「正是我福州邱少爺。」

那和尚「哦」了一聲，凝住唐肥：

「妳是——？」

唐肥咧嘴大笑：「你是權力幫的人？」

那和尚還來不及答話，唐肥一揚手，笑道：「那你去死吧！」已經出了手！

唐肥一出手，和尚已不見。

適才和尚站的地方，有凳子、椅子、桌子，只不過一眨眼間，這些凳子、椅子、桌子，都佈滿了細如牛毛的小針。

鐵星月、邱南顧二人不覺毛骨悚然，不約而同地想起唐朋，唯唐肥身手似比唐朋更高，而且更絕。

唐肥還要再出手，但她忽然發覺一人。

那人跟和尚一起進來，一直站在和尚旁邊。

而今和尚動了，他卻沒有動。

那人一身雪白，雪白如花。

唐肥怪笑：「你也該死。」

唐肥在前面笑說，但那白衣人後面突然多了七把飛鏢！

「七子鋼鏢」！

這種迴環打法，是唐門高手的獨門手法！

那人卻沒有動，突然刀光一閃。

七鏢齊中削斷，響如密雨，落在地上，而白衣人始終面對唐肥，沒有回頭。

唐肥這才臉色變了變，尖聲問：

「你是誰？」

那和尚不知何時又閃了出來，笑嘻嘻地道：

「你是唐肥。」

唐肥傲然道：「你又是什麼鬼東西？」

那和尚摸摸肚子道：「我不是東西，和尚也是人，」和尚笑了笑又說：

「我法號了了，蕭老大叫我做大肚和尚。」

鐵星月、邱南顧聽了，禁不住雀躍而起：

「什麼，你是鳥鳥!?」

「你就是蕭秋水的最好朋友大肚」

唐肥還是瞇著眼睛盯住那白衣如雪的公子。

「你究竟是誰？」

那白衣如雪的人還是衣白如雪，漫聲應道：

「人在東海，

心在中原；

秋水有事，

生死相隨。」

鐵星月變色道：「東海林公子？」

邱南顧也一震：「林一刀！」

大肚和尚道：「正是作客惠州的林公子。」

邱南顧喜道：「好哇，我們這些人都相聚在一堂啦。」

鐵星月卻苦著臉看地上的東西：「那我們打翻的東西怎麼辦？」

大肚和尚奇道：「你們打砸得稀哩嘩啦的，卻是作甚？」

鐵星月嗚嘩一聲：「我們以爲你們是權力幫的人，要打架呀。」

大肚和尚認真地道：「可是我們不想跟你們打架呀。」

邱南顧苦瓜一般的臉：「是呀，現在我們也不想哇，但是已打砸了的怎麼辦？」

林公子看了一地的碎碗破凳，微笑道：「賠呀，當然是賠了，你們難道要這些善良的小生意人蝕老本嗎？」

邱南顧挖挖口袋，愁眉苦臉道：「可是，可是……」

大肚和尚問：「這些椅子、碟子，都是你們親手砸爛的，對不對？」

邱南顧期期艾艾地「嗯」了一聲。

大肚和尚又問：「我們沒跟你們打架，是不是？」

鐵星月有如啞子吃黃連地「哦」了一聲。

大肚和尚一拍肚皮，啫啫地道：「那就是了，你們太衝動了，自己砸壞的爛攤子，應該自己收拾才對呀，你們沒聽過『好漢做事好漢當』這句話麼！」

鐵星月、邱南顧二人簡直如一連吞下五十粒帶殼的雞蛋那麼噎喉。邱南顧忽然靈機一動道：

「嚌嚌。」

他是在笑。不過笑聲是讀出來的。

笑完之後眼巴巴地望住唐肥。唐肥卻扳著臉孔。

邱南顧又向鐵星月擠擠眼睛。

鐵星月也想到了，他也咧嘴「卡卡」地笑了兩聲，好像鋼牙咬斷了兩條木柴一般。

唐肥卻假裝看不見，故作喃喃自語道：

「自己打翻的東西，自己去賠，老妹我可不管。」

鐵星月、邱南顧只見客店的掌櫃已苦臉向他們走過來，鐵星月簡直要哭了：

「你們叫我怎麼辦哪！」

林公子卻眨了眨長長眼睫毛的眼睛道：

「你們有一身氣力，可以做苦工去呀，自己砸爛的攤子自己收拾，自己跌倒自己爬，這是蕭老大常說的話，蕭老大是你們的好大哥，是不是？」

是。

是又怎樣？

是只好做苦力去嘍。

這就是鐵星月和邱南顧的下場。

兩個白衣人，都是束髻高冠的道人。

這兩人顯然已經很老很老了，老得鬚髮全白，沒有半點是灰色的。

這兩個老道都很硬朗，身形碩壯，雙目炯炯有神，他們就站在邵流淚屍首的旁邊。

宋明珠心裡暗暗戒備，蕭秋水卻莫名其妙。

那銀髮金冠的老者展眉笑道：「你倆人，給人打下去的是不是？」說著指了一指地上死去多時的邵流淚。

另一白髮銀冠的老者咧嘴笑道：「我們救你倆上來，也不是作甚，而是要勞你們來作個證人。」

蕭秋水奇道：「證人？」

金冠老者點頭道：「對，證人。」

宋明珠忽道：「敢問兩位前輩，可是武當名宿鐵騎真人、銀瓶道長？」

兩人撫髯笑道：「正是。」

蕭秋水腦裡「轟隆」一聲，幾乎跌倒。

不是蕭秋水膽小，而是鐵騎、銀瓶兩人，實在是太有名了。

天下各門各派中，此起此落，可謂各領風騷數十年，但五百年來聲名不墜，始終領袖群倫，高人倍出，新陳代謝，鶴立雞群的，有兩大門派。

一是少林，二是武當。

當今之世，權力幫雖號稱天下第一大幫，敢與之抗衡的，白道中僅有丐幫，正邪之間僅存唐門，黑道中便是朱大天王一系的人。

可是少林、武當，始終仍是武林之宗，地位無可否定，也毋庸置疑。

而今少林掌門是天正大師，武當掌教則是太禪真人，兩派向來守望相顧，實力深遠，宗派嫡系，遍播江湖，俗家子弟，更名重武林。

武當除太禪真人稱著外，其兩位師弟，一是鎮山守闕真人，另一是俗家宗師卓非凡，但與太禪真人並列的兩位武當派長老名宿，今只存兩人：

鐵騎真人，銀瓶道長！

鐵騎、銀瓶兩人，五十年前已名滿江湖，早在當今武當掌教太禪真人的師父太上真人仙逝之時，已大大有名，連權力幫「八大天王」的名望與之一比，都不能並論。

而今蕭秋水居然見著了這兩位前輩異人。

這兩人可以說是武林人物中的巔峰，而蕭秋水絕處逢生，居然見著了他們。

鐵騎真人道：「我們兩人，背著掌門相搏，已五十六年，都沒有分出勝負，而今好不容易才溜出來，在這丹霞絕頂，要好好打一場，但苦無旁證，不知誰贏誰輸，聽得你們在崖下，便救你們上來，好作證人。」

銀瓶道長道：「你們真地有緣啊，武林中人要看我們相搏，出盡法寶尚不得一見哩，而今你們在一旁看看就是了，我們要打啦，不理你們了。」

這兩位武林前輩，放浪形骸，遊戲人間，根本不受禮法所拘限，蕭秋水不禁想起這兩位前輩高人在武林傳軼中的趣事：

這兩人自小好鬥，但武功之高，天下難逢敵手，但他們也不敢惹上少林，只好彼此窮打惡鬥，偏偏武功相等，苦拚五、六十年，猶不分勝敗。

由於他們的武功世所無匹，所以欲一睹他們每年之戰的武林人士，莫不竭盡所能，但求一見無憾。鐵騎、銀瓶倒不在乎，卻因武當一脈，規律森嚴，鐵騎真人、銀瓶道長也不敢太過招搖。

偶有一次，約在十七年前，他們在太白山一戰，事先走露風聲，足引起上千武林人物聞風往觀，能趕得及前赴的多是名重武林的人物，據說這些人觀那一戰之後，其中超過半數都從此之後，不再習武，其餘對武功的修習發憤忘食，認真專注，大大提高了武林中技藝的水準。

這些原因無他，皆因這太白山一戰，所施展之武藝，委實太高明了，鐵騎、銀瓶之武藝，激起往觀者的發憤圖強，或引起他們歸隱的自卑。

但據悉那一戰，還只是鐵騎、銀瓶二人打得較不滿意的一戰。

而今這兩人居然要在這裡打這燦耀今古的一戰。

銀瓶、鐵騎有三大絕技：

一是劍法，二是掌法，三是內功。

蕭秋水正要拭目以待。

只見鐵騎笑笑道，「可以開始了。」

銀瓶頷首道：「你先請吧。」

鐵騎拔劍，劍明若秋水。

蕭秋水忍不住脫口叫道：「好劍！」

銀瓶抽劍，劍花若虹彩。

宋明珠也不禁失聲道：「劍好！」

鐵騎一揮劍，明明刺出千百道劍花，卻只刺出一劍。

銀瓶一揚劍，明明刺出一劍，卻有千百道劍花。

煞是好看。

蕭秋水正想看下去。

忽然一把水仙花般的玉手，抓住了他。

然後另一隻手就一捏他的喉，蕭秋水不禁張開了口。

「颼」、「颼」兩聲，兩顆藥丸入口，遇唾液，即化入腸胃裡，體內即起一陣躁熱、陰寒，兩股氣流，相互激盪。

蕭秋水臉色大變，正待說話，只聽宋明珠柔聲道：

「別怕，我是對你好，不是害你。」

蕭秋水望定宋明珠那稚氣的臉，一時不解。

「你救了我，又保我清白，而武功卻不高，邵流淚手上還有三顆先丹，你再服一陰一陽兩顆，另一顆歸我，這是武林人眼裡的至寶仙丹。」

宋明珠咬咬下唇又道：

「……我，就算已報答了你。」垂下了頭，好一會再抬頷，眼眶竟有淚漾：

「我……不能久留，……我要走了。」

說完後，紅影一閃，她走了。

宋明珠真的走了。

鐵騎、銀瓶，正在交戰中，以他們數十年生死攸關的修爲拚搏，自是誰也不敢大意，誰也沒留心宋明珠的去留。

蕭秋水想要呼喚，忽然腦門「轟」地一聲，猶如炸開了千萬朵金花，又分爲水一般的雪花和焰一般的火花，腹中體內，兩道一陰一陽罡氣，沖天而起。

蕭秋水甚是難受，既無法追囔，也無法觀戰，只得馬上收心養性，趺坐地上，打坐調息，運氣歸元，把遊走的真氣納入丹田去。

這一坐息之間，竟不知時日之逝。

十七 大渡河之鬥

就算唐肥要讓鐵星月、邱南顧兩人捱苦做工，她也沒那麼多時間可以浪費。何況林公子、大肚和尚更不允許。

大肚和尚請動林公子出來，本來就要配合蕭秋水的營救浣花劍派行動的。鐵星月、邱南顧於是知悉蕭秋水並沒有死：大肚和尚是在丹霞嶺和他分手的。兩人自是欣喜若狂。

當然，大肚和尚不知曉他別過蕭秋水之後，邵流淚死而復生，蕭秋水與宋明珠落崖之事。

大肚和尚一路上趕來，已得知唐方、唐朋未死的消息，所以他們五人，決定要先找到唐方，聯絡上唐朋，然後追查有無左丘超然、馬竟終、歐陽珊一等的訊息，再趕去浣花，會合蕭秋水。

他們當然不知道蕭秋水現今仍在丹霞，而在他身前正是名動武林的鐵騎、銀瓶的決戰。

連蕭秋水在此刻都不知道自己在做些什麼，他打坐正憩，調息正暢，只覺兩股氣流，運行甚順，居然通了任、督二脈，小腹和背脊的罡氣，也能交流互通了。

他甚至不知道身外的鐵騎真人和銀瓶道人，打成怎樣？

他也更加不知道，唐方、唐朋他們怎麼了？

——唐方、唐朋他們怎麼了？

唐方、唐朋也沒怎樣。

——他們只不過遇到了馬竟終、左丘超然和歐陽珊一而已。

遇到馬竟終和歐陽珊一也沒有什麼，但他倆是被押著進去的。

押他們進來的人不是誰，正是戚常戚和梁消暑。

所以唐方、唐朋遇見馬竟終和歐陽珊一，就等於是遇上梁消暑和戚常戚一樣。

這場遇見，是在西康境內，大渡河上之鐵索吊橋。

大渡河古稱沫水，上源爲大金川與小金川，在四川省懋功縣西南會合，乃稱大渡河，南流入西康省境，經瀘定入川境，轉樂山入岷江。

大渡河河水在橋下滾滾而過，如同西康澎湃的鄉土民情，大渡河吊橋宛若神龍，氣勢非凡。

他們就在鐵索吊橋走到一半時，互相遇見。

「冤家路窄」。

在遇見的一刹那，唐朋、唐方已看出對方只有七個人：梁消暑、戚常戚、四個年青的權力幫大漢，還有一個滿臉笑容的中年人。

歐陽珊一、馬竟終兩人被五花大綁，由四名把刀大漢押著，穴道顯然被制，但他們也同時看見了唐方、唐朋。

在那一剎間，他們起先是欣喜，但轉而恐懼，眼神裡充滿了惶急。

——那是要制止唐方、唐朋救援之意。

唐方、唐朋明白，可是他們還是要救。

他們心裡知道，要是換作對方，決定也必然是一樣的：怎能見死不救！

何況梁消暑、戚常戚二人，唐方、唐朋合兩人之力，自信還應付得了。

馬竟終這鐵錚錚的好漢，之所以會束手被擒，毋用說當然是爲了歐陽珊一。

「迷神引」歐陽珊一有孕，武功搏擊，定然大打折扣。

唐朋、唐方有相當的把握，可以救出他倆。

可惜他們不知道，那笑容滿臉、滿臉笑容的人是誰。

唐朋立即動手。

要是唐猛在，一出手的暗器，恐怕連吊橋都將爲之崩裂，要是唐肥在，她一出手，對方縱接得住她的暗器，也得掉下河去。

要是唐絕在，這七個人都會在剎那間喪了命：唐絕最絕。要是唐宋在——從來沒有人能接唐宋的暗器，唐門第三代年青高手中，以唐宋暗器爲第一。

但是他們不在，只有唐方、唐朋在。

唐方的暗器也許沒什麼，但她卻不能容忍讓她的朋友受人欺負、受壓制。

唐朋的暗器也很厲害，而且有他自己的一套辦法。

他的辦法是剎那間把「瘟疫人魔」余哭余變成一隻滿身是針的「刺蝟」，而對方還來不及抵抗。

可是唐朋發出去的暗器忽然都不見了。

所有的暗器都落在一個人手裡。

那個人滿臉笑容。

唐朋目光收縮：「你是誰？」

那人笑道：「你聽過滿臉病容的『毒手藥王』，有沒有聽說過滿臉笑容的『藥王』？」

唐朋切齒道：「『藥王』莫非冕？」

那人笑說：「你既知我大名，便死得不冤。」

他說著一揚手，把唐朋原來發出去的三十二根銀針，扔回給唐朋：「哪，你的東西。」

唐朋伸手要接，唐方忽然一手拍落。

「藥王的東西碰不得的！」

那銀針看似沒什麼兩樣，但落入水中，大渡河水如此之急，居然還藍綠了一片。

藥王笑說：「這小女孩好聰明。」說著又邪笑道：「我最喜歡聰明的女子，我最喜歡給這種女孩子吃我的藥……」

他的話沒有說完，唐朋再度出手。

唐朋的武功本就與屈寒山相去不遠，藥王、劍王則在「八大天王」中排名並列。

唐朋這回是全力出手。

莫非冤臉色也變了，他只做了一件事。

他抓起馬竟終在他前面一擋，唐朋這下真的臉色全白。

他半空撲起，居然追上他自己發出去的暗器，全收了回去。

可是「藥王」就在那一瞬間出了手。

他把馬竟終推了出去，撞向唐朋，人已撲向唐方。

他看準唐方是較弱的一環。

但他還是小看了唐方。

唐方的武技是不如唐朋，但她的輕功卻是第一流的。

藥王一到，未及出手，唐方已拔起。

就在藥王腳尖點地，因吊橋搖晃，站立未穩之際，唐方已往莫非冤頭頂連放三鏢！

藥王起先料不到唐方暗器技術如此之高，幾乎著了道兒。

可惜還有戚常戚，她一出手，就接下了唐方三鏢。

唐方落下的時候，就看見一團霧。

不是唐家暗器「雨霧」，而是「毒霧」。

莫非冤的「毒霧」。

唐方掩鼻跳避，戚常戚一記彎刀就劈到唐方背上。

唐方一閃，還是被掃中了一刀。

就在這時，唐朋至少打出了二十樣暗器。

這二十來件暗器，一半給藥王接過了。另一半卻令戚常戚狼狽萬分。

就在這時，唐朋衝出三步，吐了一口血。

梁消暑在他背後出了手。

唐朋、唐方已受傷，梁消暑、戚常戚、莫非冤三人已展開包圍。

正在這時，忽然一個碗大的拳頭，迎臉痛擊戚常戚。

戚常戚「砰」地中了一拳，正欲揚刀，手已被扣住，另一根笛子，笛尖嵌七寸快刃，直刺入她的腹中。

戚常戚一下子眼淚鼻涕都擠了出來，軟倒在橋上。

梁消暑要過去救助，唐方攔住了他。

同樣藥王要去救援，唐朋也發出了暗器。

唐朋、唐方臉有喜色，他們本來就是面對著那四名權力幫帶刀大漢的，所以他們故意吸引「藥王」等的注意。

因爲他們在開始對峙的時候，已發現一人偷偷地、靜悄悄地自橋的另一端，掩過來的。

這人不是誰，卻正是失蹤了一段時間的左丘超然。

左丘超然武功雖不好，但要對付幾個權力幫徒，還是罩得住的。

他掩過去，先無聲無息地扼殺了一人，再用鐵一般的臂膀箍死了一個人，等到他扣住第三人，第四人已發現了，他就閃電般揑住他的喉咳，使對方立即窒息。

他一解決了四人，即解馬竟終、歐陽珊一的穴道，歐陽珊一即從一幫徒腰間奪回刃笛，三人約定，首先攻殺詭計無常然功力較弱的戚常戚。

此計果然成功。

戚常戚外號「暗殺神魔」，今日卻死於別人的暗殺之下。

戚常戚死，局勢有所改變，但並不見得佔上風。

馬竟終全身遍體鱗傷，精神氣勁大減鋒銳。

歐陽珊一有孕在身，因滇池之役動了胎氣，更不能久戰。

唐方受傷，戚常戚的彎刀鋒利得可怕。

唐朋和左丘超然成了主將，他們並不樂觀：

憑他們五人之力，要戰勝「藥王」莫非冤，已是不容易，況乎還有「佛口人魔」梁消暑。

「藥王」忽然道：「我們之所以在大渡河橋上相遇，如此湊巧，卻是爲何，你們可知道？」

左丘超然冷笑：「我跟蹤你們已久，一直圖營救馬兄嫂，而今才等到機會。」

莫非冤哈哈一笑：「哪有這麼容易！我們之所以帶這兩人到處走，就是爲了要引你這漏網之魚出來領死！」

在丘超然臉色一變，冷冷道：「不過現在還不是給我們救了過來，還讓我劏奸報仇！」

「藥王」笑容滿臉：「不錯，那是我們沒意料到會在這兒遇上唐家姊弟，不過……」莫非冤笑得一分自信：

「你們也敵不過我。」

馬竟終沉聲道：「那要打過才知。」

「藥王」笑道：「理當如此。」

左丘超然冷笑道：「你動手吧。」

「藥王」笑得好得意：「我已經動手啦。」

歐陽珊一不禁問：「什麼時候？」

「藥王」笑笑：「剛才，」又故作神祕悄聲道：「就在我跟你們說完的時候。」

唐方臉色刹白，怒叱：「狗賊，我們來一分勝負。」

「藥王」笑嘻嘻地道：「不必分了，你們已敗。」他說完這句話，歐陽珊一就倒了下去。

馬竟終想去扶持，也覺天旋地轉，忙以手抓住鐵索，恨聲道：

「你……下了……」

「藥王」笑道：「我早已在對話間下了『無形之毒』，你們已中毒了。」

馬竟終「咕咚」一聲，仰天栽倒。

左丘超然也覺混混沌沌，切齒道：「你……怎樣……下的毒？」

「藥王」向他擠擠眼道：「就在我說話的時候，毒就放了……就在你們說話的時候，毒就到了你們的舌頭。」

梁消暑也「喋喋」笑著說：「我們『藥王』名動天下，要毒你們幾個小子，還不容易？」

唐方奮力出鏢，鏢至中途，無力掉落，唐方暈去。

唐朋臉色刹白，也搖搖欲墜。

梁消暑奸笑道：「倒也，倒也，饒是你惡似鬼，也得喝老子洗腳水……」

唐朋突然出手。

「子母離魂鏢」。

兩道白色的光芒，似電光一般，飛旋打出！

「藥王」變色，他知道這兩鏢他接不來。

子鏢方至，「藥王」已不見。

他即刻躍落江中，以避此一鏢。

母鏢打向梁消暑，梁消暑正在得意中，突然間就身首異處。

然後唐朋也仆倒下去，他喃喃苦笑：

「……我們畢竟殺了你們這對奸夫惡婦。」

然後他再也不省人事。

蕭秋水醒來的時候，只覺得精神氣爽，精力無窮，開目一看，只見日已西斜，鐵騎、銀瓶二人還在拚鬥。

他服食「無極先丹」時，還是夜晚，而今開目，已是黃昏，難道他昏迷了一天一夜？

只見鐵騎、銀瓶還在惡戰，早已不是在比劍，而是掌對掌，身形慢似蝸牛，遊走不定，正是比到第二場，互拚掌力。

蕭秋水才醒，只見兩人髮髻早亂，而且衣衫全濕，突「吁噓」一聲，兩人掌力一分，「隆隆」一聲，中央土地拔天激起丈餘高的泥泉，兩人各退七八步，跌地而坐。

敢情是這一場功力相當，未分勝負。

只聽那鐵騎真人「唉」了一聲，萎然道：「還是不分勝敗。」

那銀瓶道人也長長吁了一口氣，頹然道：「還有第三場。」

鐵騎真人歎道：「第一場中你的劍法真好。」

銀瓶感慨：「也還不分上下。」

鐵騎又有些得意地道：「不過論掌力深功，我高你半籌。」
銀瓶卻扳著臉孔道：「但我掌法較繁，結果還是平分秋色。」
鐵騎微喟道：「畢竟還有第三場。」
銀瓶撫鬚道：「三場是決定勝負的一戰。」
兩人又沉吟不語，好一會，銀瓶凝向蕭秋水，啞然失笑道：
「哈，這小子還在。」
「下一場是比內功，正好叫這小子作證。」
「嘿，可叫這小伙子大飽眼福了。」
「豈止眼福，簡直大開眼界。」
銀瓶又道：「嗨，小子，」蕭秋水應了一聲。銀瓶真人又道：
「我們的內功，已到巔峰，十三歲的時候，已練成『童子功』，二十歲時，已學成『鐵布衫』，」鐵騎接下去道：「六十年前，學得『十三太保橫練』，五十年前打通奇經百脈，四十年前便連『金鍾罩』都練成了，……」
蕭秋水聽得眼睛發綠，「金鍾罩」、「鐵布衫」、「十三太保橫練」、「童子功」，都是武林中內外家功力之巔，練得一樣，功力已臻爐火絕著，昔日萬里橋之役，康出漁聞少林洪已學得「童子功」與「十三太保橫練」，已然大驚失色，這兩人卻件件都諳，而且說來都似是幾十年前的事。
鐵騎真人又悠然道：「……想三十年前，我們已通了周身脈絡，全身氣穴，可任意遊走挪移無礙，二十年前，更有進境，練成了『金剛不壞禪功』……」

蕭秋水真是聽得眼睛都花了。全身經脈血氣相通，是武林人士夢寐以求的事，千萬人學武，最後能移穴換竅者，萬中無一，且能全身刀槍不入的，武林中不過超過五人，這兩名老道居然都會。

更可驚慮的，是少林七十二絕技中的最難練十種絕學裡之「金剛不壞禪功」，居然給這兩位武當派的名宿學得了，難道武學到了登峰，各門各派的學藝都是可以相通的？

銀瓶也悠然道：「近十年前，我們學得了『先天無上罡氣』，這幾年來，內功修為，也沒什麼値得我們學習的了……」說到這裡，銀瓶真人眼色竟有說不出的落寞，鐵騎也蔑然一笑：

「……兩三年來，我們把『無極神功』、『歸元大法』、『大般若禪功』搬回來學學消磨日子而已……」

兩人眼中寂寞之色，猶如晚霞暮至。

蕭秋水心裡更有一種肅然的敬意。

凡是一門藝術巔峰，都是寂寞無人的。

蕭秋水年少皆學的是詩，他深知詩人的竅意。

他尊重任何傾盡畢生於志業的人。

「先天無上罡氣」是武當正宗內功，據說三百年來，武當已失傳，「無極神功」

是道教仙家絕學，「歸元大法」是外內家混元罡氣的獨一法門，「大般若禪功」則是南北少林拳爲皋圭奇功。

而今這兩人竟都通曉，無怪乎他們會寂寞，無怪乎他們會自視如此之高。更無怪乎他們要一決雌雄，比個高下。

永無敵手，是件悲哀的事。

鐵騎也有所感：「除少林天正大師，把『大般若禪功』練到了『龍象般若神功』的境界，以及燕狂徒一身內外狂飆般的魔法奇功外，這世上真難有幾人可以跟我們交手的……」

銀瓶「嘜」了一聲切斷道：「當然太禪掌門師侄的『先天無上罡氣』，亦是一絕……還有據悉現下江湖有個什麼幫的主持李沉舟，內功心法，出入今古，幾無所不諳，又深不可測，惜慳緣一會。」

武當掌教守闕太禪真人原是鐵騎、銀瓶之師侄，但以名聲、德望、武功得以掌門之席，武當長幼有序，禮教深嚴，太禪是爲掌門，鐵騎、銀瓶言語也甚爲尊重。

銀瓶微喟道：「別人還有死穴絕脈，我們……」

鐵騎傲然道：「連『罩門』、『破綻』都沒有了！」

蕭秋水不禁苦笑，這種武功，他連聽都沒有聽說過。

「而今我們比內功，是一個打一個捱，捱不住算輸，你做裁判。」

鐵騎繼續說。

銀瓶接著說：「這樣好了，打多也無謂，如果自己覺得傷不了對方，就罷手算數。」

鐵騎道：「好，就這麼辦。」

銀瓶把馬一紮，提氣凝神：「你先打，我捱。」

鐵騎怫然道：「既然如此，怨不得我。」便蓄力欲打，竟把蕭秋水肯不肯當仲裁一事，遺忘得一乾二淨了。

唐方、唐朋醒來的時候，已不能言，不能動，連臉部都失卻了表情。

而且他們也不認識對方的臉容。

起先大家都唬了一跳：後來才知道大家都被「改裝」了。

改變了一個完全不同於自己的容貌，冰雪聰明的唐方，居然成了一般實的商賈模樣，唐朋卻給化裝成了年邁的老太婆。

他們起先以為左丘超然、歐陽珊一不在內，後來才知道那邊一個瘦小的屠夫和三綹長鬚的郎中，就是左丘和歐陽。

然而馬竟終呢？

馬竟終不在。

馬竟終在哪裡？

唐朋、唐方等被人扶持著走，其實是押持著走，走過大街，走過小巷，從荒涼的沙漠，窮山惡水，走到人跡漸多的地方。

他們不知道他們將流落何處。

馬竟終在哪裡？

他也跟其他人一樣，吸了藥王之毒。

但他功力卻是其中最深厚的，外號就叫「落地生根」。

他臨仆跌之前。已抓住鐵索，要暈倒時全力一盪，竟晃落江中。

江中有江水，江水使他清醒。

他喝了幾口水，比較恢復神智，便立即把舌根的毒清洗逼出。

那毒不很毒，「藥王」似無意要殺他們，目的只是要他們束手就擒。

等到馬竟終再有能力攀上大渡河鐵索吊橋時，人都不在了。

「藥王」已自河水中躍起，率權力幫眾運走了他們。

「藥王」也知道少了一人，但他以爲馬竟終已淹死了。

莫非冤不可謂不奸詐，但他那時要全力閃躲唐朋的「子母離魂鏢」而且在七月天驟然落入江中，那滋味也不是好玩的。

馬竟終開始跟蹤「藥王」這一行人。

他妻子在那邊，他的孩子也在那邊，他的朋友更在那邊，不由得他不跟蹤。

他功力未曾恢復，毒性仍在，故此他不敢妄動。

他發現「藥王」是要把他們運到一個地方去。什麼地方？

馬竟終不知道。

他看見「藥王」和「火王」又在康定碰過臉面，然後換成了「火王」祖金殿押送這四人，其中還有「一洞神魔」左常生及康劫生護送。

這一行喬裝打扮的人，經瀘定大橋，竟然入川，到了清水河一帶。

這一群人帶著人質，入川作什麼？

馬竟終不了解。

他唯有暗地裡跟著這一隊人，走過一條街又一條街，走過一條巷又一條巷，翻過一山又一山，渡過一水又一水。

他不知道他們要停在哪一條巷衢。

然而他前面即將終止的死胡同，卻在命運裡等著他。

鐵騎一出手，雙指一駢，點打銀瓶「窩心穴」。

銀瓶屹立依然。

鐵騎一反手，又拍出了七八掌，一剎那間，這七八掌連響，前面出掌，但發出掌響竟在銀瓶背門。

可是銀瓶佇立不動。

鐵騎臉色一變，手曲成鑿，左右推打銀瓶左右太陽穴。

「噗！噗！」兩聲，銀瓶仍然神色不變。

鐵騎臉色一沉，雙指迸伸，直插銀瓶雙目。

蕭秋水也唬了一跳。如此狠辣的手法，豈不是出手就廢了對方的一對招子？

蕭秋水正想阻止，但鐵騎出手何等之快，已打在銀瓶眼上，銀瓶也立時闔上雙目，鐵騎雙指戳在銀瓶眼蓋上，對方卻依然巍立不動，居然若無其事。

鐵騎長歎一聲，萎然收手，收手時忿然將長袖一拂，衣袂觸及山上崖邊一株碗口大的小松「卡勒」一聲，松樹如同刀斫，崩然崩斷。

蕭秋水這才知道鐵騎的出手，究竟有多大的殺傷力，而銀瓶的一身功力，有多精深！

然後到鐵騎閉上雙目，凝神紮馬。

銀瓶緩緩開眼，立起吸氣，好一會臉色才從青白色轉爲紅潤，眉鬚皆揚地笑道。

「怎樣，我的『先天混元罡氣』如何？」

鐵騎臉色鐵黑，連目也不翻道：「你也試試我的『金剛不壞禪功』吧！」

銀瓶大喝一聲，突然出手！

他一聲大喝，「砰」地一聲，一株正面對銀瓶的松樹，竟被罡氣折裂爲二。

就在這一刹那，銀瓶不知已打出了多少拳，多少腳，打在鐵騎的重大死穴、要害：「百會穴」、「天門穴」、「鼠蹊穴」、「印堂穴」、「人中穴」、「喉結穴」、「命門穴」上。

可是鐵騎不但不倒，臉部神態，居然發出了一種隱約的淡金色的光輝。佛門著名絕學：「金剛不壞禪功」！

然後銀瓶也長歎一聲，收了手。

「你的內功好。」

鐵騎微笑，緩緩收手。

「你的功力也厲害。」

銀瓶頹然道：「那今天比試，又是平手了？」

鐵騎苦笑道：「咱們已平手了五六十年了。」

銀瓶忽道：「等一等。」

鐵騎奇道：「什麼事？」

銀瓶似笑非笑地望定蕭秋水，蕭秋水只覺渾身不自在起來，銀瓶道：

「適才我大喝一聲，這小子也在場的，居然不被震倒，想來內功也是不錯……」

適才那一聲斷喝，樹爲之折，然而蕭秋水聽來的確不覺如何震動肺腑。

鐵騎也明白過來了：「你這小子資質很不錯，不如拿劍刺刺我們，誰要是捱受不住，誰就算輸……」

蕭秋水也了解過來了，原來鐵騎、銀瓶是要他用兵器去刺戳他們，來比誰先受不住，便算誰輸。

本來無論武林高手，內功已到何種境界，用掌力劈打可以抵受得住，但不見得可以抵受利器的刺戳。

這道理正如皮革一般，亦譬如以掌擊鼓，鼓面自能消解力道，但用一根針來刺，結果就完全不一樣了。

當然以鐵騎、銀瓶兩人已入化境神功，普通刀槍之刺，根本不傷分毫，就算一流高手用刀劍加之，也承受得住，但要是一流高手外加一流的利器呢？

蕭秋水本來不是第一流高手，甚至也不是二流三流四流五流的，甚至要進入第六流都很難，充其量可以成爲武林中第七、八流的好手。

可是他適才卻捱受銀瓶那一吼，這連鐵騎等也很奇怪，能承受得了銀瓶那一吼的，少說也可以在武林中排到第二、三級高手裡去。

銀瓶「錚」地拔劍，彩虹一般的劍花一亮，銀瓶把劍遞給蕭秋水。

「你用這柄劍，刺我們的要穴，記住，要大力地刺下去，不然對我們是沒有用的。」

鐵騎也「叮」地拔出鐵劍，發出一道激烈的厲芒，把劍交給蕭秋水：

「公平起見，你兩把劍一起刺吧。」

於是蕭秋水就拿著兩把劍，呆在那邊。

銀瓶、鐵騎紛紛催促。

「刺吧，快刺吧！」

「刺過來呀！要使力！」

蕭秋水要刺，遲疑不決。

「疑慮什麼!?快呀！」

「猶豫幹嘛!?盡全力吧！」

蕭秋水想了一想，歎了一聲，倏地收劍，兩掌拍出。

他還是放心不下，不忍傷人，決定先用己身之掌力試試。

他當然知道自己掌力何等薄弱無力，但他還是堅持要試試，以策安全。

誰料這個決定乃救了兩條性命。

這兩掌打出去，蕭秋水忽然被一股大力所捲動反震，然後有一種奇異的急嘯聲。

蕭秋水大吃一驚，然後才知道嘯聲來自他的掌力，而他的掌力猶如排山倒海，連擋也擋不住，收也收不及。

他沒敢輕視鐵騎與銀瓶，所以這兩掌中用了九成功力。

他想收掌，已來不及。

鐵騎、銀瓶一見蕭秋水出掌，臉色就變！

但他們不能閃躲，「誰抵受不了，就算誰輸」。

這兩個倔強的老人，誰也不願輸。

蕭秋水的掌勁，猶如狂飇般吐了出去，而鐵騎、銀瓶只有硬受。

掌擊中身體，沒有聲響。

好深厚的功力。

然後鐵騎鐵黑的臉色變了，變成慘白色，一搖，再搖，卻沒有動。

銀瓶中掌，臉色沒有變，卻退了三步，每一步在地下踏了一個窟窿。

只聽鐵騎慘笑點頭：「好，好掌力……」

銀瓶也苦笑：「好，好內功……」

話一說完，兩人突然一齊吐了一口鮮血，血箭打在地上，竟然射出了一個血洞，一個血窿。

蕭秋水慌道：「兩位前輩……」

鐵騎咬著唇道：「我知道，怪不得你，是我們要你打的，你已收了手，沒用全力……」

銀瓶撫胸道：「你沒用劍刺我們，是不殺之恩，是我們看走了眼，沒有話說……」

說完兩人對望一眼，銀瓶一拱手道：「這位小友，至少有一百五十年以上的功力，可是你小小年紀……」銀瓶歎了一聲，沒有說下去。

鐵騎接道：「你眉宇軒動，神光內斂，是日後武林俊傑，可是武藝卻不如內力高……唉，這都不說了，」說罷一揮手，疾道：

「我傷已重，告辭了。」

銀瓶皺眉道：「後會有期。」

鐵騎、銀瓶臉色愈來愈蒼白，一閃身，已掠下山，蕭秋水正待要叫，但兩名老人，輕功何等高明，一瞬已不見人影。

蕭秋水自己也莫名奇妙。

但他自己不知道，自己第七八流的武功，卻身懷第一流的內功。

這內功都是連服三顆「無極先丹」及「操蟲」所致。

「無極先丹」是武林至寶，傳藥方為秦始皇時求長生不老術時，仙客所研得之密方，直至唐室宮廷祕製，造得仙丹十四顆，太子先服兩顆而暴斃，帝君震怒，連殺當時天下名藥師七十二名，九族同誅。

唯這其餘十二粒，卻被盜出皇宮，經武林異人輾轉相傳，終於在丹中滲合了解毒之法，雖不能如始創者意圖長生不死，但每丸可使功力促進一甲子。

六十年的內功修為，在人生幾何能求？無怪乎不少武林高手都抵死爭奪，最後落於異人燕狂徒之手。

燕狂徒亦是花了極大的代價，方才獲得它的。

但他性格極是乖狂，只食四顆，因看重李沉舟，交多兩顆，另一枚卻要修理邵流淚而迫其服食，卻不意讓邵流淚盜走其餘五粒，希望尋得「操蟲」後，解去原先熱毒，再服其餘，卻天意恢宏，使蕭秋水、宋明珠各服一枚，重上丹霞後，宋明珠又強使蕭秋水吞食兩顆，故蕭秋水總吃了三粒「無極先丹」。其餘一枚宋明珠取走。

這下功力之遽增，真非他自己所能想像的。

縱鐵騎、銀瓶功力蓋世，硬捱他一掌，也受傷不輕，若換作旁人，哪怕是一流高手，也早就肝腦塗地了。

蕭秋水看鐵騎真人、銀瓶道人之去，心裡悵然。

一下子丹霞嶺又只賸他一人。

從丹霞望過去，只見山接山、海接海，山谷在遠處，風景雖好，江山如畫，卻覺偌大天地之間，無可容身。

十八　死路

四川境內，峨嵋山。

從雲南或西康入成都，大都要經過峨邊。

從峨邊上去，就是峨嵋山了。

「峨嵋天下秀」。

從峨嵋山下去，就是華陽，從華陽可以直達成都。

從四川盆地西部的邊緣地帶，遙望海拔三千一百三十七米的峨嵋山，氣勢雄偉，如唐代大詩人李白描繪峨嵋山的一句詩：

「峨嵋高出覆極天。」

峨嵋雲海如花絮，時又清朗似畫。

峨嵋的日出，從萬佛頂望過去，燦亮璀麗。

遠眺群山，華嚴頂上、冰霜滿山、殘雪未消，草木披霜……等等都是峨嵋勝境。

峨嵋金頂，向來是文人騷客，武林異士嚮往之地，神祕所在。

然而通往峨嵋金頂的路向，本來行人遊客，絡繹不斷，而今道路突然被封鎖了。

無論任何人，都上不了金頂。

威震河南「戰獅」古下巴，本來帶有七八個兩河一帶響噹噹的人物，見道路被封鎖不服，硬闖過去，卻沒有一個能活著回來。

有人見到當「戰獅」等揚長入山時，有一個溫文的少年文靜地跟隨他們後背，靜悄悄地也上了山。

「戰獅」的老婆在兩百里外的一處與幾個老虔婆在嗑牙，當天就收到她丈夫的屍體；沒有頭顱的屍體。

還有隨「戰獅」同去的友朋，這些人死時，雙目凸瞪，便溺齊出，竟是被嚇死的。

蕭秋水路過峨邊，就知道了這件事，可是他並沒有去管。

因為他需急急趕到成都，他的家人需要他來維護。

但是他不知道峨嵋金頂的事，跟他也有關。

馬竟終一直跟下去，「火王」等押著唐朋等一行人，卻是愈走愈快。

他們究竟要走到哪裡去呢？

唐方被押著走，只知道走了很遠很遠的地方，她也不知道走到哪裡。

一直來到這裡，唐方才知道他們迄今還未遭殺害的因由。

這地方看似靠著山邊，依地勢延展，這地形山巒起伏不定，綿延不知多遼遠。

唐方知道押她的人就是使到蕭易人與一百三十四名死士一敗塗地的「火王」祖金殿。除祖金殿外，押送的還有三十餘名權力幫高手，以及十九人魔中的左常生與血影大師，還有康出漁之子康劫生。

今日他們來到一所客店，外表看去，這客店與一般客店無異，而且位居要衝，顯然是進入某重地或經過某要處的必經所在。

但唐方卻感覺得出：這客店一定是權力幫的分部之一，因爲她看到祖金殿一進來，就伸出了三根手指，是拇、中、尾三根手指，掌櫃也連忙豎起兩根手指，係無名指和食指。

然後康劫生閃過去，低聲說了一句：

「天下一黃昏，」

那年邁的老掌櫃卻回了一句奇怪的答話：

「黃昏一隻豬。」

坐下來之後，禿頭的祖金殿好似大有興致，喝了幾盅酒後，湊過頭去跟唐方、唐朋說：

「你知道我爲什麼不殺死你們嗎？要勞我們像送老媽子一般護送你們來到這裡，嘿！」祖金殿跟他們擠擠眼睛，低聲道：

「你們至今不死，是因爲你們家世的底子好。」唐方、唐朋、左丘、歐陽等，全被裝扮成別種模樣，除了手腳不能動彈外，看來毫無異樣，祖金殿與他們細細聲地談，旁人自然看不出什麼端倪，還以爲是好友知交在談心。

「蜀中唐家，是李幫主首要消滅的心腹大患，挾持你倆，至少唐本本和唐土土有個顧忌，據說唐門最犀利角色唐老太太還非常疼妳，這下實在是有大用。」

唐堯舜是唐大的父親，唐君秋則是唐朋的父親。唐門少壯中年第二代高手中，總共有五人，四男一女，乃唐堯舜最長，其餘爲唐君秋、唐媽媽、唐燈枝、唐君傷、唐絕、唐宋、唐肥、唐猛、唐柔、唐剛皆爲他們所出的第三代。

唐門第一代耆老碩果僅存唐老太太一人，據說她是江湖上最有權力的女人。

據悉唐門遠祖尚存一人，人稱「唐老太爺子」，一共五個字，是百年前擴建唐門時的風雲人物，但有四十五年未涉江湖，連唐家子弟都未見過他，更不知他是否尚在人世。

要是「唐老太爺子」不算，當然是唐老太太最具權威實力。江湖中傳說單止唐老太太的近身奴僕「唐老鴨」，暗器手法已在苗疆「萬手王」左天德之上。

而唐老太大爲人嚴峻，不易親近，翻面無常，但她卻甚疼唐方這聰明、乖巧、多感、倔強的小孫女。

祖金殿要以唐方、唐朋威脅唐門，正好捏住了唐老太太的弱點。——難道權力幫早已蓄意要滅四川唐門？

祖金殿遂而冷笑，一指左丘、歐陽兩人道：「這兩人又留他們作甚！哈！這姓左丘的，父親是左丘道亭，師承第一擒拿手項釋儒，又跟鷹爪王雷鋒有關係，倒還有些價值。至於……」

「至於這姓歐陽的，大腹便便，我們擒著她，是拿她作餌，來釣那漏網之魚，她丈夫就在門外，待會兒我們就要收網了，你們信也不信？」

歐陽珊一驚懼無限。

這時候她便看見一個人出現了。

這個人雖然喬裝成販針線的雜貨郎，但歐陽珊一一眼就認出來了。

——這人畢竟是她的丈夫啊！

歐陽珊一一顆心幾乎要從胸口跳出來了，然而呼不出，喚不到。

馬竟終一走進客店，就看見被裝扮成一走江湖的郎中，那就是她的妻子。

馬竟終一看見他的妻子，掉頭就走。

他妻子沒有說過一句話，但馬竟終一看他妻子的眼色，便知道禍事就要臨了。

他得要馬上離開這裡。

他掉頭出店，然後狂奔起來。

他一定要趁權力幫的人未察覺前奔離這裡。

奔離了這裡，能去得了哪裡？

馬竟終這已不能管，也來不及管了，他拚命狂奔，奔過一條街又一條街，一條巷又一條巷，忽然猛止了腳步，他前面矗起一棟牆。

沒有出路。

死巷。

路，到了死巷，便沒有路了。

人，要是到了死路，會怎麼樣？

馬竟終還沒回頭，就聽到後面放慢下來的腳步聲。

然後他就回頭。

他就看到了一個灰袍大袖的人，臉腫脹，眼小，微笑時陰濕濕的，又一副很斯文的樣子。

「你外號叫做『落地生根』？」

馬竟終點點頭，他知道這個人不好惹。

「我叫左常生，外號『一洞神魔』，你聽說過嗎？」

馬竟終額頭滲出了汗珠，他當然聽說過「一洞神魔」是個怎麼樣的人。

「我剛剛挖好一個洞，正好埋你的根。」

然後那人緩緩地自袖子裡伸出兩葉銅鈸。

銅鈸在陽光下一亮一亮時，也在馬竟終眼前一晃一晃的。

馬竟終被一漾一漾的鈸光反射得雙目迷眩，他馬上退背靠牆，先求無後顧之虞，再圖反擊左常生。

但是他背心一痛，胸前「噗」地一響，竟露出一截亮閃閃的劍尖來。

馬竟終目眥盡裂，狂叫一聲，整個人像魚一般地彈跳起來，血飛濺，劍拔出，牆也倒了。

牆轟然倒下，牆後出現了一個人。

牆原來是假的，就像佈景板一樣。

路本來是有的，卻被這道假造的牆封死了。

牆後的人拿著劍，劍尖有血。

劍是好劍，亮如烈日；人是年青人。

人在微笑。

「我叫康劫生，原來是蕭秋水的朋友，其實是權力幫的人。」

馬竟終怒吼一聲，揮拳撲了過去。

他數十年苦熬苦練的內力硬功，可以迫住一口真氣，居然不死。

但他忽然發覺雙脅被兩道利鋸一般的東西割入。

左常生的雙鈸。

蕭秋水就在四川的小鎮裡，忽然遇到了一個人。

他本來是要入城門的，忽然見城樓上有人影一閃。

光天化日下，一人竟越城樓落下，輕飄飄不帶一絲風聲，輕功恁地過人。

蕭秋水本也沒什麼留意，但覺大白天下，居然有人如此施展輕功，不禁稍加注意。

這原本是一個衣飾華貴的人，顯然是逃難途中，但神態依然雍容，十足世家人物。

蕭秋水觀察之下，也不能斷定那人有多大年歲。

這錦衣人一落下，城牆堞邊，立即響起了一陣輕噓。

然後立即有四、五個人，圍住了這錦衣人。

錦衣人看看無法突圍，也靜立不動。

「我與梁消暑、戚常戚等向無恩怨，幾位苦苦相逼，是何意思！」

這錦袍人雖然被圍，但說話之間，神態依然十分高傲。

那五個包圍者被錦袍人道出姓名，似十分詫訝，互覷了一眼，使左拐的和右拐的拐子棍大漢喝道：

「那俺呢!?你看俺是什麼人!?」

錦袍人注視那使拐子棍大漢一陣，即道：

「我跟彭九也素不相識，無怨無仇。」

這時忽從牆上又躍落一人，那人手執鐵鍊，而城樓上飛落一人，手持皮鞍，兩人俱十分高大。

開始那四個大漢說話了，其中兩個手執銀月彎刀的少年說話陰惻惻的：

「不錯，我們確是戚大姑的得意手下。」

「他叫高中，我叫曾淼。」

另外一對宛若孿生兄弟的大漢也接道：

「你也看得對，我們是梁分舵主的弟子。」

「我叫何獅，他叫康庭；我們使的是喪門棒，這種兵器，你們慕容家雖家學淵源，不見得會使。」

蕭秋水著實吃了一驚：這錦衣人原來是慕容世家的人？

蕭秋水再看那自城牆上躍下來的兩人，竟然是烏江天險中「神州結義」搏殺「鐵騎神魔」閻鬼鬼逃出生路的安判宮與鐵判官二人！

因此，蕭秋水更想留下來看個究竟。

只聽安判官叱道：「慕容英，你今日認命便了。」

慕容英苦笑道：「我與諸位，素昧平生……」

安判官一聲斷喝，打斷慕容英的話。

「既不相熟，何以又對我們的武功，打探得一清二楚？」

慕容英冷笑道：「我們慕容世家的人，素來對天下各家各派武術，無一不知。」

曾淼「嘿」地笑道：「這話要是由你們慕容世家的主人慕容世情來說，或者是慕容若容、慕容小意的咀裡說出來，都還可以，由你來說，還得要問問我手中的彎刀。」

慕容世情，是慕容世家現在的主人。

慕容若容和慕容小意，則是掌管慕容世家的一男一女兩大高手。

慕容英不過是慕容世家嫡系中的旁系。

這些蕭秋水都知道，他決意暫時不現身，先行匿伏在一棵大樹之後觀察情形再說。

只聽安判官又喝道：「慕容英，你別假惺惺，你們慕容家的人要跟權力幫抗衡，別以爲我不知道！」

慕容英苦笑分辯：「這，這從何說起呢……」

那鐵判官呼喝：「慕容英，我問你，你們慕容家有誰是眼小小像粒米，頭大大、嘴巴向下撇、鼻子像隻鉤子，帶點哨牙，講話出口傷人的傢伙？」

這一句問話，倒令被困在其中的慕容英和躲在樹後的蕭秋水同時一呆。

蕭秋水心忖：鐵判官口中所述的人，卻有點像邱南顧。

只聽慕容英奇道：「有這樣的人？我可不知道哇……再說，慕容世家有近五百人，我怎能——」

安判官喝：「不用說了！」

鐵判官也獰笑道：「既然你不知，就代他受死吧！」

蕭秋水心中也覺蹊蹺，可是一時也理不清頭緒來。

蕭秋水當然不知道。

當日「神州結義」後首役，在烏江中殺閻鬼鬼時，邱南顧一人力敵鐵、茅二判官，頗感吃力，故標榜自己爲慕容世家的人，以亂兩人之心，並殺了茅判官，然而鐵判官卻趁亂得以逃命。

鐵判官這次落荒而逃後，即向「飛腿天魔」顧環青報告，顧環青一聽事態嚴重，亦報「蛇王」，「蛇王」即遣使者走告柳五公子。

柳五公子是何等人物！既知天下四大武林世家之首的慕容世家，既要對抗權力幫，不如權力幫先下手力強，這一兩個月來，至少有三十個慕容世家的弟子死於權力幫的狙殺下。

慕容英武功直傳自當今慕容世家第四號人物，總管慕容恭手下，所以在江湖上也頗有盛名，並不是個易與角色，所以才會一連出動到「上天入地·十九人魔」中的三大人魔之弟子，圍攻慕容英。

可是蕭秋水卻不知此事原來是由烏江之戰，邱南顧無心之言所造成的。

慕容世家，一身以「以彼之道，還彼之身」，天下聞名；權力幫一幫高手，遍佈天下，武林聲勢，莫出其右。這兩個大宗派若是火拚，武林可要掀起濤然大波，何況權力幫還要抵抗少林、武當及十四大門派，以及江湖上各小宗小派，還有黑道上朱大天王的人，連同名震天下的蜀中唐門，和潛力無盡的四川浣花劍派，可謂強敵寰伺。

權力幫連樹如此眾多強敵，似乎極是不智。

蕭秋水心中正在這樣地想，可是慕容英的話似乎替他解決了一部份疑問：

「我們慕容家沒這樣的怪人……」慕容英冷笑了一聲，傲然道：

「你們揑造是非來坑人，莫非是南宮世家的人之唆使，或是上官望的門徒出的詭計？」

「慕容、墨、南宮、唐」合稱武林四大世家，這四大世家聲望武功，是爲武林中的四大天柱。慕容世家又列爲三大世族易容、異術、奇功之首。三大世族即是「慕容、上官、費」。

只聽康庭大笑道：「南宮世家早已與權力幫合併，上官族早爲權力幫所用，你又奈何!?」

蕭秋水聽得喫了一驚，他在成都劍廬，曾見南宮松篁投入了「百毒神魔」門下，他尙以爲南宮松篁只是南宮世家子弟中的敗類，卻沒料南宮世家已與權力幫合併，連上官望族也被權力幫收攏了！

只聽慕容英也沉不住氣道，「沒什麼奈不奈的，慕容世家縱橫江湖三百年，怕過誰來！」

那邊的何獅卻忽然問道：「你別吹了，我們來，主要是找慕容英雄，不是找你，你還不値得我們勞師動眾。」

慕容英傲然道：「英雄哥不但是我們慕容家第五號人物，也是武林中的泰斗，憑你們，還不配去見他！」

高中陰惻惻地笑起來：「那你呢？你只配去見閻王爺！」
慕容英忽然洩氣道：「是。」
高中得寸進尺：「你只配喝我洗腳水。」
慕容英歎道：「唉！」
突然間，閃電一般，慕容英動了手。
高中想招架，忽然張大了口，胸中一枚銀針，晃晃亮著。
然後高中臉色與銀針成對比，變成黑色。
只聽曾淼慘叫道：「小高！」何獅失聲道：「慕容家『拂花分柳刺穴法』！」
接著康庭、曾淼也動了，彎刀如月，淡淡青芒，但是最可怕的是曾淼的短刀。
刀短得只有三寸不到，但只要捱上一刀，恐怕比死還難受。
但只不過片刻功夫，這短刀居然到了慕容英手上。
慕容英手上的短刀所使，刀刀竟是曾淼的刀法。
何獅揮刀，他的刀長，長八尺五寸，也加了戰團。
只見慕容英一長身，摘了一根樹枝，右手短刀，刀法走詭異路線，左手長棍，招招以長搏長，封殺住何獅的長刀。
「以己之長，制彼之短」。
但是安判官和鐵判官也各自揮鞭與揚鞍殺了過來。
只見慕容英動手間，一下子借力打力，以鞍反撞，一下子又扯鞭發力，反掃眾人，一方面以短刃碰刺殺康庭，另方面又以長棍打擊何獅，身形卻貼著曾淼遊動不已。

何獅、康庭見久戰不下，忽收刀換上了喪門棒，招式走極其詭異的打法，開始時慕容英尚能支持，不久後已汗濕淋漓，還傷了幾道口子，血不斷溢出。

蕭秋水覺得自己應該出手了。

正在這時，忽見城頭凜烈的太陽下，忽然一點，大太陽中，忽然掠落一個巨影。

慕容英馬上警覺，封掌退後：

「你是誰？」

只聽來人口音熟捻。「慕容世侄，是我呀！」

慕容英的身子恰好擋住蕭秋水視線，只見慕容英向著陽光下那人喜道：「原來是前輩……」

似正想作揖行禮，突然背後一抖，身形僵住了。

蕭秋水忽見炙陽般的劍光一閃。

炙陽沒入慕容英咽喉。

「嗤」地一聲，一截金亮如焰的劍尖，自慕容英後頭突了出來，又「嗖」地收了回去。

炎陽一沒不見。

來人背著陽光，蕭秋水看不清楚。

但蕭秋水卻知道來人是誰。

蕭秋水幾乎要叫了出來。

劍亮如日，人鄙如影。

觀日神劍，康出漁！

又是他！

蕭秋水忍不住叫了出來！

這無恥、卑鄙、殘殺忠良的僞君子！

蕭秋水終於衝了出來！

蕭秋水平時很理智、很冷靜。

他善組織，而且也能鐵腕手段，但依然人際關係很好。

可是一旦有什麼事激怒了他的感情，和侵犯了他的尊嚴，凌辱了他做人的原則時，他就會不顧一切，任何阻攔、任何撓礙，都擋不住他的決心。

他尤其是不能忍受像康出漁這等卑鄙小人。

他一面衝出來，一面大嚷：

「康出漁，你這個敗類——」

然後他扶住顫顫將跌的慕容英。

然後他發現慕容英雙目凸瞪，人已氣絕。

十九　殺與不殺

蕭秋水那一聲大吼，著實把康出漁等嚇了一跳。

那一聲喊得實在大，但當康出漁看清了來人是蕭秋水時，才定下心來。

康出漁跟蕭秋水曾交手五次，每一次交手，就感覺到蕭秋水的武功又激進一些，所受到的壓力又大了一點。

不過蕭秋水原來的武功實與康出漁相去太遠：康出漁的「觀日神劍」，名列「武林七大名劍之五」，與蕭秋水之父蕭西樓並排。

蕭秋水天性聰悟，唯縱智慧再高，也不能跟這武功不在他父親之下的人相比。

所以康出漁心中對蕭秋水甚忌，恨不得早日刃之於劍下，但卻並不畏懼蕭秋水。

康出漁獰笑道：「你這小子來得好，我找你好久了……」

曾淼一揮彎刀道：「他媽的你小子是什麼人？」

安判官冷笑道：「他是成都浣花劍派蕭西樓的兒子！」

何獅一揚喪門棒，吆喝道：「管他是誰的兒子，打死便了！」

說著一出手，抓向蕭秋水後頸大動脈。

蕭秋水心中憤怒異常，掌沿「颼」地切出，截向何獅脈門！

何獅倒沒料到對方出手那末快，吃了一驚，一收爪，喪門棒打出！
就在這時，蕭秋水已變了招。
他的一切不中，立時沖掌拍出！
這一掌拍出，輕飄飄似不著力，但是發掌之快，連蕭秋水也意想不到。
他心念才動，掌已沖了出去。
掌一拍中，掌力便發，竟比平時蕭秋水出手，足足快了七倍！
何獅顯然也意想不到，捱了一掌，還想怒叫：
「你小子——！」突然覺得體內排山倒海的力量衝湧，眼珠子竟「噗」地激噴出來，口中咯血，鼻孔流血，連耳裡都濺出了血絲。
何獅竟給蕭秋水一掌活生生打死。
這一下，全場震住，連康出漁也想不到蕭秋水有這等功力。
連蕭秋水自己也想不到。
他呆了呆，望向自己雙手，幾乎不敢相信，那一掌是他發出來的。
就在此時，安判官已潛到他背後。
「砰」地一聲，皮鞍直砸蓋蕭秋水背門。
蕭秋水冷不提防，中了一記，蹌蹌踉踉跌走四、五步，但安判官卻覺蕭秋水背門傳來了一股極大至巨的怪力，反彈回來！
安判官怪叫一聲，竟然給震飛七尺多遠。

蕭秋水一把穩步樁，身遭暗算，無名火起，一下子倒退回去，一腳倒蹬而出！

他曾在「劍氣長江」一故事中，在「金錢銀莊」內與「秤千金」搏鬥，就是倒退中發劍，迫退「秤千金」，致使其死於唐柔毒蒺藜之下。

可是他此時，退得更迅快無倫多了，安判官眼見自己暗算得手，卻不料對方宛若無事，自己反被震飛，尚未定下神未，蕭秋水便倒退而至！

安判官心魄俱裂，正欲抵抗，冷不防蕭秋水「虎尾腳」踢來，安判官窩心硬捱一下，「砰」地居然身子被撞嵌入城牆裡去！

安判官慘叫之聲，連一里之外都清晰可聞。

蕭秋水一出手殺死兩大高手，不但出人意表，連他也始料未及，就在這時，蕭秋水右腿給抽了一記！

鐵判官的鐵鍊。

他本來就在安判官身邊，蕭秋水顧得對付安判官，卻爲鐵判官所乘。

鐵判官鐵鍊每環若杯口粗，生鐵鑄造，一記打在石上，可叫石碎；但這一鍊抽在蕭秋水腿腰上，蕭秋水吃痛一瘸，支地坐落，但鐵鍊亦寸寸斷裂。

鐵判官從來未見過內力能到如此可畏地步之人，臉都黃了。

蕭秋水右腿痛極，但神智仍清，鐵鍊碎斷時，他一拳擊出。

拳打在斷環上。

斷環飛出，「嗤」嵌入鐵判官額中。

鐵判官慘嚎半聲，伏地而絕。

蕭秋水連殺粱消暑的弟子何獅、閻鬼鬼的弟子鐵判官與安判官三大高手：康出漁怔住了，他瞇著眼睛看蕭秋水，彷彿在他眼前的人不應該是蕭秋水一樣。

蕭秋水憑渾厚的內力連殺三人，但他一不知自己有此等神功，未加善用，二是武功技法不高，又未能與深厚的內力相配合，所以其實用效果也大打折扣。

他先前遭安判官背門一擊，確也氣血翻騰，鐵判官那一鍊，也抽得他右腿撐不起來。

然而功力未大進前的蕭秋水，武功只不過與安判官等相若，最多也不過是較機警一點，而今居然硬捱兩擊，連誅三凶。

康出漁冷著聲音道：「你功力進步得好快呀！」

蕭秋水冷哼道：「你少假惺惺！」

在一旁的曾淼忍不住又問：「他真的是蕭秋水？」

曾淼真無法相信蕭秋水內功竟如此之高。

康出漁冷笑道：「那也沒什麼，」驟地大喝道：「你接我一掌試試！」

康出漁這一掌推出，已出十成力，立志要把蕭秋水斃於掌下。

他與蕭秋水五次比鬥，可以斷定蕭秋水無此神功！

可是他錯了。

要是他用「觀日劍法」與蕭秋水周旋，仍是有機會把對方弑之於劍下的。他不該試。

他一掌拍出，蕭秋水也回了一掌。

兩掌甫接，他便知道他錯了。

錯得太厲害了。

蕭秋水的掌力實在太厲害了。

他的掌猶如擊在一滾燙的熔岩裡，對方的熱力不住地冒升，隨時燒熔了他的手掌。

但他也不能抽掌。

一旦收掌，對方的掌力便排山倒海地捲至，直至把他吞沒爲止。

蕭秋水也在與康出漁這樣的高手正式對掌下，才知道自己的內力有多深。

那真氣越出自任、督二脈，自丹田、宋陽升起，暢游三十六週天，源源而出，因爲有敵手的功力在催發，使得蕭秋水內氣游走，打通奇經百脈，成爲了自己的真氣，可以任意使用。

這下子蕭秋水覺得十分舒暢，背上和腿上的傷痛，也逐漸淡去。

然而康出漁可苦了。

他面對的宛如和一個練了一百五十年純內功的人比力鬥掌。

曾淼和康庭二人，開始見康出漁親自出手，自然放心，復見康出漁滿臉通紅，還大聲叫好助威，以爲蕭秋水這小子死定了，卻不料雙掌愈黏下去，康出漁臉色開始焦黃，而且雙腳不住地抖了起來。

康庭這才知道不妙，斷喝一聲，喪門棒向蕭秋水迎頭拍落！

這下也真及時，其實康出漁也到了油盡燈枯之際，再無人救，對方的真力滾滾湧至，他已無力量拒抗，就要被對方震死當堂！

他心中之驚懼，莫可形容：蕭秋水這等真力，簡直如傳說中那混世魔王的「吸星大法」：把對方的功力吸爲己用，亦使對方變成廢人一個。

殊不知蕭秋水乃偶得奇緣，吞食「無極先丹」與「操蟲」，使得功力突進，能藉對方迫進之功力，激發內勁之運用，而並非把對方勁力，吸爲己用。

康庭一記喪門棒打來，蕭秋水發覺時，棒已及頂，蕭秋水急中生智，把康出漁扯來一擋。

康庭大吃一驚，連忙收棒，蕭秋水一推，把康出漁推得直撞康庭。

康庭這下手忙腳亂，避開康出漁一撞，然而蕭秋水已把適才拚掌的力道，全一併發出！

康庭大叫，一邊避，一邊硬接，「蓬」地一聲，仍被掌風掃中，直撞上城牆，牆爲之倒，康庭一跤跌倒，方磚打落在他頭上，康庭當場慘死。

康庭可說是代康出漁而死的。

那邊的曾淼，一見勢頭不對，返身欲走。

蕭秋水猛竄而起，攔住了他。

曾淼一揮彎刀，怒目喝道：「你要找死，快讓路！」

蕭秋水現可大有信心，雙手一抱，冷峻地道：「我是找死，你就給我死吧！」

曾淼見硬的不逞，心中著慌，語氣轉軟了：「我倆無怨無仇，何必苦苦相逼！」

蕭秋水扳著臉孔道：「剛才你們有六個人的時候，爲何不說這句話？」

曾淼眼見蕭秋水連殺安判官、何獅、鐵判官、康庭四人，情知自己決不是其敵手，心中更亂，竟哀叫道：

「康老師——救命——」

回頭一看，哪裡還有康出漁的影子？

蕭秋水一見失蹤了康出漁，心中也極是懊恨，喝道：「你們這裡的分舵在哪裡？」

曾淼三魂嚇飛了七魄，忙道：「別動手、別動手，我，我帶您去。」

蕭秋水轉念一想，覺得也好，於是道：「你知道康出漁躲到哪裡去嗎？」

曾淼嚇得腳都軟了：「我可以帶你去——在下也不知他，他是不是到那兒去，但那兒確是權力幫在這邊的聯絡處……」

蕭秋水心忖：龍潭虎穴，也要去一闖，當下點頭道：「解下你的彎刀——你帶我去，我便饒你不殺！」

而在「歡樂棧」裡的「火王」祖金殿，正用一塊濕布，來抹揩他發亮的光頭。

然後他湊過臉去，對淚珠簌簌滾落的歐陽珊一「嘿嘿」笑道：

「妳有身孕，對我來說連做那事兒也不方便……難得妳出落那麼漂亮，就賞給那些有興趣的弟兄們玩玩吧。」

在一旁的盛江北有些看不過去，終於忍不住：「『火王』。」

祖金殿回首：「嗯？」

盛江北稽首道：「既然這女人已有身孕，丈夫也給殺了，不如就放了她算罷。」

祖金殿忽然「嘿嘿」地笑起來，盛江北一呆，忽然一團烈火一閃，撲臉而來！

盛江北大叫翻退，但眉鬢俱被燒灼了一大半。

盛江北氣得臉都脹紅了，祖金殿冷笑道：「你憐香惜玉？哦？我喜歡幹什麼，就幹什麼，用不著你這老鬼勸說！」

盛江北強忍一口氣：「是。」

康劫生忽然趨近道：「啓稟火王，屬下對這女人，很有興趣……」

祖金殿怪笑道：「你殺了她的丈夫，正是有功，合當你去亭用，哈哈哈……」

就在這時，一個拿雙拐的漢子忽然匆匆掠了進來。

祖金殿沒有說下去，點了點頭。

那人立刻趨前，附耳說了幾句話。

祖金殿沉一沉臉，即道：「此人留不得，你帶鍾無離、柳有孔去把他幹掉。」

那使拐子的大漢苦口苦臉，沒有作聲，祖金殿並沒察覺，即道：「盛江北、左常生、康劫生，你三人先避一避。」

三人應得了一聲，分頭散去。

被點穴與改裝了的唐方和唐朋，甚是奇怪，究竟是誰來了呢？

就在這時，客棧門口，閃入了兩個人。

其中一個人，唐方一見，幾乎要大叫起來。

那個人不是誰，就是蕭秋水。

夢魂牽縈、刻骨銘心的蕭秋水！

蕭秋水未死！

如果唐方不是啞穴被封，早都叫了出來了。

可惜唐方叫不出聲。

蕭秋水、蕭秋水。

蕭秋水！

蕭秋水「砰」地把曾淼推了進來，還未細看，也不知怎的，覺得這地方好熟悉。

可是他又分辨不出，熟悉在哪裡。

曾淼恐懼地低叫道：「他們、他們……應匯聚在這裡的。」

蕭秋水「嗯」了一聲，只感覺到客店裡的人都好奇地望著他。

蕭秋水不是惡霸，他當然會覺得這樣胡亂闖進來，會打擾了別人喝茶或清談的興致。

他觀察了一遍，只覺沒什麼可疑，便要走了。

他忽然覺得剛才在對面正中央的桌椅上，應該坐有一個光頭的人的，可是現在忽然不見了。

不過他一進來時，也沒看清楚是什麼人。

但他卻看見那桌子旁，還有三個人。

一個郎中，一個商賈，一個老太婆。

他不認識這三個人，也沒多加留意。

這三個人也沒驚動。

他忽然又感覺到那感覺。

那感覺就似心有靈犀。

外面太陽很好，青天普照，他忽然想起唐方。

秋水秋水，我在這裡啊。

你看看這裡吧，我是唐方呀。

你還沒有死，你還沒有死！

你騙得了人，卻騙不過我！

我就知道你沒有死，你大志還未酬，怎會先我而死的呢！

我早就知道你不會死的！

你永遠不會死的！

我終於見著了你……從那一晚那一劍，挑開了我的臉紗開始……

你望這邊來呀，你看這邊來呀！

你難道已不認得我了！

——唐方心裡，猶有一千個聲音，在狂呼著。

蕭秋水沒有聽到。

可是他忽然想起唐方。

而且他心裡有一種突如其來的悵惘，恍惚中覺得唐方就在身側。

——然而這是不可能的。

蕭秋水微微搖頭。

——灕江水上一役後，唐方也不知身在天涯何處？

但他心裡的怔忡卻一直圍繞著唐方的倩影。

他不禁不覺地要想再看看這客棧中每一個人。

——說不定唐方會在呢。

他爲自己大敵當前，而有這種荒謬的想法，有點好笑自嘲。

不過他還是想再看看這客棧裡的一切。

雖明知沒有唐方。

蕭秋水——！

是這段分離的日子，太多的挫折、殺戮，還是太多的悲歡離合？

可是你又爲什麼微歎、苦笑、搖頭？

我是唐方，這世上沒有一個人看你的眼神，如我的眼神！

秋水、蕭秋水，你縱不認得我，也該認識我的眼睛！

你、你——我就在這裡呀。

「蕭秋水——！」

蕭秋水正待察看客店中每一人，門外大街，忽然經過一條高挑的人影，猶如鬼蹤一般，一閃即沒。

蕭秋水眼快，馬上認出那人。

南明河上施殺手的柳有孔！

柳有孔在，鍾單洞定必不遠。

抓到柳有孔和鍾單洞，不難知道左常生的下落。

知道左常生的下落，也許可以探知成都浣花劍派的情形究竟怎麼了？

於是蕭秋水不理曾淼，馬上掠了出去。

就在他回身掠出去的剎那，他心裡忽然很亂，身上好似忽然被人扎了千百把針一般，全身都灼痛了起來。

蕭秋水不知道原因何在。

他已縱身而出。

你走了。

你就這樣走了。

沒有一句話，沒有……

唐方忽覺自己「啞穴」一鬆，原來可以發聲了。

本來點穴只能維持一段時間，時間一過，就可鬆開血脈。

唐方正想高叫，忽然背後一隻手伸出來，迅速又點了她的「啞穴」。

那人頭禿禿，正是祖金殿，嘿嘿笑道：

「叫了也沒用，他若過來，馬上就死，他不過來，一樣死在外面，如此而已。」

唐方沒有再說話。

她流了淚。

唐朋眼珠轉動，看著她。

唐朋在心裡有一個意願：

只要能使唐方不哭，他縱爲叫一聲而千刀萬剮，亦死不足惜。

——死，不，足，惜。

蕭秋水追出去，陽光正好，他追過一條街又一條街，追過了一條巷又一條巷。

然後突然攔在前面的是牆。

死巷。

接著他野獸般的預感本能又生起了。

他一陣雞皮疙瘩，不知恐懼何來。

他及時一低頭，只覺後腦一陣涼颯颯，一支尖棒，橫掃落空。

蕭秋水一個箭步跳開，背牆而立，喝道：

「鍾無離！」

只見屋簷上滴溜溜滾落一人，手拿鐵杵，笑嘻嘻地道：「你好吧？這是咱們的第三次會面了。」

蕭秋水怒道：「你——！」

倏地瞥見牆上有一滴血。

巷子兩邊牆是舊的、破的。

這背後的牆卻是新的。

那滴血在新刷的牆上，很是明顯。
不明顯的是血滴裡有個破洞。
劍孔！
要真的是牆，爲何有劍能刺得過？
蕭秋水一念及此，無及細想，大喝一聲，全身勁力，俱打在牆上！
就在這一剎那間，他只覺背後兩道要穴一痛。
兩枚利針，刺中他穴道。
唯尖針僅刺中他皮膚，還未刺入他穴中，他的勁道已全發了出去！
「轟」！
薄牆粉碎，磚瓦硝石，全射入牆後持針人的身上，頭上，臉上！
那人慘叫，捂臉，狂吼，血流披身，終於倒下。
正是與鍾無離「焦不離孟」的柳有孔！
柳有孔一死，牆後又出現一人。
這人手持雙拐，如鋪天捲地一般，連環攻掃蕭秋水！
蕭秋水閃電般展動身法，那人擊空。
蕭秋水轉而撲向鍾無離！
殺！

蕭秋水此刻的意念就是殺！

他今天已連殺四人，四個都是在江湖上響噹噹的角色。

他撲向鍾無離，鍾壹窟眼見蕭秋水如此神威，簡直不像他所見過的蕭秋水！

他一杵刺了過去！

蕭秋水雙手拑住鐵杵，用力一拗！

「喀登」一聲，鐵杵折斷！

蕭秋水一手執住杵尖，刺了出去！

鍾無離想逃，但雙手仍抓住杵的另一半，蕭秋水一手扣住，鍾壹窟一掙不脫，杵尖已至，貫胸而入！

同時間，「卡卡」二聲，蕭秋水背後已被那人雙拐打個正中！

「崩崩」兩聲，雙拐齊折！

蕭秋水嘴角溢出了鮮血。

蕭秋水猛回頭，雙手抓住了那人雙肩。

那人掙脫不得，痛入心肺，殺豬般嚎叫起來。

蕭秋水冷冷地道：「你叫什麼名字？」

那人幾時見過如此神勇，忍著痛噙著眼淚道：「我叫吳明，……」

蕭秋水盯著他道：「你是彭九的人？」

吳明顫聲道，「是，是，我是彭九的弟子。」

蕭秋水緩緩鬆了手：

「彭九對我有恩，我不殺你。」

那吳明只覺蕭秋水有著鬼神之怒，知其不殺自己，雖不知已歿的彭九跟蕭秋水有何淵源，但心裡才舒鬆了一口氣，當下道：

「謝——」

蕭秋水搖手。

吳明一抱拳，越牆而去。

蕭秋水不殺吳明。

待吳明走後，蕭秋水才貼牆滑下來。

他已力衰。

他今天先後捱了無數攻擊，雖內力過人，可以抵受得住，但也受創不輕。

但他剛剛坐倒於地，想好好喘息一下，忽又有人影一閃！

蕭秋水「霍」地立起。

來人又是吳明。他深深地望了蕭秋水一眼。

吳明道：「你放了我。」

蕭秋水冷峻地道：「你還不走？」

吳明道：「我走，不過我先來告訴你一件事。」

蕭秋水奇道：「你說。」

吳明道：「在客店的那幾個人，被我們所擒，由『火王』押送，其中二三人，像是你的朋友。」

說著吳明觀察著蕭秋水，「你是來找他們的吧？」說完了一拱手，道：

「話至此盡，告辭了。」

吳明閃身而去。

朋友？

是什麼朋友在那裡？

是誰人失手被擒？

蕭秋水很迷惑，忽然想起一事：

眼神！

那眼神！

那商賈的眼神！

熟悉的眼神！堅定的眼神！

含笑的眼神！欲語的眼神……

唐方，唐方就在那裡！

蕭秋水整個人跳了起來！

馬上又想到那郎中。

那郎中瘦小的身子，卻有個微挺的肚子！

那郎中是男的，不，不，一定不是男的！

是女的！而且就是歐陽珊一！

唐方他們，果然就在那邊！

蕭秋水真恨不得挖掉自己一對眼睛！

他沒有時間這樣做。他振奮地飛躍起來，忘了身上有傷。

他飛也似的衝向「歡樂棧」。

他衝到「歡樂棧」，只有哀傷，沒有人。

偌大的客店，椅翻桌倒，人都不在。

只有一個人，死人。

蕭秋水一顆心又幾乎飛出了口腔。

死人是曾淼。

曾淼是被火燒死的。

蕭秋水才放下了心。

曾淼是被灼死的，然而他身邊的一桌一木，卻全無燒焚的痕跡。

這種手法，非「火王」莫屬。

這裡究竟發生了什麼事？祖金殿他們在哪裡？

——唐方，唐方妳究竟怎麼了？

——唐方，唐方妳在哪裡？

完稿於一九七九年十月廿三日
在西門町與社友弟妹街頭為一受欺者
抱不平而與一群（數十人）太保大打
出手
校正於一九九三年六月一日
上法庭之喜訊／榮德來信詳列「中
華武俠創作大賽」細節要目／聚於
利景酒店／中國友誼（北京）同時
推出「逆水寒」新版上中下三集、
新版「骷髏畫」上下冊（包括「開
謝花」、「碎夢刀」、「大陣仗」、
「談亭會」）及「殺楚」全新版和
「四大名捕會京師」上下集修正版
修訂於一九九八年七月五日至七日
花田來電表示「少年名捕」系列先

連載後再出單行本／靜HL第三次「轉運」／日餐廳一食便執／梁尋獲我失蹤多年的第二條黑帶／劉愛上大舊麵＋炸魚旦／H應對電話差／LD日日睇／萬象為我武俠雜誌訂名花費心力測字問吉／書店遇舊社友黃啟淳，小飛購得「布衣神相」、「小雪初晴」等香港盜版書，難得／雜誌決暫依從台方意見，定名為「溫瑞安武俠世界」／始知明遠版「神州奇俠」、「血河車」系列以炒至四百多元港幣一冊／完成「破陣」上集，大趕稿期間／包搞事，受制裁／旦、浩輪流搞砸事／與劉靜相識後第一本完整趕好的書已脫稿大吉！

《江山如畫》完

請續看《英雄好漢》

【武俠經典新版】

神州奇俠（卷三）江山如畫

作者：溫瑞安
發行人：陳曉林
出版所：風雲時代出版股份有限公司
地址：10576台北市民生東路五段178號7樓之3
電話：(02) 2756-0949
傳真：(02) 2765-3799
執行主編：劉宇青
美術設計：許惠芳
業務總監：張瑋鳳
初版日期：2024年3月新版一刷
版權授權：溫瑞安
ISBN：978-626-7369-52-4
風雲書網：http://www.eastbooks.com.tw
官方部落格：http://eastbooks.pixnet.net/blog
Facebook：http://www.facebook.com/h7560949
E-mail：h7560949@ms15.hinet.net
劃撥帳號：12043291
戶名：風雲時代出版股份有限公司
風雲發行所：33373桃園市龜山區公西村2鄰復興街304巷96號
電話：(03) 318-1378
傳真：(03) 318-1378
法律顧問：永然法律事務所 李永然律師
北辰著作權事務所 蕭雄淋律師
行政院新聞局局版台業字第3595號 營利事業統一編號22759935

定價：320元

國家圖書館出版品預行編目資料

神州奇俠／溫瑞安 著. -- 臺北市：風雲時代出版股份有限公司,，2024.01-　冊；公分
武俠經典新版

ISBN 978-626-7369-52-4（第3冊：平裝）

1.武俠小說

857.9　　112019839